迷失在白垩纪

9

—— 林中之马的魔王 著 ——

浙江文艺出版社
Zhejiang Literature & Art Publishing House

图书在版编目(CIP)数据

迷失在白垩纪.⑨/林中之马的魔王著.—杭州：浙江文艺出版社，2023.3

ISBN 978-7-5339-5969-2

Ⅰ.①迷… Ⅱ.①林… Ⅲ.①长篇小说—中国—当代 Ⅳ.①I247.5

中国版本图书馆CIP数据核字(2019)第294136号

图书策划 柳明晔
责任编辑 张 可
营销编辑 宋佳音
装帧设计 仙境 WONDERLAND Book design
版式设计 吕翡翠
责任印制 张丽敏

迷失在白垩纪.⑨

林中之马的魔王 著

出版发行 浙江文艺出版社
地　　址 杭州市体育场路347号
邮　　编 310006
电　　话 0571-85176953(总编办)
　　　　 0571-85152727(市场部)
制　　版 浙江新华图文制作有限公司
印　　刷 杭州印校印务有限公司
开　　本 710毫米×1000毫米 1/16
字　　数 251千字
印　　张 15
插　　页 1
版　　次 2023年3月第1版
印　　次 2023年3月第1次印刷
书　　号 ISBN 978-7-5339-5969-2
定　　价 49.00元

第1章

契 机

事情本身不难，在张四海把要点交代清楚之后，严烨越发有了信心。

既然一百人足够用，那他决定干脆就把工作面铺开一些：一个小队带着伐木工具，跟着特战队派来的人直接向那座被命名为望城坡的小山岗走去，每个人都带着一袋用来驱虫的草木灰，一路走一路撒，标识出一条明显的通路；一个小队开始把那些大块的建筑垃圾敲成小块，和大量的草木灰混在一起拿来铺路；而最后一个小队则负责把联盟之前就不断积攒的木方、木条、木板和各式各样的材料运送到建筑现场去。

这段路比之前吼龙岭的路还要好走些，山坡不算陡，而且之前龙云鸿带队选定这个位置的时候，也已经砍开了一条小路，并且在路边做了不少标记。

特战队并没有放弃找盐的任务，只是派了几个人来作为向导，守卫工作主要由那两个冒险者小队和钱伟临时抽调来的一个小队的民兵负责。

这么点人要想守卫长达四公里的线路是不可能的，于是严烨在安排作业的时候，采取了集中作业的方式，人手主要集中在两个地点，建筑树屋的那棵树周围和道路推进的位置。运送铺路材料和木材的队伍则由他自己带着十来个骨干护送，这样他就能在几个工作面上来回走，便于掌握工作进度，调整材料运输和人手分配。

整个望城坡中继站工程算上守卫投入了将近一百五十人，是当初建设吼龙岭中继站时的两倍多，张晓舟和钱伟都有些担心会不会出现混乱，甚至是出现意外伤亡事故，但他们在开工后到工地现场看了之后，却发现严烨的安排算得上是井井有条，三个小队各司其职，在小队长的带领下配合得不错，推进很快。

按照他们的进度，三天时间完成这个本来就不算太复杂的工程应该绰绰有余。

钱伟算是松了一口气，而张晓舟的心情却有些复杂。

“这小子看起来算是锻炼出来了。”钱伟说道。

张晓舟点点头。

但严烨会不会认同和支持他们的理想呢？也许应该让高辉去和他谈谈，让他加入某个外围小组的活动，看看他的真实想法。

“下一步我们可以慢慢往外围继续修建这样的中继站，这样，探索队能够有安全休息的地方，精神也可以放松，以中继站为中心向外进行探索，也能提高效率。”

张晓舟点了点头，他手上拿着一份之前特战队训练时勘测出来的东面和北面的地图，已经探明的是三公里范围内的环境，随着找盐任务的进行，更多的位置也被标注了出来，只是比起之前要简略得多。

但对于整个世界来说，他们已知的区域却可以说仅仅是一个微不足道的点，张晓舟看着极远处天边淡淡的山脉，微微地叹了一口气。

龙云鸿估计那座山脉距离他们应该有八十公里以上，在那里或许他们能够找到一些矿产，也许能找到他们急需的盐，但这样的距离对于他们来说，简直就是一道天堑。不知道要用多少人命和多少时间才能跨越过去。

每隔五公里修建一座中继站，一直往那个方向推进过去也许是一个办法，但现在的问题是，如果距离有那么远，那他们即使在那个地方发现了矿藏，也很难开发，更难以运送回来。

他们在丛林中修建的道路其实仅仅是把上面的植物砍掉，铺上一层草木灰和小石子，稍稍弄得平整一些，防止积水，这样的道路即使是通行独轮车也很困难，更不要说长期远距离运送货物所面临的危险性。

联盟无法承受这样的代价，即使是把地质学院也拉进来，也许也很勉强。

最好的结果还是能够在附近就找到一处盐矿，但随着特战队搜索的范围不断扩大，随着地图上越来越多的地点被标注出来，这个希望也变得越来越渺茫。

对于生活在沼泽中的这些动物来说，也许长途跋涉几十公里去补充盐分并不算什么。没有人知道恐龙是通过什么办法来排汗的，也许它们吃一次盐就能比哺乳动物坚持更长的时间，这让它们不需要像人类一样经常补充盐分？

如果真的是这样，那对于他们这些人来说就太糟糕了。

张晓舟和钱伟给现场辛苦工作的人们带来了不少肉干和其他食物慰劳他们，这样的激励让大家都很有干劲，却让严烨打猎的心思越发坚定了起来。

木屋的建筑过程比他想象中还要简单得多，其实只要有足够的螺栓、铁钉、角钢等材料，以他们这个队自己的能力建筑起来也毫无困难。

为了证明这一点，当道路一路修整到望城坡这边，很多人变得无所事事起来之后，严烨专门回去向吴建伟申请了更多的物资，然后带着自己的部下按照之前看到的步骤，在距离不远的地方找了一棵合适的巨树，自己设计，自己搭建，花费了一天的时间建起了一个距离地面七米多高、面积接近十五平米的平台，在上面建了一间牢固的小屋，并且用在周围找到的蔓藤编织了一座吊桥，把它和另外一座木屋连接了起来。

三天时间完成了从北木城到望城坡四公里的碎石小路，并且把道路两侧砍伐了一番，扩大了视野，然后完成了四层加起来六十多平米的树屋，因为吸取了之前那个中继站的经验，设计上更合理，面积也更大，这让前来验收的联盟高层们都感到十分满意。

张晓舟特意开了一个简单的表彰会，把他们作为模范来宣传，号召大家都向他们学习，还特意从联盟的库存当中调了五十公斤肉干作为给他们的奖励。

这样的收获让所有参与行动的人都感到很满意，严烨对于这样的结果却略微有些意外。难道张晓舟不再想要打压他了吗？

当他上台从张晓舟手里接过奖状，机械地和他握手时，心情越发变得微妙和复杂了。

当天晚上自然是一次队内的欢庆，人们在这几天工作的过程里弄到了不少平时按部就班工作不太容易弄到的果实和虫子，这些东西也放不住，干脆就拿出来吃掉了。

看着身边兴高采烈的同伴，他突然开始有些困惑了起来。

“哟，这么热闹啊？”高辉的声音突然从身后传来，“这么多好吃的！”

“你这家伙，属狗的吧？”严烨笑道，“闻着味道就过来了？”

他早想找高辉了，不把高辉和薛蕊的事情解决掉，他自己和邓佳佳的事情也没有个结果，不上不下地吊着让人难受。

既然他自己送上门来了，那正好。

“我有事情找你。”高辉也不客气，跟在他后面去领吃的东西，看到薛蕊时他又变得有些紧张，但至少已经能够面对她，和她说了几句话。

严烨满肚子考虑着应该怎么对薛蕊说明一切，怎么让高辉有机会去安慰和靠近她，随口问道：“什么事？”

“今晚有个活动，带你去认识几个新朋友。”高辉说道，“先说好，不准不去！”

“新朋友？行啊，等这边结束了再说吧。”严烨毫不在意地说道。这样的事情什么时候都可以，但薛蕊的事情却不能再拖了。

“高辉你这个坏蛋！还敢来混吃的？”严淇这时候却发现了高辉，马上冲过来兴师问罪。

“你这是对学园长的态度吗？给我放老实点！当心我给你小鞋穿！”

“你敢！看我哥不打死你！再说了，现在又不是在学校！”

两人在旁边拌嘴，严烨却一边心不在焉地和他们说着话，一边注意着两个女孩那边的动静。

薛蕊看到他的目光时，总会脸红着低下头去，而邓佳佳的表情却有些奇怪，让他很想什么都不管直接过去找她问问发生了什么事。

终于，薛蕊离开了邓佳佳，似乎是要去拿什么东西，严烨急忙把手里的东西随手递给了高辉。

“干吗？”高辉愣了一下。

“帮我拿一下，肚子痛。”严烨说道。

随即快步地穿过人群，向薛蕊离去的方向追了过去。

严烨在通往宿舍的楼梯上追上了薛蕊，她因为听到后面的脚步声而停了下来。

最后一抹夕阳照在她的脸上，让她看上去令人惊艳，而她看到严烨时自然而然展现出来的笑容足以融化任何人。

这让严烨的脚步不由得停了下来。

“你……你找我？”她充满期待地说道，脸瞬间就红透了，让人实在不忍心说出那些拒绝的话语。

但严烨还是点了点头。

“现在?”她的呼吸突然就急促了起来,心跳也变得非常快,心脏像是随时都有可能从喉咙里跳出来。

终于等到这一天了吗?

她充满希望地看着严烨,等待他向自己走过来,拥抱自己,但严烨却只是站在原地,眼睛回避着她的目光。

“对不起。”严烨深深地吸了一口气后说道。

“对不起?”这样的话与薛蕊无数次憧憬的完全不同,她敏锐地感觉到了严烨想要说什么,心口就像是被人狠狠地敲了一下,猛地停了几秒钟。

她的呼吸也停顿了,脸一下子变得苍白了起来。

“对不起,但我……”严烨没有勇气去看她的眼睛,而是盯着自己面前的地板说道。

薛蕊突然向楼上跑去。

“薛蕊!”严烨焦急起来,快速地追了上去。

女孩慌乱的脚步无法与他相比,仅仅是几秒钟以后,他就拦住了她。

薛蕊像是一只被饿狼逼住的小鹿,无助地缩在墙角,眼泪已然滴落了下来。

“你听我说。”

“我不听,求求你,不要说……”薛蕊终于哭了出来,拼命地用手捂着自己的耳朵,似乎这样就能改变正在发生的事情。

但严烨还是残忍地拉开她的手,低声地说道:“对不起,我很感谢你对我的青睐,但我已经有喜欢的人了,我没有办法接受你的好意。对不起,真的很对不起。”

“你骗我!”薛蕊拼命地摇着头,大声地说道,“你身边根本就没有其他女孩儿! 你骗我! 你明明喜欢我的,我看得出来,我能够感受得出来! 你明明喜欢我的!”

她的样子让严烨的心也像是被什么东西狠狠地割了一下,但他明白,这时候心软,未来将给更多的人带来更大的伤害。就像他对邓佳佳所说的一样,现在的结果暂时伤害的只是薛蕊一个人,但如果他犹豫迟疑,邓佳佳和高辉也将成为受伤者。

事情进行到这一步,已经没有后退的余地了,只能期望着结果能够像他预想的那样，向一个好的方向发展下去。

“对不起。”他再一次说道，“也许是我让你误解了，但我喜欢的不是你，而是邓佳佳，从你们俩刚刚申请调过来的那一天开始就已经是这样了。在你们刚刚到来的时候我就当众说过这样的话，很多人都听到了。”

薛蕊的哭泣一下子停住了，这个名字完全超出她的想象，严烨即便是说自己喜欢的是严淇也不会让她感到这么震惊，这么心痛。

邓佳佳?!

“你不要怪她。”严烨却继续在她面前说道，“这件事情和她没有关系，因为你，她一直都不愿意接受我，一直都在劝我接受你。我也曾经想要这样做……但我很快就意识到这是错的。如果我违背自己的本心接纳了你，既对不起你，也对不起她。我不能让自己活在谎言里，不能让你活在假象当中，更不能让佳佳明知这一切，还必须站在我们身边，默默地承受这一切。这样下去，对于我们三个来说都只会是一种折磨，你明白吗?”

薛蕊的脑子已经完全空了，她停止了哭泣，就像是突然变成了一个木偶。

严烨不得不用力摇晃了一下她的身体，终于让她又活了过来。

她张着嘴，却许久都没能说出话来，也不知道自己应该做什么，眼泪突然又开始拼命地往外涌。

“你要怪就怪我，不要怪她，她在这个事情上是无辜的。”严烨低声地说道。

“请你走开……”薛蕊终于又发出了声音，但那声音却像是硬被什么东西挤出来的一样。

“薛蕊……”

“请你走开，让我自己安静一下。”她把头转过去，背对着他，低声地说道。

“对不起，真的很对不起。”严烨低声地说道，随后快步下了楼。

邓佳佳正往这边走，她一定是察觉到了什么，严烨一把抓住她，硬把她拉到了一边。

“你做了什么?”她焦急地问道。

“我做了自己该做的事情。”严烨说道。他的心情也不好受，不论是谁，看到薛蕊那样的女孩因为自己而变得消沉、痛苦，心情应该都高兴不起来。

“你这混蛋!”邓佳佳愤怒地说道。她想要向宿舍跑去,却再一次被严烨拉住了。

“不要去。”他死死地拉着她,低声道,“她现在最不想看到的就是我们俩,你明白吗?你现在过去只会让她感到更难受。”

邓佳佳彻底愣住了,随后愤怒了起来:“你到底对她说了什么?”

“我什么都说了,我喜欢你,所以不能接受她的好意。”严烨说道,“长痛不如短痛,这是最好的办法。”

“你……”邓佳佳的眼圈一下子也红了,“你知道你做了什么吗?她是我最好的姐妹!如果没有她,我早就死了!你这样做,想过我的感受吗?”

“正因为她是你最好的朋友,所以我们更不应该欺骗她。”严烨拉住她拼命向自己打来的拳头,不顾旁边那些人惊讶的眼神,一点点把她抱在了自己的怀里,在她耳边说道,“一切都会好起来的,她一定比你想象的更坚强,否则的话,她就不可能在何家营生存下来。她能够承受这些,相信我,她不会有事的。而现在,我们该做的事情不是在这里争执、吵闹,而是让高辉知道她需要安慰,让高辉去抚平她的伤口。你明白吗?”

“哥?你们这是?”严淇的声音在旁边响了起来,她张大了嘴,完全无法相信自己看到了什么。

邓佳佳?这是怎么回事?

高辉却站在一边偷笑。作为一个完完全全的局外人,从不知道发生过什么,他反而觉得这一幕再正常不过了,不就是一对情侣因为什么事情吵架罢了。虽然严烨没和他说过,不过那天严烨既然请了邓佳佳一起来,那他们之间如果什么事都没有反倒是一件怪事。

这样的狗粮在过去的那么多年里他已经吃了无数次,早就习以为常了。

“高辉。”严烨紧紧地抱着邓佳佳,不让她有机会打到自己,也不让她有机会挣脱开自己的拥抱,同时尽量让自己平静地对高辉说道,“刚才我看到薛蕊一个人上那幢楼去了,她好像哭了。你快去问问出了什么事。”

“啊?”高辉愣了一下,随即把手中自己的那个盘子和严烨之前递给他的盘子一起塞给了严淇,三步并作两步地向那幢楼跑了过去。

“哥!”严淇抱着三个盘子,看着眼前的一幕,莫名其妙地就觉得火很大,但严烨却一直在紧紧地抱着邓佳佳,不让她从自己的怀里挣脱出去。

周围的人忍不住低声议论起来，邓佳佳终于意识到了这一点，狠狠地掐了严烨一下，让他惨叫一声放开了手。

面对周围这些熟悉的面孔，她又羞又恼，狠狠地在严烨脚上踩了一下，向旁边没人的地方跑了。

“小严队长，这是怎么回事？你隐藏得可真深啊！”有人在旁边笑了起来。

严烨没有心思管他们，对他们摆了摆手，让他们别乱嚼舌头，跟在邓佳佳身后追了出去。

人们低声地笑了起来，关于严烨和邓佳佳的话题一下了成了大家讨论的中心，很多人都信誓旦旦地说，自己早就已经看出了苗头。好在高辉已经离开了这里，否则他很有可能从他们的话里觉察出什么来。

所有人都对这件事情兴致勃勃，只有严淇感觉自己像是被遗弃的小孩，又伤心又失望。她强忍着眼泪把手里的盘子扔到放脏盘子的箩筐里，一肚子心酸地往北面走了。

第2章 无　言

“严淇?”

一打开门就看到泪眼蒙眬的女孩,这让李雨欢愣了一下。

白天看到她是因为逃课,晚上这又是怎么回事?

“怎么了?别哭别哭,好好地跟姐姐说。”李雨欢急忙把她引进门,把自己的手帕拿过来给她擦眼泪。

“我哥他……我哥他不要我了!”严淇哇的一声扑到李雨欢怀里,放声大哭了起来。

“这怎么可能!谁都知道你哥最关心你了,一定是误会吧?”李雨欢搞不清楚状况,只能不断地安抚着她。

张晓舟去参加小组活动还没有回来,于是她让女孩在沙发上坐下,等她稍微平静下来之后,才开始问她到底发生了什么。

随后,当然只能是哑然失笑。

她没带过孩子,也没学过心理学什么的,但她大概可以明白严淇这种心理落差的由来。很显然,严烨以前唯一关心的女孩,甚至可以说最关心的人就只有她一个,而他有了女朋友以后,这份关爱就要至少分出一半去给那个女孩子,在某些时候,也许他会不得不把那个女孩的事情看得更重要一些。

对于严淇来说，这也许就是她口口声声“哥哥不要我了”的由来。

“也许你哥以后真的会分一半关爱出去给别人，但你要换个角度想想，以前你只有他一个亲人，只有他一个人爱你，但以后就有两个了啊！关心你的人多了，难道这不是好事吗？”

“我才不要那个丑八怪来关心我！”严淇小声地嘀咕着，心情却稍稍好了一些。她当然知道哥哥终究是要谈恋爱结婚生小宝宝的，不可能一辈子守着她这个妹妹，她只是希望，这一天能晚点到来。

“还不如那个狐狸精呢……”她把头埋在李雨欢的怀里，任由李雨欢轻轻抚着她的头发，“我不要那个臭哥哥了！雨欢姐，你做我的姐姐好不好？”

李雨欢忍不住微笑了起来：“你本来就是我的妹妹啊！”

张晓舟回来，脑力激荡之下，感到疲惫不堪，只想倒在床上就睡，却被李雨欢轻轻地挡住了。

“今天你可不能在家睡了。”她轻声笑着说道。

“怎么了？”张晓舟感到有些奇怪。

“严淇跟她哥哥吵架，哭着来找我，没说几句话就睡着了。大概是白天军训太累了吧？”

张晓舟下意识地看了看床上，朦朦胧胧果然有个女孩子正在很没有女孩样地呼呼大睡。

“这么晚了……你让我去哪儿睡啊？”他感到有些哭笑不得，“我在沙发上睡好了。”

“人家一个小女孩，和你睡一个房间，你觉得好吗？”李雨欢说道，“自己想办法去！”

张晓舟只能灰溜溜地从家里出来。

去找谁？

老常不行，他受伤之后睡眠一直不好，要是和他挤一晚，老常肯定睡不着了。他年纪大了，这么熬一夜对身体的影响太大了。

钱伟本来可以，但现在他好像已经和那个单亲妈妈住在一起了，一家三口的，也不好去打扰。

他稍稍考虑了一下，便向高辉的房子走去。

但没想到，等他敲了敲门，却听到里面一阵慌手乱脚的声音，过了一会儿，才见高辉慌慌张张地来开门了。

“怎么了？”张晓舟习惯性地往里走，却被高辉死死地挡在了门口。

“张晓舟，这么晚了，你这是？”

“严淇跑我家去了，我这不就被赶出来了。”张晓舟发着牢骚说道，“想来想去，只能和你挤挤了。”

他又想往里面走，高辉却死死地挡着门，一脸的油汗。

“我的哥，你怎么……今天不行，真不行……你看看别的地方……拜托了。”

他脸上的表情非常古怪，张晓舟愣了一下，随即终于明白了。

“你小子终于也开窍了？”他笑着摇了摇头，“是我莽撞了，行，你赶快回去吧！”

“不是你想的那样……”高辉急忙解释道。但张晓舟却已经向他摆了摆手，快步离开了。

高辉讪讪地关上门转回来，却看到薛蕊已经站了起来，她把手放在自己身前，紧紧地捏在一起，显然也觉得尴尬而又紧张。

“我该回去了。”她低声地说道。

“别……”高辉脱口而出道。

“你别误会，我不是那个意思！”他急忙解释道，“我的意思是说……那我送你吧？”

“谢谢。”薛蕊低声地说道。

高辉生怕她马上说出“你真是个好人”这句话来，但好在她并没有这么说。

他的脑子到现在还是晕乎乎的，不太明白发生了什么，甚至都不记得自己做了什么，说了什么。

他只记得上楼之后，看到薛蕊一个人坐在那个角落里默默地哭，他不敢上前，又不愿意走开，只能在台阶下面默默地看着她。

直到生产队的庆祝结束，人们三三两两地回来，薛蕊才慌张地擦去了泪水，站了起来。

其实她早就看见高辉了，有一个瞬间，她甚至有种想法，严烨是不是为了撮合自己和这个高辉，才故意导演了这场戏。

这让她对高辉的印象一下子变得很恶劣，如果他胆敢走上来……

但高辉却没有像她想象中那样趁机上来嘘寒问暖，而是手足无措地站在那里，他的脸上满是关切和担忧，却明显根本就不知道应该怎么去安慰别人，只会笨拙地站在那里。

薛蕊实在是不想回到宿舍去，她不知道自己应该怎么去面对邓佳佳，在严烨对她说出那些话的时候，她根本就不肯相信，但他们俩却在楼下马上就上演了一场活生生的话剧给她看。

邓佳佳的焦急、愤怒和挣扎都不是假的，这让薛蕊不得不相信了严烨的话。她马上就想起了邓佳佳的异状，想起了那些看似无心的话。难道她这两天每天晚上莫名消失那么长时间，其实都是去见严烨了？

这让她越发难过，严烨的拒绝是一方面，但邓佳佳一直将这样的事情瞒着她，一厢情愿地想把严烨让给她，这样的做法又何尝不让她感到痛苦。

她忍不住哭了起来，可高辉竟然就这样站在那里什么都不做，什么都不说，这让她越发气苦了。

“薛蕊，你……你要去哪儿？”看着她向楼下走来，高辉才终于说出了第一句话，但薛蕊却根本没有理睬他，直接走了出去。

高辉不敢问她到底是为什么痛哭流涕，但他又放心不下，生怕她出什么事情，于是便一直跟在她后面不远的地方。

薛蕊也不理他，但她走出来之后才发现，自己根本就没有地方可去。

天色迅速地暗了下来，气温也随之降了下来，薛蕊站在路边哭了一会儿，感觉身体又酸又痛，再一次蹲了下来，高辉迟疑了一下，把身上的薄外衣脱了下来，小心翼翼地披在了她的身上。

薛蕊哭了一会儿，终于慢慢地平息了下来。

就像严烨所说的那样，她其实并不像她的外表那么脆弱，也许她没有邓佳佳那么刚强，但如果她的心理承受能力很弱，在何家营的时候就已经死了。

“你跟着我干什么？”她突然问道。

“我……”高辉不知道应该怎么回答。他看过数不尽的番剧，玩过上百个恋爱游戏，对于在这种情况下应该说什么做什么其实了然于胸。但世界上的事情往往不是你知道应该怎么做就能怎么做，即便是那些台词早已经耳熟能详，但在自己喜欢的女孩面前,他还是一句话都说不出来。

“过来。”薛蕊说道。

高辉身体僵硬地走了过去,薛蕊站了起来,轻轻地靠在了他的胸前,让他的心都一下子惊得停住了。

“什么都不要说,就让我靠一会儿,好吗?”

“你想靠多久都行!”高辉急忙答道。

薛蕊大概有一米七多一点,在身高一米八的高辉面前低下头,正好可以靠在他胸前,他嗅着她发梢淡淡的香味,不知不觉地就迷失了。

等他再一次恢复意识,却发现自己的手不知道什么时候已经搭在了薛蕊的背上,她无声地哭着,把他胸前的衣服都浸湿了。

这让他紧张了起来,双手放下去也不是,继续搭在薛蕊的身上也不是,不知道过了多久,薛蕊终于轻轻地推开他,向后退了一步,用衣袖擦去了眼泪。

“我感觉好多了,谢谢你。”她低声地说道。

“没关系,只要你……只要你别哭,让我做什么都行。”其实他很想知道薛蕊到底为什么会这么难过,但他不知道以自己和薛蕊的关系,是不是有资格问这样的问题。

“要我送你回去吗?”两人尴尬地站了一会儿,他终于想到了这一点。

“我不想回去。”薛蕊低声地说道。这个时间邓佳佳肯定还没睡,回去要怎么面对她?

但他们总不能就这样在街上站一个晚上,鬼使神差地,高辉突然问道:“那你想到我那里去休息一下吗?”

这句话他说出去之后马上就后悔了,但让他没想到的是,薛蕊迟疑了一下,然后微微地点了点头。

宅男的房间自然很乱,好在只是东西多,并不是脏。

他慌慌张张地把薛蕊请进来,然后便点燃了油灯,忙着去生火。

但薛蕊却轻轻地拉了一下他的衣服:“你什么都不用做,就让我靠一下吧。”

他笨拙地坐在沙发上让薛蕊轻轻地靠着,许久之后,他终于大着胆子,慢慢地,悄悄地,轻轻地把手抬了起来,犹豫不决地想要落下去。

但就在这时,门却突然被张晓舟敲响了。

……

“谢谢你,送到这里就行了。”

高辉迟疑了一下,随即说道:“如果你……不管什么事,只要是我能做到的,你只管开口。”

“谢谢。”薛蕊再一次说道。

也许她还远远没到喜欢上他的地步,但她至少不讨厌他,甚至不抗拒他了。

“晚安。”她低声地说道,随即转身上了楼。

高辉还是不放心,直到看着身穿白色连衣裙的她走进房间,然后一直都没有出来,才慢慢地走了回去。

薛蕊进屋发现邓佳佳不在,她会是和严烨在一起吗?

想到这个,薛蕊突然又有些心痛,她衣服也没脱,直接爬到了床上。

大概过了半个小时,门终于响了,邓佳佳熟悉的脚步声走了进来。

“薛蕊?”她低低地叫了一声,但薛蕊却假装已经睡着,动也不动一下。

邓佳佳深深地叹了一口气,也和衣爬到了自己的床上。

她和严烨先是在远处看着高辉和薛蕊,等他们走了之后,才发现严淇不见了,满世界地去找她。最后还是在路上碰到高辉之后才知道她不声不响地跑去张晓舟家了。

严烨气得什么脾气都没有了,邓佳佳也感到很累,两人根本就没有心思谈彼此之间的事情。

但该面对的还是必须面对,邓佳佳拒绝了严烨的好意,决定自己来面对薛蕊,她想了一肚子的话想对薛蕊说,但等到真正面对薛蕊的时候,才发现任何话语在这种事情面前都没有意义。

该怎么面对她?该说什么才能挽回她们之间的友情?

令人窒息的寂静中,她越想越多,却越发找不到答案。

她躺在床上想了很久,终于在又累又困中睡着了。

邓佳佳醒来的时候,薛蕊已经不在房间里了。

她急匆匆地跑出去,却什么地方都找不到她。

“你找薛蕊?”一个同她们一起在食堂工作的大姐最终叫住她问道,“她一早就向刘嫂请了假,说是有事出去了。”

“有事?”邓佳佳的心揪了起来,她这是不愿面对自己,不愿意原谅自己吗?

……

“申请调职?”梁宇叹了一口气。

他还记得这个女孩,毕竟,她这样出众的女孩在联盟也可以说是独一份,很难不让人留下深刻的印象。但他却感到有些奇怪,在他的预料当中,她们应该是调到生产队去没几天就会受不了来找他申请换地方。但在那个地方待了快两个月,应该已经完全适应了那里的生活,怎么会突然来申请调职?而且两个女孩变成了一个?

发生了什么?

他微微有些好奇,不过一天到晚手上的事情多得要命,没有太多的时间去考虑一个女孩的情感问题。既然调职申请上严烨和吴建伟都已经签了字,那他也没有什么理由阻拦。

于是他拿起调职申请问道:“那你有什么意向吗?希望调到什么部门?”

这样的女孩子不管去什么部门应该都会有人乐于接收,这他倒不担心,既然如此,那他乐得随手做个好人。

“只要能尽快离开现在这个地方,什么部门都可以。”

“那好吧。”梁宇于是点了点头,“我落实一下什么地方还缺人,你下午三点再过来拿通知。”

薛蕊点点头,轻声地说了句“谢谢”,然后便走了出去。

让梁宇没想到的是,不到一分钟,高辉便溜了进来。

“你今天不去学校盯着军训?”

“那些小兔崽子都老实了,我一会儿再去!”高辉说道,“刚刚那个……薛蕊,她来找你有什么事?”

梁宇看着高辉,若有所思地点了点头:“她申请调职,这个事情不会和你有关吧?”

“怎么会!”高辉矢口否认,但马上又觍着脸说道,“能不能让她到学校来?我们现在人手严重不足啊!”

“她只是个大三学生,都还没有毕业,去你那儿能干什么?”梁宇故意说道,“你别忘了,所有老师都是要考核通过以后才能上岗的!”

"这……大三学生教小学生应该没有问题啊，就算不行，我们那儿不是要开食堂了？让她去食堂帮忙也行啊！"

梁宇终于忍不住笑了起来："行，她之前在生产队那边也是在食堂帮忙，那我就安排她到你那里去。不过要是人家不同意，我也没办法。"

"你放心！她一定会同意的！"高辉急忙说道。

从梁宇的办公室出来，他兴奋得忍不住跳了起来。

严烨一大早就来学校告诉他这个消息，顺便狠狠地骂了严淇一顿。高辉也没空管这兄妹俩，匆匆忙忙把手上的事情交代了一下就跑过来了。

还好赶上了。

……

邓佳佳听到这个消息的时候却像是被雷劈了一下，她丢下手里的东西就往宿舍跑，正好看到高辉帮薛蕊提着她的东西从楼上下来。

"薛蕊！"她的眼圈一下子就红了。

"高辉，麻烦你先帮我把东西送过去行吗？"薛蕊反倒比她平静得多。

高辉答应了一声，提着两个包先走了。

"对不起……"邓佳佳的眼泪马上就涌了出来。

"别这样。"薛蕊勉强地挤出了一个笑容，"你没有对不起我的地方，其实一直都是我……"

"不是那样的，不是那样的！"邓佳佳拼命地摇着头说道。

薛蕊苦笑了一下："我不是怪你，你别那么想。我只是接受不了继续一直看到他……这是我能想到最好的解决办法了。"

"你不要走……"邓佳佳说道。

"我能走到哪儿去？"薛蕊苦笑了起来。

如果可以，她真的想搬到另外一个城市去，斩断过去重新开始，但遗憾的是，她们的人生里已经没有这样的选项了。

"我们还是好姐妹……只是不住在一起，不天天见面。"她对邓佳佳说道，"等到我们都整理好心情，能够坦然地面对这件事情……"

邓佳佳知道自己已经没有办法阻止她离开，只能泪眼蒙眬地抱住了她，而她也紧紧地抱住了邓佳佳。

"你一定要幸福。"两人无声地互相说道。

邓佳佳失魂落魄地走回东木城，严烨站在通道口等她，看到她的样子，他心里非常不舒服，但当他伸出手想要握住她的手时，却被她甩开了。

"因为你，我失去了最好的朋友，最好的姐妹。"她的眼泪又一次流了出来，"我不会接受你的，你死了这个心吧。"

……

对于丛林开发部生产一队的人们来说，接下来的几天时间对他们是一种折磨。

令人赏心悦目的女孩少了一个，据说是调到学校去了，而另外一个，满脸都是"生人勿近"的表情。他们毫不怀疑，谁敢拿这个事情开玩笑，肯定会被滚烫的粥泼一脸。

严烨那边也一样，好几天都没有看他露出笑容，这让本来准备好好戏弄他、拿他开开玩笑的人们只好闭口不谈，但是在私下里，大家都好奇这三个人之间到底发生了什么。

严烨私下里找邓佳佳谈了好几次，但她根本就不理睬他，不管他说什么她都是一脸淡漠，甚至和他吵了起来，这让他感到很挫败。

他以为一切都在自己的掌握之中，但现在他才明白，很多东西并不是他可以操纵的。

但该做的事情还是得做。

他很快就想办法弄到了足够多的绳子，代价是他手头的工分券再一次大量消耗，几乎到了他也感到有些承受不住的地步，但相对于未来而言，这样的投入应该是值得的。

只要能抓住几条中型恐龙，它们的皮肉就足够抵消这些工分券的消耗了。

张四海专门请了两天假过来和他们一起到吼龙岭那边去设置绳套。之前设下的那些夹子全都被他们收了回来，其中又有两个被触动过，但同样的，上面只有血迹和羽毛的碎片，看不到猎物。

很显然，这些东西只有在他们有条件在附近常驻的时候才有使用的价值，否则的话，不过是替那些潜藏在丛林里的猎手做嫁衣罢了。

严烨动用了十几个亲信来做这个事情，要按照张四海的指导把高高的树枝用绳子拉扯下来做陷阱并不是简单的事情。规模放大几倍,拉力也放大几倍之后,要用简单的结构来达到那种平衡状态变得很困难。一方面,必须让它们具有相当的灵敏性,另一方面,又要让它们不至于因为下雨或者是刮风而被触发,这对设置陷阱的要求其实挺高。

即便是张四海其实也没有做过这么大的陷阱,他们反复地进行试验,摸索着诀窍。

“希望有用吧。”张四海说道。

他的那两只孟加拉豹猫兴奋地在丛林里跑来跑去,它们已经很久没有像这样自由自在地玩耍嬉戏了。

虽然它们个头不大,但要养活它们也不是件容易的事。

联盟里到处都是老鼠夹之类的陷阱,他不敢把它们放出去自己找东西吃,而且联盟控制的地区现在其实也没有多少合适的猎物可以捕杀,把它们放出去除了危险之外并没有什么意义。

两座木城周边也全是用来防范恐龙的兽夹,太过于危险。虽然以它们的体形不太可能触动那么大的兽夹,但凡事就怕万一,以那些兽夹的力量,足够把它们直接夹断。

虽然作为联盟重要的珍稀物种,张晓舟每个礼拜都会特批一点肉类来给他,但终归不可能满足全部需求。

张四海私底下接活,其实也是为了从人们手里换取价格高昂的虫子肉,以此来养活它们。

“它们不会不回来吧?”严烨有些担心地看着已经完全跑疯了的那两只猫,很快,它们的身影就消失在了周围的丛林里。那样的斑纹是完美的保护色,也许丛林才是它们真正的归宿。

“不会的。”张四海却很有信心地说道,“让它们跑吧,等它们玩够了就会回来的。”

他们最终在吼龙岭周边设置了四个用来抓中型恐龙的大型陷阱和十个用来抓吼龙的小型陷阱,严烨和张四海弄到的所有绳索和钢丝绳消耗一空。

“大黄!小黄!”张四海开始呼叫那两只豹猫,但它们却许久都没有回应。

大家和他一起大声地喊叫起来,周围什么声音都没有,它们不会是跑远了吧?

就连张四海脸上也挂上了汗珠,但在高声叫了它们十几分钟后,它们终于从灌木丛中钻了出来。

大黄的嘴里还叼着一只什么动物,黑色的皮毛,长长的尾巴耷拉在外面。

“这是什么？老鼠?”严烨问道。

“不知道。”张四海用手替大黄挠着下巴,让它舒服地闭上了眼睛,乖乖地让他把那个东西从嘴里取了出来。

很像老鼠,但却又有着很大的不同,很多结构都很原始。

“应该是这个世界原生的哺乳动物。”张四海说道,“搞不好是我们的祖先也说不定啊。”

“你的祖先才是老鼠!”严烨马上说道。

两人的关系经过多次合作之后已经变得很好,严烨说话的口吻自然也就随便得多了。

张四海笑了笑,也不说什么,把自己的两只豹猫放进笼子,带着它们准备离开。

那只不知道是什么东西的动物也一并带走,准备拿回去给它们吃。

虽然张晓舟很有可能会对这种动物感兴趣,但他们这毕竟是瞒着联盟偷偷出来打猎的,没法解释这东西的来源。

就在这时,因为被塞进笼子而显得非常不高兴的大黄的耳朵突然立了起来,随即迅速收拢,向着丛林里的一个方向低声地嘶吼了起来。

“有东西!”张四海马上说道,同时放下笼子把手中的弩对准了那个方向。

整个队伍都紧张了起来,严烨马上带着部下把矛阵立起来,但他们却看不到那个方向有任何东西在活动,也听不到任何声音。

树梢的风声当中,只能听到那两只豹猫在不断“嘶嘶”地叫着,几分钟后,它们终于平静了下来。

那些东西离开了?

“我们走!”严烨对人们说道,“慢一点,注意戒备。”

半途中那两只豹猫三次向他们发出警告,把他们搞得有点神经兮兮的,但没有人会认为这是它们在发疯。

动物在丛林中的预知能力本来就比人类强得多,对于这一点他们绝对不会怀疑。

严烨却在想，这些东西是今天才开始观察他们，还是之前就已经这么做了，只是他们根本就没有意识到？

一行人有惊无险地回到了东木城，张四海准备离开，严烨却留住了他。

豹猫的预警作用他已经见识到了，他当然不敢奢望张四海能够同意借一只猫给他们傍身，但如果是今后产出的猫仔呢？

“这个我还真不好回答你。”张四海没有想到他已经想到这么远了，“我这对猫之前只繁殖过一次，产了三只小猫，还有一只半个月的时候夭折了。按理来说它们也应该要进入发情期了。可张主席很看重它们，他会不会同意我私自出售小猫，这个事情真不好说。”

“那没关系，如果他同意，留一只给我可以吗？”严烨说道，“你有什么要求只管提。”

张四海摇了摇头：“行吧，到时候我们俩再商量。”

其实他并不是很愿意把小猫交给别人。大黄和小黄或许是这个世界上仅有的两只猫科动物，一旦其中之一生病或者是出什么意外，整个种群就完蛋了。

今天把它们带出来也是因为它们实在被关得太久，每天出去也都是套着绳子，实在是违背它们的天性，偶尔让它们出来放风一下。

未来他也许会把小猫拿来出售，但那一定是在已经形成了足够大的种群之后的事情了。

严烨把他送走，回来时碰到邓佳佳迎面走过来，他有心想要和她说几句话，但她却在看到他之后，犹豫了一下，直接折返了回去。

妹妹不听话，自己想要追求的女孩又变成这个样子……这让严烨的心情越发变得恶劣了起来。

运气却在感情不顺的时候变好了，第二天，当他带着队伍到吼龙岭去检查陷阱时，远远地就看到了半空中吊着一个动物，它一动不动，显然是已经死去多时了。

“我靠！总算是……”人们兴奋了起来。

严烨不得不提醒他们注意周边的环境，维持好队列慢慢地向那只动物走去。

他们在这里设置的是一个踩踏陷阱，这条恐龙显然是在路过的时候不慎踏中了绳圈然后吊在了空中。

但他们走近之后才发现，它垂在最下面的脑袋已经被咬得血肉模糊，地面上满是血污。很显然,在它被绳套抓住之后,有些东西聚集在了这里,试图把它弄下来吃掉。

好在它们并没有得逞。

他们小心翼翼地把绳子放了下来。因为脑袋被咬过,所以看不出来它究竟是什么动物,但很明显,它应该不是他们之前所见到过的任何一种,而是一条以植物为食的恐龙。

它大概有四十多公斤重,如果要类比的话,或许相当于羊或者是鹿,但也有可能是没有完全长大的幼体。

人们都感到非常高兴,从一开始想要用弩箭捕猎,到设置捕兽夹,再到现在,他们绕了一个很大的圈子,费了那么多的功夫,现在终于有结果了!

"把绳子解下来,咱们换个地方把陷阱重新设起来!"严烨说道。

丰收的喜悦让他们的行动变得更有干劲,重新把这个陷阱设置好之后,他们继续向其他陷阱设置的地方走去,结果发现了两条高高挂在半空中的吼龙。

它们同样已经死了很久,应该是被钢丝绳勒住脖子的时候就扭断了颈骨。周围同样有不少脚印,那些东西很有可能在这个地方同样逗留过,但因为它们被高高地吊在半空中,没能把它们偷走。

"这下我们赚大了!"王云海兴奋地说道。

两条吼龙加起来也有将近三十公斤重,算上之前的那条,即便是扣除不能吃的部分,也足够他们所有人大吃一顿了!

"把陷阱重新设好。"严烨也难掩自己心里的喜悦,"咱们回去好好地庆祝一下!"

肉的香味在东木城里飘散着,让所有人都笑逐颜开,虽然不久前才因为完成建设望城坡中继站的任务受到表彰而庆祝过一次,但在这个精神和物质都同样极度荒芜的年代,人们当然不会拒绝任何庆祝的机会。

这样的事情很难瞒住同样以东木城为基地活动的生产二队,但严烨他们送了一条吼龙给二队作为他们之前分享那条踏中兽夹的倒霉蛋的回报,二队便把这个事情心照不宣地隐瞒了下来。

一队如果能够经常弄到猎物,他们说不定还能有机会跟着尝尝鲜,当然没有把这个事情捅上去的理由。

……

“严烨一直都没有来参加你们的活动?”

“没有,不过高辉最近也没有参加过小组活动。”江晓华答道,“要去问问他是怎么回事吗?”

“算了。”张晓舟摇了摇头。

高辉肯定是在忙着谈恋爱,而严烨……他不认同自己的理想应该是再正常不过的事情了。

“你们的小组活动一开始的时候就定了是全凭自愿,他们不参加的话,那也没有必要勉强。就这样吧。”于是他对江晓华说道。

第3章

歪脑筋

肉的香味又一次从生产一队的厨房那边飘过来，让生产二队护卫队的小队长曹益民的口水不由自主地流了出来。

他拿起长矛，狠狠地扎到了地上。

一队的这些人也太过分了！

自从那次之后，他们隔三差五就“捡”一条恐龙回来，有时候甚至是两条、三条。

人人都明白那是怎么回事，但因为他们每次都分一条腿或者是一条尾巴给他们二队这边，他们也不好说什么，更没有人想要把这件事情捅到上面去。

但这差距也太大了。

如果他们十天半个月才来这么一次，大概也不会让人心里这么不舒服，但他们每天中午出去一趟，然后隔个三五天总能“捡”一条恐龙回来，这就真的很难让生产二队的人忍受了。

每次遇到这种情况的时候，他们只能看着生产一队的人吃肉，而他们只能喝汤。

虽然喝汤也不错，但他们还是想吃肉啊！

有些人试图找关系调到一队去，但这种事情没有特别的理由怎么可能通得过队长的审批？再说了，严烨那边好不容易才把队伍的向心力和心气提起来，又怎么可能接收他们二队的人？

于是他们开始动起其他脑筋来。

大家都是从板桥那边逃过来的，多多少少都有些香火情在，很快就打听到，他们其实是在吼龙岭附近设下了不少陷阱，因此才会隔三差五都有收获。

“那个我们也行啊！”马上就有人说道，“不就是陷阱吗？”

但还是有人泼冷水，之前一队那边也经历过一段时间的失败，还是想办法把机加工厂的那个技术负责人请来帮忙以后才开始成功的。

就凭他们自己，真的行吗？

曹益民等人于是想办法又打听起消息来，最后终于搞清楚，他们设下的不是兽夹之类的陷阱，而是用钢丝绳做成的套索。抓住猎物之后能够把它们高高地吊在树上，以免被肉食恐龙偷走。而他们每天中午派一支队伍出去，其实就是去检查那些套索是不是抓住了猎物，然后换个地方把它们重新架设好。

这让他们彻底傻眼了，套索他们能不能设是一回事，但别说钢丝绳了，就是稍微长一点轻便一点儿的绳子他们也找不到啊！

“这些该死的家伙！”另外一个人扒了一口因为太稀几乎尝不出肉味的肉汤粥，恨恨地骂了一句。

这个世界上永远都是不患寡而患不均，经常看着一队的人吃肉，他们的心里渐渐愤懑起来。

“其实我有个办法。”一个名叫胡有志的男子突然低声地说道。

“什么办法？”人们一下子兴奋了起来。

“他们不是每天中午去吗？”胡有志看了一眼一队那边，压低了声音说道，“我们早上假装去林子里砍树，分一队人抢先去那边看看有没有抓到东西，如果有……”他隐秘地做了一个手势，“我们就把它们捡回来！”

“会被他们发现的吧？”另外一个人说道。

“怕什么！我们把绳套原样放回去不就行了？他们怎么可能知道？”胡有志说道，“再说了，那个地方又不是他们的，凭什么他们能去我们不能去？要是怕他们发现，我们路上就把那些肉处理掉，分成小块晚上带回营地去做，不在木城这边弄，他们没事也不会跑到我们营地那边去，肯定发现不了！”

这样的主意实在很烂，但已经被严烨他们那些人经常吃肉折磨得极其不爽的人们却都心动了。

“这个事情不可能瞒得过队长。”曹益民第一个站出来支持，“得想办法把他说服了，不然我们几个莫名其妙地消失几个小时，瞎子也知道是怎么回事了！”

“他早就看那个严烨不爽了，我们一起去说，他肯定不会反对的！”胡有志说道。

两个队都是以东木城为基地，吴建伟和秦继承来检查工作时总是喜欢把两个队的队长叫在一起参与检查，而且总是习惯性地把他们放在一起对比，偏偏他们二队不管怎么努力都没法追上一队的进度，各方面的工作也没那边做得好，总是会被吴建伟唠叨，让他多向严烨学习。

一次两次还能虚心接受，一直这样，谁能咽得下这口气？

“联盟可是有禁令的……”二队的队长赵树林犹豫不决地说道。

“什么狗屁禁令！严烨他们遵守过吗？队长，你就是太老实了，所以才会一直被那个家伙踩在头上。”

“但那外面……”赵树林其实已经心动了，但他还有顾虑。一方面是怕出事，另一方面，也怕事情败露之后被严烨找上门来兴师问罪。

“那条路他们天天走，也没听说遇上什么东西。”胡有志说道，“我们也不是没受过训练，就算是遇上恐龙，只要把矛阵竖起来，它们也就是来送菜的，正好一锅端了！”

“队长你怕他们来找事？”另外一个人看出他在顾虑什么，“我们又不是天天去！偶尔去一次，有就捡点回来，没有也就拉倒，不会被他们发现的！再说了，这事本来就是违规，他们就算是发现了又怎么样？难道他们还敢把事情闹大？到时候一拍两散，让联盟来把东西没收了，吃亏的还是他们！”

“队长！别犹豫了！干吧！”好几个人都激动起来，里面甚至包括了好几个小队长。

“不行我们去看看情况也好啊，搞清楚他们是怎么弄的，我们回来以后自己弄也可以啊！”曹益民说道，“队长，再这样眼巴巴地成天看着他们吃肉，我们喝汤，我怕到时候大家更没心思干活了！”

这句话最终说动了赵树林。

“那行！就这么说定了。”他狠狠地拍了一下桌子，“曹益民，你是咱们护卫队的头，你来挑人，别太多，别超过十个，人多了容易被看出来。你们明天一早从北面绕点路出去。他们一般是十一点出发,你们十点半以前赶回来！路上小心点,要是‘捡’到了东西,在路上处理一下,就说是被我们这边的夹子夹住的。”

“没问题!”曹益民兴奋地说道,“队长你放心！这件事包在我身上了!”

清早,东木城。

两个生产队的人分别以自己队的食堂为中心,乱纷纷地闲聊着,吃着东西,队长、副队长们则把小队长们召集在一起,讨论和安排着这一天的工作计划。

有些性急的小队长已经开始把队员们组织起来按照规程交代安全注意事项,整理工具准备干活,但也有些队伍还一直稀稀拉拉地有人从地面沿着台阶往下走,人还没有到齐。

在这种状态下,大部分人都没有注意到,二队的护卫队长曹益民偷偷地点齐了昨天晚上就悄悄联络好的人,在一队伐木工的掩护下,偷偷地走进了北面的丛林。

他们的装备当然不能与严烨花巨款向张四海购买的那些相提并论,只是简单地用木片和粗绳编织了非常简陋的胸甲,然后带上了砍刀、长矛和联盟发给他们的两支弩。

“小心一点儿,别让他们发现了!”曹益民一直在小声地提醒着这个“捡漏”小队的成员。

他们的计划是从北面绕出去一两百米,然后再向东走回到那条通往吼龙岭的大路上去。

但刚刚走出去几十米,环境的骤然变化就让他们中的很多人恐惧起来。

他们当然不是没有进入过丛林,但多半都不深入,而是在丛林的边缘进行警戒,不过是寻找一下有没有可以抓的虫子,走进丛林十来米的距离。

对于他们来说,人生最远的一次在白垩纪丛林中的远足,就是从板桥沿着悬崖走到北木城的那个位置进入联盟的那次征程,但那一次联盟投入了不少人力在沿途替他们做警戒,而且,那时候附近的丛林中也还没有发现大型食肉动物活动的踪迹。

那种一回头就能看到木城,知道自己身后有足够支援的感觉和现在这样犹如裸体走在街上的感觉完全不同。

视线很快就被遮蔽,身后人们的声音也很快就消失了。走出几十米后,这些未经训练的人，放眼望去只能看到满眼的绿色，耳朵里能够听到的只是同伴们紧张的喘息声和曹益民用刀砍开道路的声音，他们甚至无法辨别近在咫尺的灌木丛里有什么，这让他们紧张起来，不由自主地挤在了一起。

“曹益民，要不……”有人低声地说道。

“你们这些家伙！”曹益民回头看了看一脸紧张的他们，恨铁不成钢地说道，“天天在这里砍树，周围有什么东西也早就被吓跑了，看你们这个样子！”

话虽如此，他们还是在走入丛林五六十米之后便开始向东面走，反正在这里木城那边的人也早已经看不到他们了。

几分钟后，他们终于踏上了那条小路，所有人才轻松了起来。

道路两侧的灌木和蔓藤严烨他们一直在清理，走在这个地方，视线终于能够看到足够远的地方，安全感终于回到了他们的身上，让他们的脚步又轻松了起来。

里面没有一个人来过这个地方，不过他们之前就小心地向一队的那个大嘴巴打听过这边的情况。

从木城过去正常要两个小时，而回来则需要一个小时，也就是说，即使他们出来得这么早，中间也只有一个小时的时间可以用来避开一队每天中午过来查看陷阱的人。

“快快！”曹益民于是不断地催促着。

这段上坡路让他们爬得够呛，但他们还是只用了不到一个半小时就赶到了木屋的位置。

“歇会儿……累得不行了！”胡有志上气不接下气地说道，“我靠！”

其他人也好不到什么地方去，不过在丛林里看到还算是坚固的人造物，让他们一下子就感到安心了。

“喝点水，休息五分钟。”曹益民也感觉有点累了，不过他的身体本来就比他们这些人好一些，还算是撑得住，“按照他们的说法，应该就在这附近了。抓紧时间，一会儿分成两队在四周找找，胡有志你带一队，注意别走得太远，小心点！有情况就大声叫！”

对于肉的渴望让人们重新振作起来，因为不知道陷阱的具体位置，他们只能随意选了一个方向，向那边走去。

好在附近的树上多半都有指向树屋的箭头，迷路的可能性并不大。

"看着点时间!"曹益民说道,"最晚十点钟就得在树屋下面集合! 大家相互提醒着点,别走远了!"

陷阱当然不可能设在距离树屋很近的地方,他带着的那个组足足走了三分钟才见到了第一个陷阱,钢丝绳上弄了点树藤作为掩饰,不注意看还真看不出来。

他们研究了一下,大致的原理能搞清楚,但具体怎么弄还是不明白,一个队员轻轻用手碰了一下其中的一个木条,那根钢绳突然嗖的一声向上猛地一抽,差一点就砸在了旁边站着的那个人脸上。

"我靠! 你小子想杀人啊!"他被吓得脸色惨白,愤怒地大叫起来。

"对不起对不起!"手痒的那个人急忙说道。

"怎么办?"另外一个人问道。

绳套高高地在高处荡来荡去,他们用长矛都够不着,如果要把它复位,看来只能派一个人爬到树上去。

"不管它了,反正他们也不会知道它到底是怎么弹起来的。"曹益民说道,他们可没有多少时间能够花在这里,"你们小心点! 别再手痒了!"

他们继续往前走,曹益民觉得严烨他们设置陷阱的时候,应该是以树屋为中心来布置的,不太可能一直往远处走,于是他往前走了几分钟没有发现新的陷阱之后,便开始带着队员们往侧面走。

十来分钟之后,他们终于又找到了另外一个陷阱。

同样没有被动过的迹象。

"靠!"他们忍不住骂道。

他们肯定不可能把所有陷阱都找出来,这样看来,今天很有可能会白跑一趟,这让他们都觉得不爽起来。

曹益民看了看表,九点二十,时间已经不多了。

"快点!"他焦躁地说道。

又走了五分钟,一名队员突然惊喜地叫道:"你们看!"

一个东西吊在右前方的树丛里,很明显已经死了。

所有人都兴奋起来:"快! 快!"

他们一路小跑着过去,发现是一条一队曾经分给他们吃的吼龙,不过个头很大,看上去至少应该有二十公斤!

"谁上树去把它弄下来?"曹益民说道。

"我来我来!"一名队员飞快地丢下长矛和砍刀,扯下身上碍事的简易木甲,开始拉扯着树上的木藤向上爬去。

"小心点! 当心树上有虫子!"曹益民大声地在树下说道。

所有人都欣喜地看着他慢慢向绑绳子的那根树枝爬去,不断地提醒着他要小心。

"啊!"一声惨叫突然打破了丛林中的寂静。

所有人一下子紧张了起来,但之后却什么声音都不再有了。

"胡有志! 胡有志!"曹益民大声地叫了起来。

没有回应。

"你们听出是什么方向了吗?"他向身边的队员问道。

所有人都在摇头。

对丛林的敬畏终于在这时候回到了他们的意识当中,新洲团队那些死者的故事突然一股脑地涌入他们的大脑,让他们恐惧了起来。

"不要慌!"曹益民慌张地说道,"不要慌! 跟我来!"

人们下意识地跟着他向树屋的方向跑去。

"喂! 喂! 等等我啊!"还在树上爬着的那个人大声叫了起来,"等等我!"

"准备走了。"严烨把狩猎的固定人员聚集在一起,再一次向他们交代着进入丛林的注意事项,然后派人去把他们的那份午餐领过来,交给两名队员带着,准备到树屋那边之后再吃。

自从那次张四海的猫发现了丛林中潜藏的威胁之后,他就把他们这个非正式狩猎队的行动时间调整到了中午这个时段。

虽然不知道是为什么,但人们很早就发现进入远山城的这些肉食恐龙往往在凌晨和傍晚最为活跃,而在整个白天当中,它们最不活跃的时段就是中午十一点到下午三点的这个时段。

虽然不能保证百分之百有效,但既然有这方面的认识,哪怕是只能给他们的行动增加百分之一的安全性,那他就乐于运用起来。

邓佳佳依旧是低着头不愿意看他，不愿意和他有任何语言或者是目光上的交流，他只能微微地叹了一口气，检查了所有人的装备，然后准备带着他们出发。

"严烨！"突然有人叫住了他。

他回头一看，是二队的队长赵树林。他满头大汗，一脸的不安，就像是遇到了什么极其麻烦的事情。

"赵哥，什么事你说？"

"这个……"赵树林不知道曹益民他们是在路上出了事，还是因为什么事情而暂时耽搁了，但按照之前的约定，他们这时候应该已经出现了才对。

如果他们是出了事，那严烨这些人就是眼下唯一可以依靠的援助，必须马上告诉他们真相。但如果他们只是在路上耽误了，那严烨他们这时候出去，很有可能会在半路上和曹益民他们狭路相逢，他要做的就应该是想办法拖延他们出发，给他们争取更多的时间。

究竟该怎么办？

赵树林犹豫了起来，隔着木城的围墙看不到外面，无法知道曹益民他们是不是已经回来了。

"赵哥？"严烨皱了一下眉头，再一次问道。

"那个……我们的龙锯出了点问题，不好用了，你们有没有多余的？"赵树林最终还是决定碰碰运气。严烨他们每天都去那个地方，却从来没听说他们遇到过猛兽的袭击，没有理由曹益民他们第一次去就出问题。

其实他内心深处这样想的更主要的原因是，他没有办法承受曹益民他们出事故这个结果，他们一旦出事，他作为队长必然要承担最大的责任。所以他宁愿告诉自己，他们一定只是在路上耽误了。

不会是别的原因……

"你稍等一下。"严烨说道，随即走回自己的办公室，把这个事情对副队长说了一下，"我们还有一把多的，一会儿你们要用的时候直接来找朱哥，他会带你们去库房拿。"

"那多谢了。"赵树林找了个借口又问起严烨这个月工分券下发的事情，抱怨了几句，但拖延了他几分钟之后，终于再也找不到借口，只能讪讪地离开了。

看着严烨他们的身影消失在丛林边缘，他忍不住跑向曹益民他们离开的地方，二队的一群伐木工正在用锯子把一棵躺倒在地上的大树的分枝一一锯下来堆放到一边。

“看到曹益民他们了吗?”他对昨天和其他人一起来劝说他的一个小队长问道。

“没有啊!”那个人也是一脸担忧地说道，“赵哥……他们，他们不会出什么事了吧?”

……

严烨等人对于发生的事情却一无所知，而是像往常那样，沿着道路的右侧行走，砍伐着那些新冒出来的蔓藤和植物，扩大这条路的范围，顺便寻找一下有没有什么虫子可以用来作为陷阱当中的诱饵和他们中午的加餐。

但今天的运气却不太好，当然也有可能是因为他们连续许多天从这条路上经过，附近的虫子要么已经逃走，要么早就被抓们抓完了。

“小严队长，你和邓佳佳到底是怎么了?”无聊的行进当中，终于有人问起了这个大家都很感兴趣的话题。当然他们其实更感兴趣的是薛蕊为什么突然申请调职离开，但什么事都要一步一步来嘛，先搞清楚眼前的，看看严烨的反应，然后再一步步问下去也不迟。

“没什么。”严烨心里有些烦躁，但他知道这事终归是躲不过去的，只要他们俩一直是这个别扭的样子，别人看在眼里，就肯定会有人来问他这个问题。

“我喜欢她，想追她，但她不同意，就这么简单。”

“那薛蕊……”问问题的这个队员看他没有翻脸发怒的意思，小心翼翼地问道。

“有情况!”前面负责开路的队员突然叫道。

所有人马上丢下手中无关的东西，握紧长矛向队伍中央聚拢在了一起。

前面隐隐约约有人类的哭喊和恐龙的咆哮声传来。

这是怎么回事? 这个地区不可能有人啊?!

“战斗队形，向前推进!”严烨马上下令道。

他们小心翼翼地以新洲团队常用的半松散队形向前推进，绕过一个弯之后，便看到一群羽龙围在一棵大树下面，不断地跳起来试图发动攻击，有几个人正拼命地往高处爬，掰下树枝向它们砸去。

“是二队的人!”王云海惊讶地说道,“这些家伙怎么会在这里?”

“推进!”严烨在队列中下令道。

那些恐龙马上就发现了他们,其中两条向他们直奔过来!

“向我靠拢！半圆阵！前排蹲!”严烨叫道,“弩箭准备！等它们走近再放!”

但他的队员们终究不是新洲那些杀死了许多恐龙的老手,当那两条羽龙越跑越近,其中一名队员终于无法承受这样的压力,下意识地扣动了扳机,弩箭擦着其中一条羽龙的脖子飞了出去,它惊讶地嘶叫了一声,迅速地向旁边逃跑了。

只是短短地几秒钟,所有的羽龙都消失得无影无踪。

严烨暗叫了一声可惜,如果是新洲的队员,两条羽龙当中至少能留下一条,运气好的话,两条都留下也不是什么难事。

“散圆阵,慢一点,咱们过去!”

这时候,树上的那几个人终于看到了他们,疯狂地向他们大喊大叫了起来。

第4章

营 救

那几个被困在树上的人好不容易才从树上爬下来，无一例外，全都惊魂未定，语无伦次。

“恐龙……”他们大声地说道，“到处都是！”

“怎么回事！你们怎么会在这儿？”严烨抓住其中一个人大声地问道。严烨用力地摇晃着他，终于让他清醒了过来。

“快去救救他们！”这个人惊叫起来，“求求你，快去救救他们！”

“还有其他人?!”严烨的头马上就疼了起来，“你们到底跑到这里来干什么了?!”

他们花了几分钟的时间才弄清楚发生了什么事，对于这些人的行径感到十分气愤，但却无法不去管这些人的死活。

“小严队长？”人们不约而同地把决定权交给了严烨。

怎么办？

最稳妥的办法当然是护送这几个幸存者回去，然后让联盟派人来找那些失踪的人，但一来一回三个小时，如果再算上集合队伍的时间，那些人除非是像这几个一样幸运地逃到了树上，否则根本就没有活下来的机会。

但他们就十二个人，即使是加上了这四个逃生者，也不过十六个人，凭借他们又能做什么？

四个人都受了伤，其中有两个身上的伤势非常严重，鲜血淋漓，那是他们试图组成矛阵抵抗时被羽龙快速迂回到侧面扑过来撕扯出来的伤口。他们五个人仓促之间建立起来的矛阵根本就没有发挥应有的作用，仅仅第一波就被冲散了。

队长曹益民为了让他们有机会逃生，拔出砍刀绝望地向它们冲过去，已经牺牲了，尸体就在距离这里不远的地方，惨不忍睹。

“失踪的是另外一队的五个人？”严烨一面向他们核实着情况，一面简单地替那两个伤者处理着伤口，“在它们向你们发起攻击之前你们就已经听到了惨叫声？那是多久以前的事情了？”

他们惊惶不安地回答着，有人觉得应该是一个小时以前的事情，但也有人觉得应该是两三个小时以前的事情了。

遭遇袭击让他们的精神濒临崩溃，其中一个人甚至号啕大哭了起来。

“他们很可能已经完蛋了。”王云海摇摇头，轻声地对严烨说道。比这群人还先受到攻击，而且比他们还要没有准备，在他看来，那五个人活下来的可能性几乎已经不存在了。

严烨却摇了摇头。

“你认为这附近会有多少肉食恐龙？”他对身边的人们说道，“本来在这个区域活动的肉食恐龙几乎都进入了远山，被我们杀掉了那么多，其他的也还留在城里。刚刚我们看到的那几条显然是从远处迁移过来的，数量不会很多。我们这些天用陷阱还抓到了两条，那还剩多少？这些东西不像路边的野草，一时半会儿不可能长出来。如果它们已经杀掉了那五个人，那应该是在争抢着吃他们的尸体，而不是继续在这里追杀他们几个。我觉得他们也许还没有遇害，很有可能还活着！”

“我们应该去找他们。”他对其他人说道。

虽然那些人并不是他这个队的队员，而且他们来这里也是居心不良自寻死路，但他们毕竟都是从板桥过来的劳工，曾经一起奋起暴动，一起拼死寻找活路，当他们来到联盟之后，每天都在同一个木城里出出进进。虽然有些人不一定知道名字，但都脸熟，在整个联盟当中也算是很熟悉的人了。对他们见死不救，严烨于心不忍。

另一方面，他们出来狩猎这件事本来就是违规之举，最起码也是打擦边球的事情。本来大家都能够在这个事情里面受益，也不会有人说什么，但现在死了人，这件事情肯定不可能善了。

主要责任肯定是二队这些人自己来承担，以张晓舟的脾气，赵树林这个队长肯定也要脱一层皮，但生产一队在这里面将要承担多大的责任？

救了这四个人回去，算是有一定的功劳，但如果那五个人全都死了，在六条人命面前，这样的功劳能够抵消多少责任？

严烨自己无所谓，但其他人怎么办？

"我们必须去找他们！"他对自己的队员们说道，"能救一个是一个！"

就像他在之前的任务中救了王永军和武文达之后，张晓舟不得不承认他的功劳一样，如果他们能把失踪的那几个人救回来，哪怕只是救回其中的几个，张晓舟也很难再抓着他们偷偷出来打猎的问题不放。

最起码，在那样的情况下，有可能只处理他一个，不会牵连其他人。

"但他们两个的血止不住，撑不了多久的！"王云海说道。

他们的伤口是被羽龙的牙齿和爪子撕扯开的，非常不规则，而且有可能已经伤到了主血管，虽然已经用布条在近心端做了绑扎，还做了按压，但还是在不断流血。

"给你六个人！马上带他们回去！"严烨马上说道，"小心一点，慢慢走，道路两侧的视野很好，那些东西应该没有机会偷袭。只要自己不慌不乱，应该不会有问题。"

"那你们的人手就太少了！"王云海马上反对道，"他们俩还能走，回去要不了那么多人！"

"新洲的一个基本矛阵就是五个人，我们的装备还比那个时候好，训练时间也那么长了，不会有问题！"严烨说道，"我还要带一个他们的人去做向导，六个人，足够了！"

"谁愿意跟我去救人？自己站出来！"他不等其他人反对，马上对所有队员们说道。

人们迟疑了一下，但最后所有人都主动站了出来。

"那我来挑。"严烨说道。他把除了王云海之外的那两个新洲队员留了下来，然后是两名平时胆大心细训练成绩比较出色的队员。那四名被他们救下来的人里，伤稍微轻一点的那两个其实都不太愿意回去，但所有人都看着他们，要救的也是他们自己的同伴，他们实在是说不出不去的话来。

"就你吧！"严烨随手指了看上去更精悍一些的那个，"回去的人谁把护甲脱下来给他换上，快！”

他们在这个地方已经耽搁了将近二十分钟，对于那些下落不明的人来说，时间拖得越长，获救的希望就越渺茫了。

“保重！”两组队员们没有时间多说什么，只能匆匆道一句保重，拿起武器向截然相反的方向赶去。

“混蛋！真他妈混蛋！”

暴怒的痛骂声从联盟执委会主席的办公室里爆发出来，周围路过的工作人员都感到非常惊讶，因为这明显是张晓舟的声音。而他在联盟的所有领导者当中是出了名的好脾气，只有在极少数的情况下才会开口骂人。

出了什么事？

几秒钟后，他们便看到张晓舟等人匆匆从办公室里快步走了出来，一路小跑着向楼下钱伟的办公室跑去。几个丛林开发部的人一脸沮丧地跟在他背后。

“特战队有多少人在？”张晓舟一进门就问道。

“怎么了？”钱伟正在和几个下属讨论着什么，看到他们进来，惊讶地站了起来。

张晓舟随手把门关了起来：“严烨那些人！他们偷偷地跑到吼龙岭那边去打猎！现在已经有一个人确认被恐龙袭击死亡，两个人受重伤，五个人失踪！严烨带着五个人私自去找失踪的人了！”

我靠！钱伟也忍不住在心里骂了一声。

联盟好不容易才安稳没几天，严烨又搞出这么一桩事情来！

“今天应该有一个小队在轮休，其他的都派出去找盐了。”他马上说道，“应该还有一个组在学校那边负责军训。”

“先把在的人都紧急集合起来！”张晓舟焦躁地说道，“派人去望城坡那边通知龙云鸿的人，让他们赶回来。还有，动员那两个冒险者小队，让他们也准备出发！”

“要动员民兵吗？”一名武装部的工作人员问道。

“再有四个小时就要天黑了。”钱伟说道。白天在丛林里搜索都是一件极其危险的事情，如果到了夜晚，会有什么样的情况就更不好说了。

如果是在两座木城附近的地区还好说，但吼龙岭距离远山有五公里远，而且还是上坡路,赶过去最快也要一个半小时,等他们完成动员把人带过去,天也黑了,还怎么找人?

为了救十个人,让更多的人陷入危险当中去?

“动员一个大队!”张晓舟咬着牙说道,“但不是今天行动,做好准备,如果今晚没有结果,那就让他们明天一早出发!”

钱伟的部下迅速跑向各个部门去传达命令,张晓舟和钱伟则匆匆向东木城跑去,过了一会儿,老常也接到消息后赶了过来。

东木城里早已经乱成一片,所有工作都停下了。

赵树林一脸惨白,严烨的副手朱永则满脸的焦急。

张晓舟这时候也没有心情去追究他们违规的事情了,他一看到他们就马上问道:“你们两个队可以动员多少人?要有能力在丛林里找人的!有勇气面对恐龙的!拖后腿、自己还要别人管的那种不算!”

赵树林愣住了,一时答不出来,朱永则马上说道:“最少一百人!”

“都有武器吗?”张晓舟问道,“好!你马上把人动员起来,带好武器、绳索和火把,现在就跟我走!”

“张晓舟!”钱伟急了。

“你留下整顿二队的人!等特战队和冒险队的人来了,带着他们一起过来!多准备一些火把和绳索,做好连夜奋战的准备!老常,你安排好民兵的人,如果我们今晚找不到人,那就让他们明天一早过来接替我们!组织上一定要做好准备,避免出现救人的人反而又出事的情况!”

一队的人其实早就已经想要去吼龙岭帮忙救人了,只是被朱永压着,怕惹出更大的事情所以没让去,张晓舟的命令一下来,一百多人马上就集合了起来。

“出发!”张晓舟一挥手,所有人便排成队向那条道路快步走去。

很多人心里很急,但他们也清楚,五公里的上坡路,他们不可能一路跑过去。

“把小队长组长集中过来,我们边走边开会!”张晓舟对朱永说道,“王云海!你再说说具体的情况,让大家都有个准备!”

这样庞大的队伍在丛林里造成了极大的动静,那些中型龙对他们这么多人发动袭击的可能性几乎不存在,但张晓舟还是派出了一些人专门作为斥候在队伍外围。

他们在行军的过程中进行了简单的分组，考虑到大多数人并没有真的直面过这些凶猛的猎食者，决定以二十人为单位展开搜索，搜索的过程中各队之间要保持五十米以内的距离，保证彼此之间能看到对方的身影，听得到声音。

虽然可能性不大，但为了防止遇上暴龙这样的巨型肉食动物或是大型恐龙群，也为了驱走蚊虫，决定在开始进行搜索时就把火把都点起来。

"一定要小心！小心！"张晓舟大声地对他们说道，"我们是来救人的！一定要注意好自己的安全，别把自己变成要人救的对象！注意脚下！注意周边！事发到现在已经快三个小时了，急也急不在这么一会儿！宁愿慢一点，不要放过任何一个线索！出现任何情况，先保证自己的安全！明白吗？"

因为人多，足足花了两个多小时才赶到吼龙岭中继站，张晓舟让朱永带一组人留在这里做后勤和接应，自己带着其他四组人，分散开来，向着之前胡有志那组人走过的方向走了出去。

"严烨！""胡有志！"人们轮换高声叫着，匀速向前推进，许多小动物和昆虫被这样地毯式的惊扰吓得从灌木丛里跑出来，四散逃走，但他们没有心思去管它们，而是一直不停地向前走着。

十几分钟后，他们便找到了一处可疑的地点，地上洒了很多血迹，还有衣服的碎片，几支长矛掉在不远处的地上。

"他们应该是在这里遭到了袭击。"王云海说道。

"把这里标注下来！"张晓舟说道，"留一组人在这里给后面的人指路！其他人，在附近仔细找找他们的踪迹！"

很快有人找到了另外一处血迹，于是张晓舟带着剩下的三个组追踪着血迹继续向前找去。

一百多米外的一棵树下，他们找到了第二个牺牲者的残骸，甚至已经没有办法分辨他的身份。周围有许多恐龙踩出的爪印，但离开这里十米方圆外，就很难再辨认出它们的爪印了。

"大家分开找找，仔细一点儿！看有没有脚印，折断的树枝，被踩扁的植物之类的痕迹！"

人们一边低头寻找一边大声地叫着，却没有任何回应。

“这边有脚印!”“这边也有!”大概十几分钟后,终于有了线索。

张晓舟的眉头皱了起来。

显然,他们分散逃开了。

“两个组跟我来,追踪东面这条线索。王云海,你留在这里,等到后续的支援过来之后,追踪南面的这条线索。我会在沿途都留下标记,如果来的人多,就让他们分一部分人过来支援我们!”

又一组人精疲力尽折返了回来,每个人手里都打着火把,不用问也能看到,他们同样是空手而归。

“找到什么线索吗?”张晓舟让之前回来的人们给他们让出一个火堆旁的位置,送来热水和热粥,然后才把带队者拉到一边问道。

“龙队长他们让我们先回来……”这个人疲惫不堪地摇了摇头。

“你们之前搜索的路线大概在什么位置?”张晓舟把龙云鸿他们带来的地图摊开来放在火堆旁的地上,这个人努力分辨了一下,把它指了出来。

张晓舟用炭笔把这个区域标注了一下,对他点点头:“辛苦了,好好休息一下,吃点东西,如果睡得着,那就睡一会儿。”

搜索工作并不顺利,严烨他们每天都在这个区域活动,让这块土地上布满了他们的脚印和他们设置陷阱时留下的印记,断裂的树枝,被砍过的灌木丛,被压扁的苔藓,甚至还有他们之前处理那些被套索抓住的动物时留下的血迹。

这些缺乏经验的搜救者很难判断出他们找到的脚印、看到的东西究竟是出事之后留下的,还是之前就已经在这里的,许多人被这些之前留下的印记迷惑,白白地浪费了许多时间。

天色迅速地暗了下来,而天黑以后,在丛林里再想寻找他们之前留下的踪迹就变得极其困难,火把的光能够照亮的范围非常有限,他们所能做的,其实只是不断地扩大搜寻范围,不断地呼喊着,希望能够听到严烨他们的回应。

但除了龙云鸿所带的那个队伍找到了第三个牺牲者的尸骨并把它收殓回来外,并没有更多的收获。

龙云鸿他们之前曾在这个区域因为找盐而活动过很长时间,他和他手下特战队的战士们赶过来之后马上就成了搜索任务的主力。

而张晓舟也回到中继站这里，和回来休息的人们一起，砍伐树木制作火把，在周围点起篝火，驱赶蚊虫和野兽，同时烧水做饭，让那些精疲力竭的队员们有个可以安全休息的地方。

他向每一个回来的队伍落实着他们搜索过的范围，并且把它们标注出来，然后向新出发的队伍给出搜索的大致目标路线和区域，以此来提高搜索任务的效率。

但除了特战队和冒险者小队的成员们能够相对准确地说出自己搜索的路线，并严格地按照任务路线行动外，从生产一队和生产二队临时抽调出来参加搜救任务的那些人其实并不太能够确认自己所走过的路线，也没有办法在黑暗的丛林里确认自己搜救的路线。

张晓舟只能让他们更多地从事后勤支持的工作，或者是把特战队的人打散之后，由特战队的队员担任临时负责人指挥他们行动。

大部分人都已经精疲力竭。他们已经在黑暗中寻找了将近七个小时，之前跟着张晓舟来的那些人已经在这片丛林中搜索了将近十个小时。大部分人都已经是休息过两次之后出去搜索了第三次之后再回来，实在是没有力气和精力再去寻找第四次了。

再过两个小时天应该就亮了，张晓舟也不准备再让他们出去冒险，在身体和精神都极度疲惫的情况下，他们非但不可能起到搜寻失踪者的作用，反倒有可能把自己也赔进去。他准备让这些人在火堆边休息到天亮，然后便让钱伟带他们回去休息，把后续搜索的任务交给老常带过来的民兵。

每过一个小时，那些失踪的人活下来的概率就变得更小，但不看到他们的尸体，他就不会放弃寻找他们的努力。

"张主席，我们休息好了。"王云海和那两个冒险者小队的人再一次走了过来。

张晓舟看了看他们的状况，其实每个人都很疲倦了，在张晓舟的记录本上清楚地记着，他们这已经是第五次出发了。但看着他们脸上的表情，他没有强行阻止。

"现在还完全没有搜寻过的地方是这里，这里和这里。"他把地图摊开给他们看，"这里，这里和这里应该有人已经去过，但他们不敢确认。"

"那我们走这条路线。"一个冒险者小队的队长在自己的地图上把这些区域标注了下来，这样可以防止重复搜索同一个区域，白白地浪费人力和时间。另一方面，如果他们没有回来，张晓舟这边也可以知道他们的去向，及时安排后续支援。

“龙云鸿他们现在在什么位置？”另外一个小队的队长问道。

张晓舟把刚刚记录下来的那个地段指给他们看，和他们选择的路线并行。

“行，清楚了。”他们开始检查整理装备，准备出发。

“小心！一定要小心！”张晓舟不知道自己这个晚上是第几次说这些话了。

他们点点头，拿起装备，背起一捆捆的火把，向黑暗中再一次走了出去。

“该死的！还是不行吗？”

“不行啊！”那个人沮丧地说道。他的手已经磨得起泡了，但是那两根树枝和放在它们下面的干苔藓根本就没有起火的迹象。两根树枝的尖端倒是都已经发热了，但不知道是什么原因，就是没法像以前他们看的那些电视节目上那些人钻木取火时那样简单地燃起来。

“让我来，让我来！”

“可能是太湿了，先放在身上，用体温把它们焐干！”严烨在旁边说道。

他们取火向来都是用打火机，从没试过用这种办法，但一路从山坡上滚下来，背包和武器都不知道飞去什么地方了，现在手边只有随身携带的匕首和小刀，还有什么办法？

“他们要走了！他们要走了！”头顶山梁上的火光再一次渐渐远去，这已经是第二次了，很容易就让人绝望了起来。

一名队员忍不住想要大声喊叫，却被严烨按住了。

“你疯了吗？”他低声地叫道，“晚上他们看不到我们，但等明天白天肯定可以！他们不会放弃我们的！”

他们不敢叫是有原因的，就在距离他们藏身的这块岩石不远的山谷里，一大群三角龙正在喝水，如果大声喊叫，距离他们几百米外的人听不听得到不一定，但这些恐龙肯定会被惊吓到。

三角龙可以说是白垩纪最著名的恐龙之一，但谁知道它们是像羊一样温驯还是像野牛一样暴躁？如果惊吓到它们，让它们往他们这个方向冲过来，以它们庞大的体形和那如同长枪一样尖利的犄角，他们不说全部完蛋，至少有一半人要交待在这里。

“但是……他们还撑得住吗？”

胡有志和另外一个人还在昏迷，胡有志的大腿断了，另外一个人则是脑袋撞在了石头上，两个人都在流血，要不是因为这样，他们也不会被困在这个地方，进退不得。

严烨身上被擦伤了好几处，应该是破皮了，火辣辣地疼，但黑暗中也没法查看，不知道具体是什么情况。其他几个人摔下来的时候身上也多多少少都有伤，其中一个人的手腕肯定是断了，只能用旁边捡来的树枝胡乱地固定起来。

幸运的是，从那么高的地方滚下来重伤的只有两个人，而且在天色彻底看不见之前就找到了他们，所有人都聚集在了一起。

“大家不要放弃，把那些干苔藓焐一下，然后再试，我们一定要把火生起来。”严烨对身边的人们说道。他们连中饭都没有吃，饿到现在，又受了伤，士气已经低落到了极点。但那些追赶他们的恐龙不知道会不会一路找过来，如果不把火点起来，他们既没有武器，又有那么多伤员，逃不了，打不过，那就真的只有死路一条了。

另一方面，只要把火生起来，上面那些来寻找他们的人就有可能看到，知道他们在山谷下面。即使是一时找不到路下来，但等到天亮了以后，他们也肯定能想出办法来。

几个人都把那些干枯的苔藓按照他的说法放在贴身的地方用体温焐着，过了大概半个小时，觉得差不多了，才又拿出来放在了一起。

严烨重新把那两块木头拿过来，把它们放在一起，一名队员用一块有凹槽的石头把那根圆棍子紧紧地向下压在扁平的那块木头上，而他则用力地夹住那根棍子，拼命地转动起来。

那群正在喝水的三角龙突然骚动了起来，像牛一样哞哞地叫了起来，一名队员小心地探出身子，看到之前追着他们的那两条巨大而又灵敏的恐龙正在山谷的另外一侧与它们对峙着，似乎是正要准备向它们发起攻击。而它们则把幼崽围在身后，集体排成一个半圆的防御阵地，大声地叫喊起来，不时地摆动着脑袋，把河岸边的那些石头撞开，似乎是在警告那两条不知道什么品种的大型肉食龙，让它们放聪明点。

那两条龙开始向周边迂回，眼看就要绕到他们躲藏的这块石头这一面，他急忙缩了回来，惊恐而又绝望地说道：“它们来了！快！快啊！”

严烨努力不让自己去管身边那些人的催促，只是拼命地转着手中的木棍，一个小小的火星突然在两块木头急速摩擦的地方迸发出来，随后是另外一个，他于是停下了手中的动作，把那些燃屑小心翼翼地倒进之前他们用身体焐干的干枯苔藓中，然后像电视里那些人一样轻轻地吹了起来。

所有人的呼吸都屏住了，就像是在害怕一喘气把这希望的火种给吹熄了，但呛人的烟雾终于从他的手中冒了出来，几秒钟后，一团火焰终于出现了。

人们小声地欢呼起来。

“小干柴！快！”严烨说道。

他们急忙把那些之前在山谷中的石头上捡到的那些小树枝递过来，十几秒之后，更大的火焰出现在了他们面前，照亮了他们身边那个小小的区域。

“快！快！”那个一直在观察那两条不知名恐龙的人焦急地说着，它们随时都有可能发现他们。

人们把之前找到的那些枯枝不停地递过来，火焰却被压得暗了下去，眼看就要熄灭了，严烨急忙把过多的木柴拿掉，趴在火堆面前小心地吹着，终于让火堆慢慢变得大了起来。

木头发出啪啪的炸裂声，应该是里面还含有少量水分的缘故，但那个代表了希望的火堆终于燃了起来。

与此同时，那两条恐龙中的一条终于看到了他们，向着这边跑了过来！

人们忍不住惊呼起来，严烨从火堆里抽出两根燃烧着可怜火焰的木柴，绝望地挡在他们面前。

会有用吗？

那样的火堆，也许它一脚就能直接踩灭！

“严烨！”“胡有志！”头顶上突然传来人们的叫声，让那条恐龙惊讶地抬起了头。一团点燃的干草从山岗上被扔了下来，他们应该是想用这种办法看清楚下面的情况，那条恐龙疑惑地看着那团火焰慢慢地在空中分解，散成无数的碎片，然后消失在黑暗中，疑惑地打了个喷嚏。

“他们在那边！”“有恐龙！”人们的声音隐隐约约地传来。

更多的火球从山坡上被扔了下来，一个燃烧瓶旋转着从空中落下，重重地砸在距离他们十几米远的地方，突然炸开，把周围方圆数米的区域都笼罩在了火焰当中，那条恐龙应该是被这种它从未见过的东西吓了一跳，转身向远处逃走了。

巨石后面一阵混乱，无数的脚步声和怪异的叫声震耳欲聋，地面似乎也震动起来。他们眼睁睁地看着那群三角龙从距离他们身边不到三米的地方沿着山谷冲了过去，幸运的是，它们并没有莽撞地直接一头撞上来。

“坚持住！”山坡上的人们大声地叫着，但身处混乱中的严烨等人只感到自己就像是簸箕中的豆子，完全无法控制自己的身体，足足半分钟后，那些三角龙才全部从山谷里跑了出去，而他们则在几分钟之后才终于缓过神来。那个好不容易才点燃的火堆已经在这地震一样的混乱中消失得无影无踪，好在之前那个燃烧瓶还在燃烧着，照亮着他们的位置。

“坚持住！我们去找绳子！”人们在山坡上大声地叫着。

“有人受伤！”严烨向前走了一步，用力地挥动着双手，“有人受伤！需要担架！”

严烨不知道对方有没有听清自己在说什么，但他们应该是逃过这一劫了。

他捡起一根树枝，放到那些星星点点的火光上引燃，然后对其他人说道：“快！快去收集树枝，我们得把火重新点起来！”

……

张晓舟接到消息已经是半个小时以后的事情了，因为距离太远，没法对话，也不知道那里究竟有多少人幸存，但按照龙云鸿他们在山上看到的影子，大部分人应该都在那里了。

“有人受伤吗？”张晓舟松了一口气，但马上问道。

“应该有，看影子有几个人躺在地上。”被龙云鸿派来报信的那几个人已经累得不行，张晓舟急忙让他们坐下休息，让人把盐开水送过来给他们喝。

“需要绳子，至少要有三四十米长，能长一点更好，可能还要担架。”

“我来想办法！你们休息吧！”张晓舟说道。

这样的消息让又累又困的人们兴奋了起来，之前的困顿似乎也不见了。

“钱伟，你走一趟。”张晓舟马上说道，“既然人已经找到了，那就不需要这么多人留在这里了，你带一半人先撤回去休息。通知老常带着长绳子和担架过来，之前准备的人不用全部过来，一个中队……不，两个小队来应该足够了！准备点吃的一起带过来。另外，让医院派几个急救人员过来！路上注意安全！”

“好。”钱伟点点头说道。

哪些人先回去，哪些人留下，这时候问题倒不大，反正现在回去也是赶路，天亮再回去也是赶路，留下的人可能还要帮忙，但现在回去的人反而更危险。最后还是钱伟做主，把表现更弱一点的生产二队的人带了回去。

“大家还坚持得住吗？”张晓舟大声地对剩下的人问道。

“没问题！”人们不约而同地答道。

……

天终于亮了，吼龙岭中继站周围经过一个晚上已经彻底变了模样，成了一块巨大的平地，周围那些火堆里的木柴在燃烧了一夜之后已经烧尽，只剩下袅袅青烟。中继站树屋下面搭建了一排临时的台子，用来做饭，热腾腾的肉汤在火上翻滚着，发出诱人的香气。

但人们的行动却都小心翼翼，都在尽自己最大的努力不发出什么声音。

靠近东面刚刚搭起来的那一排帐篷里，劳累了一整晚的人们正在里面沉睡，即使是肉汤的香味也无法让他们醒来。

天一亮就赶过来的民兵接手了附近的守卫工作，也接手了营救伤员的任务。他们本来已经把架子搭了起来，把绳子也放了下去，但天亮以后，他们却发现在上游七八百米的地方有一个勉强可以让人行走的缓坡，用工具简单地修整过后，就弄出了一条小路，从那个地方要绕将近两公里，但怎么看也比用绳子把伤员吊上去靠谱。

胡有志和另外那名伤员被马不停蹄地用担架送到山谷上面，然后由民兵们轮换着送往联盟，他们的伤情不算重，但失血严重，已经不是现场能够解决的问题了。

“严烨，走吧。”王云海不顾身体的极度困倦，跟着民兵队伍过来救援，累得眼睛都睁不开了，但看到严烨他们几个人都没什么大事，他心里总算是安心了。

几个人都摇摇晃晃地站了起来，其实他们在被人们发现之后，就再也承受不住，点燃了火堆保证安全后便在石头上睡了一会儿，但现在依然感到极度的疲惫，毕竟，他们比其他人足足早开始救援任务两个多小时，而且中间也没有机会休息和替换，一直都处在极度的紧张和恐惧当中。精神和身体都早就垮了。

严烨却站在他们昨天躲避三角龙的那两块大石头旁，看着被它们踩得一片混乱的乱石滩。一股泉水从山脚下的石缝里流出来，汇入了山谷中的这条小溪。

虽然它们早已经离开，但溪水还是浑浊不堪，就像是阴沟里的泥水，严烨看着那股泉水，总觉得有什么地方好像不对。

他下意识地回过头，却看到上游的溪水清澈见底，正欢快地流淌着。

“严烨?”人们再一次叫道。

但他们却看到他向那片石滩走了过去，伸手在泥水中蘸了一下，放在嘴里舔了舔。

“严烨，你傻了吗?”王云海惊讶地说道。

但严烨却激动地抬起了头：“咸的！这水是咸的!”

第5章

功与过

“是我失职了。”亲眼看到那一汪黄褐色的卤泉，亲口尝了那淡淡的咸涩的味道，龙云鸿心情低落地说道。

这片区域他们早在半个月前就勘察过，但他擅长的是地图测绘和军事技能，对于地质勘查和生物学所知不多。正是因为如此，他在带队勘察寻找盐矿的过程里，一直都严格按照张晓舟他们的推论，在丛林中寻找草食恐龙的足迹，并且以此为寻找盐矿最主要的线索。

谁能想到，卤泉偏偏位于山谷中的乱石滩上，那些恐龙从丛林中沿着山谷走来喝这些卤水，几乎没有留下脚印。

对于联盟来说最重要的一项发现，就这样与他这个执行者擦肩而过，却落在了严烨这样一个不遵守规则、无视联盟法纪的人身上，这让他心里非常不舒服，但他没有把这个想法告诉任何人，而是把它强压在心底，找张晓舟承认自己的失职。

“这不是你的责任。”张晓舟摇摇头说道，“你们已经做得很好了。严烨他们发现这眼卤泉，只能说完全是靠运气。”

当然也不仅仅是运气，如果严烨没有多想一想，也许他就这么跟着其他人一起走掉了，联盟也许要很久以后才会发现这眼卤泉，甚至一直都发现不了也很正常。

但他们在被恐龙追杀的过程中从山坡上滚下来，正好能够落在距离它不远的地方，并且目睹了三角龙来喝盐水。

这除了归结为运气之外，真的没有其他办法解释了。

他完全能够理解龙云鸿的失落，这就像两个家庭背景相同、能力相当的年轻人，一个每天努力工作，不断充电学习，渴望向上走，另一个却懒懒散散只知道玩，结果前一个年轻人每天累得半死却没有攒下多少钱，岂料突然听说后一个随手买了一张彩票，中了大奖，这让他怎么想？

难道辛苦工作不如等着碰运气？

哪怕仅仅是为了让他们不要灰心丧气，他也必须肯定他们所做出的努力。

“你们的工作不会白费。”他对龙云鸿说道，“真正的财富是技能和人才，你们虽然没能找到盐，但却在这个过程中让特战队完成了从平民百姓向合格战士的转变，这比什么都重要！昨晚的营救任务里，你们已经把这段时间训练的成果展现了出来，事实已经证明了，你带出来的这支队伍是经得住考验，能打硬仗的队伍！更何况，你们调查清楚了周围一大片区域的情况，这也是很重要的成果，以后我们肯定是能用上的！”

他的话让龙云鸿的心里终于好受了一些，两人一起看着工作人员从那眼卤泉里取了水样，小心地封装在几个瓶子里，然后一起向山坡上走去。

张晓舟一边走一边看周围的环境，找到了卤泉并不等于他们就马上解决了盐的来源问题。打井，取卤，烧卤，精制，即使是最简单最原始的盐井也有着众多的生产工艺。这片山谷里满是不知道多少年前落在这里的石头，严重缺乏树木，两侧的山坡都非常陡，按照严烨他们的描述，附近还有一种他们从没见过的肉食性恐龙在活动，要怎么开发这个地方，这真的是一个很严峻的问题。

但这毕竟是技术性的问题，交给技术人员去思考，提出方案，论证并且组织实施就行，真正让张晓舟感到头疼的，却是这件事情如何收尾的问题。

“赵树林身为生产二队的队长，无视联盟的纪律，放任和纵容手下的队员违反联盟的禁令擅自到丛林里去冒险，这是造成这起事件的最主要的原因，这一点应该是毋庸置疑的。他不但负有领导责任，也应该负有主要责任。”江晓华在进行了初步的调查后，把自己手上的资料汇拢起来，正在与联盟的管理层做一个初步的情况通报。

人们点了点头。

“胡有志和曹益民是这次擅自行动的倡议者和主要推动者，本来应该负有直接责任，但曹益民因为掩护其他人逃走而被杀，可以说死得很英勇；胡有志还在医院接受救治，情况不太乐观，他右腿大腿开放性骨折，失血太多，而我们现在没有输血的条件……”

“有可能会死吗？”梁宇问道。

江晓华点点头：“即便是不死，以后行动也会很受影响，毕竟我们现在没有条件给他做手术打钢钉，只能上夹板让他自己愈合。那些断裂的肌腱和神经也没有办法处理。”

“另外一个人呢？”老常问道。

“颅骨骨折，脑震荡，但因为失血不多，反而没有胡有志那么严重。但我们现在没有条件使用 CT 机，所以也没法知道他脑内会不会有淤血。”

“最坏的结果是什么？”张晓舟问道。

“段宏说，没有生命危险，但以后很有可能出现癫痫的症状。”

“那么，我们不考虑轻伤的那几个人，最好的结果是三人死亡，两人重伤并且有严重的后遗症。糟糕的结果就是四人死亡，一人重伤？”梁宇摇摇头说道。

“我们起码找到盐了。”高辉试图活跃一下气氛，虽然问题还没有扯到严烨身上，但严烨在这件事上的责任肯定是抹不过去的。

“这是两码事！”果然，张晓舟马上摇了摇头，“找盐的事情和这件事情没有直接关系，要分开讨论，不能混为一谈。有功就赏，有错就罚，这个不能含糊，没有将功抵罪的说法。”

于是江晓华继续说了下去：“严烨身为生产一队的队长，无视联盟的禁令和规定，擅自采购装备和训练人员，多次擅自组织人员深入丛林冒险，虽然这次事件与他们没有直接关系，但如果没有他们的错误示范作用，生产二队的人也不会……但他在得知发生情况以后马上做出了应对……还在别人都忽视了线索的情况下发现了卤泉……张主席，他的责任我这边真的拿着很难办。”

所有人都皱了皱眉头，为什么在他身上总是会有这么多难题。

“他的问题我们最后再说，其他人呢？”张晓舟说道。

“生产二队的副队长朱永，明知严烨等人的行为违反了联盟的禁令，但知情不报，甚至想方设法帮忙掩饰。还有机加工厂的负责人张四海，私自向严烨提供了用于丛林冒险的装备，按照供述，他还参与了一次严烨等人的行动，给他们提供了技术支持。”

“还有呢？”

“还有就是东木城里的普通成员了，全都存在知情不报甚至是积极参与的情况，但如果全部处理，打击面太广。而且他们全都积极参与了营救行动，付出了很多努力。我的想法是，如果要追究责任，到领导一级就行了，不要扩大到全体。”

他把自己的笔记本放了下来。

会议室里突然安静了，人们都习惯性地看着张晓舟，等他第一个表态。

张晓舟却也在等待着他们的意见。

对于严烨，他真的感觉头疼得很，毫无头绪。

带头无视联盟的禁令私自乱搞，不处罚是绝对不可能的，但怎么罚？这真的是一个难题。

“他已经不是第一次肆意妄为了。”钱伟等了一下，见张晓舟没有开口的意思，便首先说道，“这小子就是个惹事精，之前那次就不说了，板桥的那次也是没有联盟的命令就敢乱来！本来板桥的事情就应该处理他一下，但因为他立了功，板桥过来的那些人又替他求情，反倒让他减刑，甚至还因此而获得了一枚勋章！”

“现在想想，我们上次的处理方式真的大有问题！”钱伟摇了摇头，对人们说道，“我觉得，他之所以会完全无视联盟的禁令，想怎么样就怎么样，就是因为上次他这样做以后非但没有任何惩罚，反而得到了他所能得到的一切！”

“这样发展下去，不管对他个人或者是对联盟来说都很危险！如果这一次他肆意妄为之后还是没有得到应有的教训，那我可以说，今后他更不会把联盟的任何规章制度放在眼里了！反正只要将功补过就没事，甚至还能得到奖励，那老老实实遵规守纪有什么用？不如按照自己的想法来！那么其他人呢？其他人看到他的情况，难道不会有样学样吗？”

所有人默然不语，钱伟的话有打张晓舟的脸的嫌疑，当然也是在打所有人的脸。

把江晓华调查的结果压下来，不对外公布严烨在板桥事件中的所有真相，这是张晓舟的决定。

板桥来的那一千六百人的稳定在那个时候是一切工作的重中之重，把严烨擅自行动这件事情抖出来，只会让他们认识到联盟在一开始并没有真心想要接纳他们，甚至存在故意让他们这些人去做炮灰消耗何家营力量的想法。而这样的想法一旦存在,就有可能给联盟收编这些人带来很多隐患和不确定因素。

在那个时候,做出这样的决定不能说是错的。但他们本应该在私下敲打严烨一下,让他明白自己所做的事情是错的,可惜的是,因为张晓舟在和严烨沟通的时候大吵了起来,反倒让这件必须做的事情被放在了一边,最终并没有人去做。

因板桥事件给予严烨一枚勋章却是在座所有人的决定。

一方面当然是因为他在那件事上确实起到了重要的作用,表现出色。但另一个不能拿到台面上来说的原因是,当时有一种说法在板桥来的那些人当中悄悄流传,说联盟根本就没有想要真正帮助他们这些人,严烨的所有行为都是擅自行事。

老常一直怀疑这种流言是某个人蓄意散布出来的,但却没有足够的证据。当时决定给严烨那枚勋章,其实也有一部分的原因是要反击这种说法,向这些劳工表明严烨的行为是联盟策划和支持的结果。

张晓舟当时并不赞同这种做法,只同意因为之前的救援行动而给予他一枚杰出贡献勋章。钱伟对此犹豫不决,老常、梁宇、高辉和齐峰等人却都支持因为板桥的事情再给严烨一枚勋章,会议最终表决通过了这项决定。

每个人做出这样的判断当然都有各自不同的理由,例如高辉,他更多的只是想要帮严烨一把,而老常和梁宇则是从平息谣言稳定人心的角度出发。

但不管那时候的理由是什么,现在看来,这枚勋章的授予或许真的像钱伟所说的那样,给予了严烨一个错误的信号,让他错误地认为自己的冒险和跨越底线并不是什么严重的行为,相反,是通向成功的捷径。

“但他毕竟是立了功的……”半晌之后,吴建伟才站出来说道,“小江刚才分析责任的时候,说漏了我这一块的责任。其实我早就发现严烨那个队的伙食比其他队伍开得都好,经常都有肉吃,但我却没往这个方面想,一直以为他是在用自己的奖金从商店买肉去给他们改善伙食。”

他长长地叹了一口气:“其实这个事情很容易就能调查清楚,只要我多个心眼问一下,哪怕只是多嘴到商店去问一句,他们私下出去打猎的事情肯定就能被发现。但我一直都没有这么做,反倒一直在不断地鼓励严烨,拿他当标兵来激励其他队伍,现在想起来,这或许是他这么做的原因之一。他虽然有钱,但凭那些钱要一直给手下那么多人保证良好的饮食是不可能的，只能想别的办法。某种意义上来说，他之所以走到这一步，我的责任很大，甚至可以说是主要责任。”

张晓舟想安慰他一句，但他却摇摇头，苦笑了一下：“之前我和赵树林谈过，他之所以决定同意曹益民他们去铤而走险，有一个很重要的原因是因为对这一点不服气，觉得自己只要能弄到肉就也能把队伍的士气带起来。生产一队私自打猎这个事情已经持续了很长时间，很多人都知道这个事情，可以说是东木城公开的秘密，但我作为直接责任人，却一直都对此视而不见，甚至可以说是麻木不仁。发生这样的事情，我难辞其咎。但严烨这个年轻人，真的是人才难得……张主席，各位，这个事情他肯定有责任，但他毕竟还年轻，还不到十九岁，还有扭转过来的机会。我希望你们能够考虑到他的年纪，给予他改过自新的机会。”

“我们不是没给他机会。”老常也叹了一口气，“当初让他负责一个生产队就有磨磨他的性子，让他肩负起一些责任之后慢慢成熟起来的想法，你一直在我们面前夸他，让我们都觉得他已经改过了。但他又搞出这个事情来……这个事情说大不大，但说小也不小，如果没有出这个事情，是在其他情况下被查出来，充其量也就是警告一下，最多不过开会批评一下，没收他们那些工具让他们检讨。但现在毕竟是死了三个人，还有一个生死未卜……难道就这样把始作俑者轻轻地放过去？就像钱伟说的，那以后谁还会老老实实遵守规定？”

“那几个人的死和他没有直接关系吧？他是一队的队长，难道还能管二队的人做了什么？”高辉忍不住说道，“严烨是有责任，但不至于扯到人身伤亡这一块上来吧？拿这个名义来处理他，就算不考虑他怎么想，其他人会怎么想？对什么罪行都应该有个判罚范围，严烨在这个事情上的责任可以按照违反联盟禁令这个罪名重判，但怎么也不能拿那几个人的死来判他吧？”

江晓华这时候忍不住又叹了一口气：“但我们现在没有明确的规定，违反联盟禁令该怎么判，过失造成他人死亡又该怎么判？症结就在这里。这种事情从来没有过先例，哪怕想参照过去的法律都找不到参照的对象。”

人们讨论了一会儿，最后又安静了下来，等待着张晓舟的意见。

“我们先来确定其他人的责任，然后再参照处罚的力度考虑怎么处理严烨和他手下那些人吧。”张晓舟最后说道。

"哥!!"一个小小的身影从人群里冲了出来,重重地扑在严烨怀里,让他所有的疲惫都像是消失了,他张开双臂抱着妹妹,突然什么话都不想说,只想让时间定格在这一刻。

之前两人因为严淇彻夜不归的事情大吵了一架,但在这个时候,所有的不快都早已经烟消云散了。

更多的人拥了过来,把自己的家人拥入怀中。虽然已经知道他们并没有出事,只有一个人手腕骨折,其他人都只是皮外伤,直接被送到医院去处理伤口,但很多时候,人们只有在亲眼看到自己的亲人之后,才会彻底放下心中的牵挂。

人群拥过来之后,唯一一个站在原地的人突然就被显露了出来,她有些不知所措地站在原地,愣了一下之后,转身想要回到楼上去,却被严淇跑过来拉住了。

"佳佳姐一直在陪着我……"严淇说道。

严烨惊讶地看着她们,她们,她们什么时候变得这么好了?

邓佳佳的脸涨得通红,想要从严淇手中挣脱出去,但严淇却死死地拉着她的手,不让她离开。

"哥哥你这个大笨蛋! 还不快点过来!"

其实经过李雨欢一晚上的开导,她心里那点别扭早就已经没有了,只是第二天一回来就被严烨黑着脸骂了一顿,于是又和严烨闹了起来。在严烨等人去救人而失踪的这段时间里,别人都是一家人在等一个人,她们这两个在挂念和等待同一个人而又孤身一人的女孩,很自然地就消除了隔阂,相互依靠。

严烨马上大步走了过来,他迟疑了一下,然后张开双臂抱住了邓佳佳,她微微地挣扎了几下,最后终于放弃了努力,同样紧紧地抱住了他。

眼泪不知怎么突然流了出来,但她却只感到如释重负的温暖。

"你们两个,不要有异性没人性啊!"严淇突然在旁边酸溜溜地说道。

严烨笑了起来,放开一只手,把她也拥抱进了自己的怀里。

……

东木城的两支队伍都被通知停工整顿,人们在忐忑不安中等待着,很快,就有人来带走了赵树林和他的副手。

"说是暂时解除职务，等待裁决庭审判。"很快就有包打听从二队那边回来告诉他们。

大家的脸色都有点难看。

这也算是应有之义，毕竟死了三个人，胡有志的情况还一直没有稳定下来，说不好突然就死了。赵树林作为队长，批准他们这些人在毫无准备的情况下贸然进入丛林，说难听点就是严重的渎职，被审判也是应该的。

但大家却没法不把这个事情联想到自己身上。

因为从本质上说，赵树林和严烨级别完全一样，所犯的错误性质也完全一样，其中的差别只是一边出事一边没出事，严烨做了不少前期准备，人员、装备、训练都投入了大量的精力，而他们那边根本什么准备都没有，直接就出动了。

"这些家伙真是害人不浅！"王云海用一把军刀在地上切着一块木头，把它砍成小块然后随手扔进火堆，忐忑不安地说道，"没有金刚钻就别揽瓷器活啊！搞成现在这个样子……真是害人害己！"

"都已经是这个样子了，说这些也没用了。"一个小队长说道，"好歹小严队长马上就去救他们，而且找到了盐，应该会没事吧？"

严淇在旁边拼命地点头，严烨却只是微微笑了一下。

怎么可能？以张晓舟那个人的脾气，遇到这样的事情，自己不被扒一层皮那他就不是张晓舟了。

就算这件事情和他根本没有什么关系，而且他还冒了这么大的风险，付出了这么多努力，救了人还幸运地找到了盐，但张晓舟和他身边那些人根本就不可能看到这些。他们只会说，如果严烨不乱来，如果不是严烨带头，一切就不会发生。

他们不会看到发生这件事情的原因是那些人自己作死，只会把矛头对准他这个他们眼中的刺头身上。

也许他还会冠冕堂皇地说什么功是功过是过的话，给他一鞭子然后再假惺惺地给颗糖吃。

不过无所谓了，他反正早就已经习惯了。能够因为这件事情而推倒了挡在他和邓佳佳之间的那堵墙，能够和妹妹因为这件事情而和好，对他来说也已经心满意足了。

他只希望，这件事情到他这里就结束，不要牵连自己队里的这些兄弟。

下午的时候，吴建伟却过来了。

人们都有些惊讶，看他的样子不像是来宣布对他们的处理决定，那这种时候，他来干什么？

“严烨，来，我们俩单独聊聊。”吴建伟说道。

严烨点点头，和他一起走到了营地外面。

周围的玉米都已经开始抽穗了，眼看又要迎来一次令人喜悦的收获季，但他的心情却好不起来。

“赵树林他们的事情你知道了？”吴建伟问道。

严烨默默地点点头。

“胡有志三点钟的时候死了……”吴建伟长长地叹了一口气后说道。如果不是为了安抚家属，他也不会耽搁到现在才过来。他和胡有志完全不认识，但面对死者的家人，他的心情同样很低落，怀有强烈的自责。

严烨愣了一下，随即点了点头。

之前他们在医院处理伤口和接受笔录的时候就听说他的情况很不好，但从某种意义上来说，如果让严烨自己来选择，在终身残疾和死亡当中，他宁愿选择后者。这个世界本身是残酷的，没有办法像以前那个世界。

“张晓舟不同意给予抚恤，也不同意让他们入葬烈士陵园。”吴建伟继续说道。

这一点上严烨的意见和张晓舟是一样的，本来就不能这么做，如果他真的这么做了，对于那些为联盟而牺牲的人来说就是一种侮辱，一种极大的不公。

但吴建伟和他说这个干什么？

“他们的情绪很激动，你要小心，他们也许会上门来找你的麻烦。”

“来找我？凭什么？!”严烨忍不住叫了出来，“他们自己作死，关我什么事？如果不是我赶去救他们，他也许在昨天夜里就死了，而且像其他人一样尸骨不全！来找我的麻烦？”

吴建伟长长地叹了一口气：“严烨，你真的觉得自己在这个事情里没有责任吗？”

严烨沉默了一下，吴建伟是他很尊敬的人，他不想骗他，也不想和他争执：“我承认自己是有责任，我也愿意承担自己应该负的责任，但他们的死不该算在我头上。”

“世界上的事情如果能分得那么清就好了。”吴建伟摇摇头说道，“他们不一定会来找你，我只是提醒你一下，这几天稍稍注意一下这个事情。”

“他们要怎么处理我？”严烨终于忍不住问道。

听到他话语里毫不掩饰的敌意，吴建伟忍不住再一次深深地叹了一口气，但却没有直接回答这个问题：“我准备辞去丛林开发部主任的职务。”

“吴工！这……凭什么啊！这件事和你有什么关系！是不是他们逼你的！”严烨马上就不满了起来，“你做了那么多事情没人管，出了事情就翻脸不认人了？让你来顶缸是不是？你放心，我们都会挺你的！你不要怕他们！”

“没有人逼我！”吴建伟的脸色却难看了起来，“这是我自己的决定，没有人逼我！严烨，不要把人想得那么坏！至少联盟现在的这几个负责人里，没有人会像你想的那样做！”

严烨撇了撇嘴，没有说话。

“你说你会负起自己该负的责任，我也一样。”吴建伟说道，“你们两个队出这样的事情，本来就是我的责任，是我没有发现你们队在偷偷地出去打猎，是我对你们经常有肉吃的怪事视而不见，相反，我还一直拿你当作标兵去让赵树林他们学。其他两个队不知道具体情况没法学，可他在旁边一直看着，最后不就学了吗？”

说到这里，他苦笑了起来。

严烨的脸色有些不好看了起来。

“我不是指责你，严烨，你太年轻，有些时候考虑问题的出发点和我们这些老人不一样，这很正常。但我希望你能明白，并不是说没有亲手造成他们的死亡，这事就和我们没有关系。”吴建伟说道，“在这件事情上，赵树林是直接责任人之一，但我的责任其实比他更大，如果我能够及时发现和纠正你们的错误，那这件事情就不会发生。张主席他们不打算把我送到裁决庭上接受审判，但我难道就能心安理得地认为自己就没错了？如果我赖在这个位置上，那就真的是拿赵树林去为我顶缸了。”

严烨还是没有说话，坦白说，他完全不认同吴建伟的话，只是不想和他吵起来。在他看来，吴建伟这种想法简直就是自己给自己找不痛快，把事情扩大化。按照他这种理论，联盟出过这么多问题，张晓舟为什么不引咎辞职呢？

吴建伟很快就发现他的不以为然，但他清楚自己不可能凭借几句话就改变严烨的想法，也从来都不奢望自己能够有这样的能力，但他专门过来一趟，就是为了把一些道理对严烨说清楚，至于他能不能听进去，那就是他自己的造化了。

“我一直都很看好你。”他对严烨说道，“在联盟的年轻人当中，没有一个能比得上你。但你也许并没有意识到，你的缺点和优点一样突出。如果你能改掉这些缺点，你的未来一定不可限量。但如果你一直这样下去，那你的成就也就仅仅是这样了，甚至很有可能走入歧途，把自己大好未来亲手毁掉。”

这样的话让严烨不知道该说什么好。

“我也算是你的长辈了。”吴建伟说道，“这些话不是我作为上级对下属说的，而是作为一个看好你未来的年长者对你说的。我希望你就算不认同，也耐着性子听我说完，行吗？”

“吴工，你别这么说，你的话我一定听的。”严烨终于说道。

不远处的营地冒出了缕缕炊烟，食堂的人们已经开始准备晚上的饭食，大多数人都在补觉，但也有一些没有参与营救行动的人无所事事了一整天，闲着没事开始帮忙把旁边的那些柴火劈成小块。

邓佳佳一直在一边忙碌一边看着他们这边，这种被人关心的感觉让严烨的心里稍稍平静了一些。

“不要走捷径，要尊重规则。”吴建伟说道，“我们都有违反规则的时候，但那应该是在迫不得已的情况下，而不是把这当作解决问题的捷径。你要明白，规则的存在并不是为了阻挠你成功，而是为了保护绝大多数人，保证大多数人都能在一个平等的条件下有机会去努力获得成功。规则保护的是其下的所有人，其中也包括你妹妹，包括那些你重视的人，包括你自己。如果人人都不把规则当回事，或者说有人可以凌驾在规则之上，那我们这个联盟总有一天会变成何家营那样无法无天的地方，变成少数人奴役大多数人的地方。你就是从那个地方出来的，应该比我更明白那样的世界对于大多数人来说意味着什么。”

“我没有不尊重……”严烨说道，但他开口之后马上自己摇了摇头，没有再说下去。

这种时候，争辩有什么意义呢？

“我年轻的时候也干过这样的事情。”吴建伟说道，“在别人都老老实实守规矩的时候小小地违反一下，并且因此而获取成功，我也觉得没有什么。就像考试作弊，我念书的时候也有过。有一次考试，我复习的时候背公式背得头疼，偶然看到有人在准备小抄，我于是也跟着弄了一份。结果你知道是什么吗？”

“被抓住了？”严烨问道。

“没有。”吴建伟笑了起来，“也许因为我平时表现还不错，老师故意放我一马，也许是因为我平时都很老实，老师根本就没有发现我作弊，我的作弊很成功，那次考试是我大学生涯里分数最高的一次。”

严烨等待着他的下文，这样的故事肯定不会是这样的结局。

“第二个学期期末的时候，我发现自己再也背不进去东西了，只要是稍稍复杂一点儿，困难一点儿的东西都完全背不进去，我心里忍不住就会有一种想法，反正到时候抄成小抄带进考场去就行了，何必这么费力地去背呢？本来应该用来复习的时间，我都用来抄小抄，用来准备作弊的东西上了。”吴建伟轻轻地摇着头，似乎是在嘲弄着年轻时的自己，“结果第一场考试的时候我同寝室的一个同学就因为直接把书带进去抄被巡考老师抓住了，学校专门增加了一个外系的老师来监考，我之前准备的那些东西根本就没有机会拿出来用，我也不敢拿出来用。结果你应该想象得到，我的学习成绩一落千丈，差一点就被要求退学。”

“所有人都被吓了一跳，包括我自己。正好那个学期我家里出了些事情，所有人都认为是因为那些事情让我受到了影响，只有我自己知道，以前我老老实实复习、考试的时候，凭借自己的本事多少还能保证及格。但自从作弊成功之后，我的潜意识里把作弊这种不正常的手段当成是可以依靠的一种途径，甚至把大量本该用在正途上的时间和精力都花在了那些对于提升我自己的水平毫无用处的事情上，结果差一点就荒废了自己的未来。”

严烨有点怀疑他到底有没有过这样的经历，是不是故意编个故事来对自己说教，但即便这样的方式他也反感不起来。

“作弊被抓的那个同学被记大过，留校察看。”吴建伟说道，“他该怪我之前作弊太成功，怪我一直在他旁边准备作弊的小抄从而影响了他，让他最终也决定学我铤而走险吗？我该怪他连基本的作弊的准备都不愿意做，莽撞到直接带书进去抄，结果那么容易就被抓住，害我也没有办法继续作弊，害我差一点退学吗？”

“我不知道，他没有揭发我，我也没法把这件事情归罪在他头上，但我们之间的关系从此以后一直都不好，大学之后甚至就再也没有联系过了。从那以后，我们俩都再也没有敢再去动作弊的脑筋，都老老实实地上课、复习，两个人都平安毕业。”

严烨几乎可以确定这应该是个故事，因为这简直就是和刚刚发生的事情一模一样，哪儿有这么巧的事情？

但这样的事情真的没有发生过吗？他也无法确定。

“其实这件事情对我的人生影响很大。”吴建伟继续说道，“在那之后，我才意识到，人生中的很多选择，看似捷径，其实却是绝路。而那些需要老老实实付出努力，要多费很多功夫的选择，一开始的时候走起来慢，但后面只会越来越顺。”

“我并不是想走捷径。”严烨终于忍不住说道。

“我知道你不是。”吴建伟说道，“不靠打猎获取肉类，不靠花钱买东西来激发士气的时候，你们一队同样是四个队里各方面都最好的。是我给你的压力太大，让你太想证明自己比别人强了。”

“吴工，这是我自己的决定，和你无关……”严烨无奈地说道。

但他不得不承认，吴建伟说的这些，并不是完全没有道理。

“你已经走了很多次捷径，严烨，该是静下心来，放慢一点速度的时候了。”吴建伟看着他的眼睛说道，“你还年轻，这就是你最大的资本，你现在缺乏的不是勇气，不是功绩，不是能力，这些东西你都已经证明过了，没有人会怀疑。你现在最缺乏的是阅历和知识，而这两样东西都没有捷径，只能靠时间和努力去获取。不要急于证明自己，拿出点时间来看看书，看看别人是怎么做的，考虑一下他们为什么要这么做，你会走得更稳，更成功。”

严烨不由自主地点了点头。

“我给你的第二个忠告是，要把目光放得更远一些，考虑问题的时候要更全面一些，有时候可以换位思考一下，不要只盯着自己眼前的那一块地方。”

严烨的眉头不由得皱了起来，这样的话很像张晓舟的某种论调。

“吴工……”于是他说道。

“听我讲完，好不好？”吴建伟说道。

严烨只能又把嘴闭上了。

“你这个队也有三百多人，也有自己的规章制度，如果有人违反，你会怎么办？”

“那和这次的事情不一样。”严烨说道。

“其实是一样的。”吴建伟说道，“如果有人觉得系着安全绳在树上爬来爬去不方便，不愿意系，你会怎么处理？”

“当众警告，命令他们马上改正。”

“如果他当着你的面老老实实地系，但你一转身离开他就马上把安全绳解掉呢？如果他是你手下最能干的工人，和你的关系也非常好，他不爱系安全带的理由是因为他觉得有把握自己不会摔下来，不系安全绳对他来说效率更高呢？”

严烨没有回答。因为这样的事情的确发生过，而且不止一次。

其实在没有当上队长的时候，他自己也不爱系安全绳，因为系那个东西每次转移的时候都要先找可靠的挂点，很浪费时间，而且有根绳子拉着自己，在树枝间行动的时候很容易就会绊在那些树杈上，经常要停下来解开，很不方便。有时候甚至让他们觉得，系安全绳反倒更不安全了。

当上队长之后他当然一直都在强调安全问题，也一直在要求人们高处作业必须系安全绳，但他知道有几个骨干分子经常在他不在的时候偷偷把安全绳缠在身上不用。因为他们的身手很不错，也从来都没有出过事情，他也只能装作不知道他们这样干。不然每天都因为这个事情硬顶下去，很多事情就没法干了。

“也许他们确实是有把握不会摔下来，而且提高了工作效率。但其他人呢？你不管他们，你就没有理由去严格要求其他人，没有人会忍受双重标准的管理。如果这样的风气蔓延下去，最后的结果肯定是所有人都不会再挂安全绳工作，那如果有人失足从树上摔下来死了，这该算谁的责任？”

严烨皱起了眉头，没有回答这个问题。

“我知道你和张晓舟一直都有芥蒂，但如果你设身处地地把自己的立场放在他那个位置上，站在他的角度去思考问题，你就应该能够理解，有时候很多事情并不是他要这么做，而是站在他的那个位置上，没有两全其美的办法。要么，就必须对所有人一视同仁，把联盟的规章纪律严格执行下去；要么，区别对待，然后看着联盟慢慢地烂掉。如果是你，你会怎么选择？”

“不是只有这两种选择！”严烨说道，“这个世界上本来就没有绝对公平的事情！也没有人能做到一视同仁！区别对待在任何地方都存在，也是大家都可以理解和接受的现实。如果有人真的能又快又好又不出问题地解决问题，让大家服气，那大家当然也会接受他可以有一些有限的特权。”

吴建伟摇了摇头：“又快又好又不出问题，这本身就是一个假命题，现实当中，追求速度往往带来质量问题和安全事故。你怎么保证他一定不会出问题？严烨，我搞工程施工快三十年了，遇到过很多事故，出事故最多的往往是两种人：一种是什么都不懂，不知道危险在什么地方的新工人；一种是对于工作习以为常，见怪不怪的老油条。但新工人大家都会比较关注他们的行动，也会在他们上岗前反复交代安全问题，他们的胆子也比较小不敢乱来。真正出事故最多的，反而是那些已经对现场的种种危险麻木了的老油条。”

“很多时候，出问题出事故的都是那些觉得自己没有问题，别人也觉得他们不会出问题的骨干分子。你给予他们不必遵守规则的特权，其实是给了他们不必严格要求自己的机会和理由，给了他们放松甚至是放纵自己的借口，给了他们一张快速通往事故和死亡的直达车票。作为他们的上级，你这样做，其实是害了他们。”

严烨又一次沉默了，他当然清楚，吴建伟所说的，并不仅仅是特指工程上的事情，而是在说他们身边的那些林林总总的事情。

他很显然是在替张晓舟辩解，严烨可以挑出他话语里的漏洞，和他辩论，然后把他驳倒，但他知道吴建伟对自己并无恶意，所以并没有这么做。

他说的不一定都是对的，但也不一定都是错的，他愿意说，那自己就听着，就当是上了一堂课吧。

吴建伟很快也意识到了这一点，于是他在心里悄悄地叹了一口气。

其实他还有更多想说的。

比如这次严烨他们偷偷去狩猎的事情，其实他们本来可以把这件事情做成一件好事，甚至是把它做成足以计入联盟档案的先进事迹。

联盟对于肉食的渴望从来都没有得到过满足，他们大可以把狩猎作为一个试验项目报到吴建伟这里，那样的话，联盟不但肯定会批准，甚至还有可能给予他们物资和人员上的支持，帮助他们去探索更有效率、更安全的狩猎方法，而不是由严烨自己掏腰包找关系想各种各样的办法。

没有人会说他们什么，也不会有人莽撞地去想要盗取他们的成果。

但很显然，因为有联盟的介入，这样做受益的将不仅仅是他们这一个队伍，而将是整个联盟，他们的收获将不得不分给更多的人而不是由他们这一个队伍单独享用。

他们研究出来的狩猎方式将推广到整个联盟，总的收获肯定会比他们一个队自己搞要大得多，但对于他们这个队来说，却有可能因为猎物被其他队伍捕获反而减少了。

这与严烨渴望以这样的不同来保持自己这个小队伍的优越感、向心力和振奋士气的目的并不相符。

某种意义上来说，这也是严烨和张晓舟最大的不同。

这也是吴建伟希望他能把目光放得更远一些的意思，但这样的话严烨显然不爱听，也听不进去，于是吴建伟把它放在了肚子里。

"吴工你真的不再考虑一下了吗，你就因为这样的事情离开？"严烨问道，不管是从什么角度出发，他都不希望看到吴建伟离开，"你就放心把丛林开发部的事情这么交给其他人？"

"我必须承担起自己的责任。"吴建伟笑着摇了摇头，"联盟并不缺乏有能力愿意负责的人，接替我的人一定会把工作做得更好的。"

"那你会去做什么？"

"我和张主席谈过了，我会去做在安澜的时候就做的事情，搞搞技术培训，收集和整理我们用得上的技术和知识，给予一些工程上的建议和意见。以后如果你要找书看，或者是有什么技术方面的问题要解决，随时都可以来找我。"

严烨很想问问会是谁来接手他的工作，但这样的问题太过于敏感，话到嘴边又收了回去。

"谢谢你专门来对我说这些。"他发自肺腑地说道。

第6章 引咎辞职

“吴工来找你说什么?”邓佳佳问道。

两人站在那边说了很长时间的话,这让她一直都很担心。

他带来的是好消息吗?还是来告诉严烨联盟将要怎么处理这件事情,让他提前有个心理准备?

这样的关心让严烨的心里暖暖的,他笑着摇摇头:“没什么,只是说说话。”

“只是说说话?”邓佳佳有些疑惑。

这时候人们已经开始过来打饭,严烨笑着摇摇头,打了自己的饭走到一边,否则那些人肯定又要拿他们开涮了。

等到人们吃完饭,他帮着邓佳佳她们一起把东西收拾干净,两人才一起到了他们住的那幢楼的楼顶,说起之前没有说完的事情。

“吴工要主动辞职?”这个消息让邓佳佳也有些吃惊,但吴建伟如何选择对她来说其实并没有什么意义,她关心的只是严烨在这件事上将要面临什么。

“他专门过来就只是为了告诉你这件事?”

“当然不是。”严烨迟疑了一下,把吴建伟对他说的那些话简单地转述给了邓佳佳。

有些来龙去脉她不太清楚,不理解吴建伟为什么要那么对严烨说,他便把之前发生的那些事情简要地告诉了她，既然已经决定要和她在一起，那这些事情就没有必要瞒她。

反正他和张晓舟之间的矛盾也不是一天两天了，很多人都知道。

“你真觉得他专门跑一趟就是来对你说这些的？”邓佳佳的眉头慢慢地皱了起来，她不像严烨那么无所谓，女孩子的心本身就要更细一些，想得也更多。

“那你觉得呢？”严烨被她的话问得有些疑惑了起来。

邓佳佳沉默了一会儿，然后突然说道：“要不然，你也主动辞职吧？”

她的话让严烨大吃一惊：“你说什么？”

“我不知道，但吴工专门跑来告诉你他准备主动辞职承担责任，然后和你说了那些话，你不觉得奇怪吗？”

“我不会辞职的！我倒要看看，他们有没有本事把我撸下来！”严烨突然愤怒了起来，这种愤怒当然不是针对邓佳佳，也不是针对吴建伟，如果吴建伟的目的真的是这个，那毫无疑问，授意他这么做的人只会是张晓舟、老常那些人。

邓佳佳不由得叹了一口气，真正靠近严烨、开始了解他之后，她才发现他其实并不像表面上那么成熟，那么能干，在他英雄的光环背后，其实也只是一个十九岁的年轻人，冲动，急躁，听不进别人的话。

这当然不会让她因此而改变对他的感情，但却让她不再觉得在严烨面前抬不起头来，反而拉近了他们之间的距离。

“这只是我的猜测，也许根本就不是这样呢？”她不得不说道，“但你不觉得，主动辞职对于大家来说都是一件好事吗？”

严烨看着她，有些无法理解她的想法。

“我觉得，现在张主席他们应该正在头疼吧？”邓佳佳说道，“二队的赵队长已经被带走了，这说明他们肯定要严肃处理这件事情，但你偏偏又找到了盐矿，立了一个大功。对他们来说，肯定觉得对你罚也不是，奖赏也不是。”

“那就是他们自己的问题了。”

“你不能这么想啊。”邓佳佳叹了一口气说道，“在这种事情上为难他们，对你来说有什么好处？”

严烨没有回答。

能够让张晓舟他们头疼可以让他感到心情舒畅，但除此之外，真没有别的了。很早以前他就明白，要把他们从那个位置上推下去，不是一朝一夕能够做到的，也不是依靠这些事情能够做到的。

“他们会怎么做呢？”邓佳佳继续说道，“如果我是他们，也许我没有办法把你怎么样，但我以后绝对会对你这个队严防死守，专门派人来盯着你，保证你什么都干不了。不会让你再有惹祸的机会，也不会再给你任何立功的机会，甚至不给你任何表现的机会。从此之后，你这个队的所有人都不再有向上的可能，十年、二十年之后，当所有人都忘记了你，你还能做什么？当这个队里的所有人都因为你非要与联盟对抗而受到影响，谁还会继续支持你？谁还会一直站在你这一边？”

她的话让严烨握紧了拳头，但他无法否认，如果张晓舟他们那班人想要这么做，他们真的可以，而且合理合法，谁也不能说他们有什么不对。

“严烨，老实说，我真的不太能理解你为什么这么反感张主席他们。”邓佳佳叹了一口气说道，“你一直觉得他在故意针对你、限制你，但我如果不是听到你今天告诉我那些事情，我根本不会有这种想法。我只会认为，他一直在培养你、考察你。”

这样的话让严烨愤怒起来。

“如果他真的想限制你、冷藏你，他还会让你有机会成为丛林开发部的标兵？还会同意让你去负责建设望城坡的那座中继站？还会授予你两枚荣誉勋章？”

“这些都是我自己争取来的！”

“当然是你自己争取的，你付出的努力谁都看得见。”邓佳佳说道，“但如果张主席真的一直对你抱有恶意，想要毁掉你，他只需要把你像邱岳那样安排在一个什么具体事情都没有的部门，让你什么都做不了不就行了？或者，他为什么不一直让你去执行最危险的任务，让你出意外死掉呢？如果他真的想害你，他为什么还要让你有机会做事，有机会立功呢？难道你的影响力真的大到众望所归，他不重用你都不行了？”

严烨不知道该怎么反驳邓佳佳，如果是别人对他说这些话，他可以扭头就走，可邓佳佳作为他的爱人，没有理由站在张晓舟那一边。

“你有没有想过，也许他并不是故意要针对你，只是像你之前说的那样，他这个人就是不通人情，就是死板地只会按照自己想象的那一套来做事，并且强迫其他人都和他一样。如果是这样的话，你对他敬而远之，公事公办就行了，有什么理由要把他当作自己的仇敌一样，每件事情都首先认为是他的阴谋，是他在迫害你呢？”

“你的意思是我错了？”严烨终于无法忍耐下去了，他大声地问道。

“当然不是，我只是希望你能冷静一下，想想是不是有这样的可能性？就算是为了严淇和我，为了我们的未来。”

这样的话让严烨的怒火终于又慢慢地平息了下来。

但他却没法马上就放下自己的自尊：“那你想我怎么样呢？难道让我去向他承认自己错了，去恳求他的原谅？这样的事情我做不出来，我宁愿死也不会向那样的人低头！”

“当然不是！我只是希望你能够放下这样的成见，更客观地去看待这些事情。他不近人情，对你公事公办，你对他也公事公办就行了啊，只要不夹杂个人因素，你一定能找到更好的解决办法！”

严烨没有回答，过了一会儿才说道：“就算是这样，我也看不出我有什么理由非要辞职。”

“不是非要辞职。”邓佳佳摇了摇头，“我只是觉得，这也许是吴工希望你能够主动做的事情，也是目前解决问题最好的办法。”

“对他们来说也许是最好的办法，但对我不是。”

邓佳佳无奈地摇了摇头。

严烨在处理和解决大多数事情的时候，在她看来都是干练而又果断的，甚至可以说，非常优秀，但不知道是什么原因，在与张晓舟等联盟高层的关系上，他突然就像是换了一个人，变成了一个彻头彻尾的倔强少年。

“你愿意听我说说我的想法吗？”她真的很想拂袖而去，这样的中二青年管他去死！但看到那委屈和愤懑的脸，她的心突然又软了。

严烨默默地点了点头。

“如果是你，你会怎么处理这件事情呢？”

严烨迟疑了一下，没有回答。即便是他自己也找不到答案，如果这件事情这么简单，那他们就不用惴惴不安，张晓舟他们也不会感到棘手了。站在他的角度，任何惩罚他都会觉得委屈，但他也知道，一点儿不对他进行惩罚，这也不可能。

“降成副职，留职察看吧？”他最后说道，“按照张晓舟的个性，多半就是这样了。

找到盐的功劳他肯定不会考虑在这个事情里，最多就是事后给个什么奖励，也许再发一枚勋章出来哄哄人，大概就是这样了。”

“我觉得也是这样。”邓佳佳说道，“但你觉得他们会这样就把这件事情算了吗？”

“这样还不够？”严烨又有点生气了起来。

“难道他们不会派个人过来监督你？接替吴工的人难道不会紧盯着你，防止你身上再发生什么事情？”邓佳佳说这个话的时候心里也在叹息，之前她并不清楚，但严烨说了之后她才发现，在联盟成立之后，在他身上发生了很多事情。里面当然有解救他们这些来自板桥的人的英勇，却也有失手杀人的过失，而像擅自打猎这种事情，虽然她也不觉得是什么很大的错误，但却造成了现在这样的结果，谁能预料？

事情发生的原因和过程她不想去深究，但这该说严烨太优秀，太不甘于平庸和寂寞，还是说他太能惹事呢？

她忽然觉得张晓舟对于严烨的态度，其实真的还算是不错了。如果换成另外一个人，严烨也许根本就不会有现在的职位。

但是，这样的话她当然不可能就这样对严烨说出来。

“如果是我的话，新官上任三把火，肯定不可能随便找个队伍就发作，发生过事故的二队和违规的一队难道不是最好的目标吗？但二队这次肯定要被联盟狠狠地整治，他不太可能继续往死里打。如果遇上一个有心机又不择手段想往上爬的，肯定会把你这个吴工以前一直捧但却偏偏出了事的人拿出来当成最好的目标吧？”

严烨又心塞了起来，他无法否认，这极有可能发生。如果新来的这个人是个跪舔张晓舟的小人，那他肯定会不择手段地对付自己，甚至是迁怒到一队所有人的身上。甚至不用像之前邓佳佳假设的那样等十年那么长，只要派人来每时每刻合理合法地盯着他们，上纲上线专门挑他们的错处，他们的日子就会很不好过。而他们甚至很难有反抗的理由，也很难获取其他人的支持。

一队的人也许会支持他，但更有可能是像邓佳佳猜测的那样，渐渐厌倦，麻木，然后变得怨恨起来。

生产队这样的模式不可能持续很长时间，但在那以前，这样的办法就足以毁掉他之前的所有努力了。

“这其实是个两败俱伤的结局。”邓佳佳继续说道，“他们没法得到满意的结果，你和他们的关系会更糟糕，未来也会大受影响，那样的话，你的这个队长继续做下去又有什么意思呢？”

严烨默默地点了点头。

“但如果你主动辞职呢？对于张主席他们来说，这样的结果他们应该很乐观其成吧？”

“那是肯定的，但对我来说有什么意义？难道他们还会因此而感激我，记得我的好？难道他们还会给我其他机会？”

“也许会，也许不会，但你主动辞职，这件事情他们就没有再继续追究和深查下去的理由，因为你已经付出了足够的代价，这件事到此就结束了。你甚至可以向他们提条件，以自己的辞职换取一队所有人都不受处罚！如果你留在这个位置上，人们在最初的同仇敌忾之后，只会慢慢地忘却你的好处，渐渐把他们遭受的特别对待和你等同起来，甚至开始埋怨你给他们带来了这样的遭遇。但如果你以自己的辞职换取他们从这件事情里脱身，他们眼里就永远只会留下你愿意担当的印象。不管后面来接手的是谁，因为一队出过这个事情，他不可能再让他们像之前那样经常吃到肉，也不可能像你一样给予他们充分的信任和自主，一队的人将会永远记住的，只会是你当他们队长时的好处。”

严烨渐渐兴奋了起来，他忍不住抓住邓佳佳的手，拉到嘴边重重地亲了一下。

“呀！你干什么！”邓佳佳措手不及，脸一下子红了起来。

“你真聪明！”严烨看着她的眼睛说道。

“你还想不想听啦！”邓佳佳又羞又恼地说道，她想把手抽走，但严烨却紧紧地拉着不放，她也只能作罢了。

“你主动辞职，做足姿态让大家都有一个台阶下，以张主席的为人和做事的习惯，他不可能不领情，你们之间的关系也许不会改善，但总不会比之前更差。他也许不一定会主动给予你新的机会，但如果过上一段时间，有合适的机会，你自己争取而又有人推荐，他应该不会反对吧？”

她到最后终于还是把希望寄托在了张晓舟的人品上，这让严烨暗自摇了摇头。他永远不会把自己的命运寄托在别人的良心或者是好心上，以前他曾经犯过这样的错误，差一点就把妹妹和自己都害死，未来他绝对不会让这样的事情再一次发生。

他的命运，他所关心的这些人的命运，只能由他自己来掌握，而他也有信心，一定会让他们都得到幸福。

但她之前的那些话并非没有道理。

板桥的这些人就是他的根基，而一队的人更是重中之重，以辞职来换取他们的认同和支持，在自己名声最好的时候跳出去，怎么看都比被人钉死在这里慢慢烂掉要好得多。

名声大多数时候真的没什么用，但有时候又非常有用。

他们已经看到了他的勇敢，看到了他的临危不乱，看到了他的管理能力，而在这个时候选择辞职，他们将看到他勇于担当，为了部下不惜主动承担责任的一面。

生产队的模式不会是常态，板桥来的这些人也不可能一直接受自己和之前的那些联盟成员这样区别对待下去，一段时间之后他们肯定会获得土地，形成聚落和选区。他就算是在辞职以后暂时没有机会继续担任某种职务，凭借现有的名声和已经形成的良好印象，再加上这次勇于担责的加分，只要不犯致命的错误，他相信自己一定有机会成为执委。

而那将是比现在这个小小的生产队长地位更高、更有发言权的职位。

就像吴建伟对他说的，他现在需要的不是再向前冲，退一步，也许反而更好。

他们不是喜欢规则吗？那就在规则里获取本应属于他的东西吧！

"你真是我的贤内助！"他微笑着对邓佳佳说道。

她不出所料地"呸"了一声，但却马上就被他拥在了怀里。

两人感受着彼此的体温，心里都很快乐。

邓佳佳觉得自己成功地引导了严烨，她无论如何也不觉得张晓舟是像严烨所说的那种人，张晓舟愿意让自己的妻子照顾和指导严淇，这怎么也不像是对严烨有偏见和仇恨的样子。虽然不能马上让他从那个牛角尖里走出来，但总归是迈出了第一步。只要张晓舟那边再释放一些善意，他们之间的误会和芥蒂总有一天会消除。

而严烨则感觉自己找到了新的、更好的道路，这让他的心情激荡了起来。

黑暗中，他的手慢慢地滑到了邓佳佳的脸上，她的身体突然变得烫手，随后，他温柔地捧着她的脸颊，小心翼翼地吻了上去。

“严烨到丛林开发部去提出引咎辞职?”

钱伟听到这个消息,差一点就连眼睛都瞪得掉了出来,他们昨天开了将近三个小时的会才确定了对这次的违规狩猎死亡事件的处理意见,其中至少有三分之一的时间是花在要如何处理严烨和他手下那些人的问题上,结果他来了这一手?

“发生了什么情况?”他忍不住问道,“中二青年也会反省了?”

“老吴昨天傍晚之前去找过他,也许是他说服了严烨。”老常也有些感慨。如果早知道严烨会跟着吴建伟这么做,那他们就不用费这么多脑细胞了,“你们也知道老吴一直把严烨当作标杆来树,严烨再怎么执拗,总不可能谁的话都不听吧?”

“他有什么要求吗?”张晓舟也很吃惊,不过更多的却是如释重负的轻松,这样一来,他们就不用考虑板桥的那些人怎么想,考虑怎么平息生产一队那些人可能出现的不满了。

“他要求对生产一队的处罚到他一个人为止,不再向下。”

张晓舟皱了皱眉头,他刚刚听到这个消息的时候,也觉得严烨应该是在这次的事件中有所领悟了,但从这个要求看来,或许并不是这么一回事。从这个要求来看,他或许根本就没有得到任何教训,让他辞职的并不是承担责任的意识,而是哥们儿义气或者是别的东西。

昨天他们讨论的结果是,除了已经确定免职并且要接受裁决庭审判的赵树林外,生产一队二队的所有干部全部去接受一个礼拜的思想教育,重新学习联盟的所有规章制度,然后降一级使用。

也就是说,对于生产一队而言,严烨将降为副队长,朱永降为小队长,而小队长则全部免职,让队员们在剩下的人里自己投票重新选出代表来补上。严烨调到出事的二队担任副队长,原先三队和四队的队长平调到一队和二队担任队长,副队长转正,从小队长中择优选人增补为副队长。

新任命的丛林开发部主任和副主任将分别兼任一队和二队的监察委员,加强对他们的监督和管理。

梁宇甚至建议把一队和二队打散之后重新编队,这是之前康华医院的那些人偷袭严烨后,联盟对他们所在的团队所采取的政策,效果显著。但考虑到板桥这些人和那时候康华的情况不同,人数也要多得多,最终表决的时候,这个提案没有通过。

平心而论，这个决定对于严烨来说肯定不舒服。让他离开自己熟悉的队伍，去带领那些在这个事件里失去了生命的那些人的家属，尤其在他们还曾经到丛林开发部和联盟总部闹事的情况下，肯定会有很大的矛盾和困难。但参会的联盟高层们几乎是全票通过了这个决定，除了高辉之外，大多数人都觉得，应该要让他感受一下那些死者家属的痛苦和怨气，让他明白，生命应该是值得尊重的，而身为一个领导者，绝不能无视这些。

张晓舟已经做好了严烨和那些人发生冲突的准备，二队新的队长和监察委员在调整之后的头几天里必须随时待在他们周围，防止事态扩大，而他本人也准备到东木城去办几天公，等到严烨有足够的认识之后，再把他调到三队或者是四队去当副队长。

这样的安排当然意味着随之而来的一系列麻烦，唯一的好处只是能够好好地收拾一下严烨这个刺头，也正是因为如此，当人们听说严烨自己选择引咎辞职时，都感到松了一口气。

张晓舟本能地就想驳回他的这个要求，但话到嘴边又硬生生地止住了。

他已经意识到自己越来越有独断的倾向，开会的时候，人们已经习惯了他先表明态度，然后按照他的态度再来完善，查缺补漏，只有很少的时候，他们会反对他的表态。

这绝不是他想要看到的结果。

如果他一手建立的联盟最后变成了他的一言堂，那对他而言，也意味着彻底的失败，意味着梦想的彻底破灭。

这让开始他宁愿忍受别人和自己的想法不尽相同，宁愿忍受在一些不太紧急的问题上的分歧和低效，开始着手改变这样的现状。

对于这件事情的处理是昨天晚上所有人开会时经过讨论表决通过的，他必须尊重多数人的意见。

“人应该还没出去吧？”他对钱伟说道，“看看哪几个部门主任还在，把大家召集起来，我们开个短会讨论一下。”

……

会议讨论的结果是同意严烨的要求，毕竟如果他铁了心地撂挑子不干，联盟也没有理由非要逼着他去当那个副队长。

“如果他这样做的目的不是真的‘引咎’,仅仅是想要收买人心,那无论是我们同意还是不同意,他的目的都同样能够达到。”梁宇在听了张晓舟的疑虑后说道,“如果我们不同意,对于他来说也许收买人心的效果更好,对比之下,一队的那些人对于联盟的意见反而会更大。”

“好吧。”张晓舟最终被他说服,“但我觉得可以做一点变通。而且夏末禅,宣教部的工作必须加强,监察委员的培训和绩效考核工作要及时跟进。”

“是!”夏末禅急忙说道。

“严烨……”当严烨把自己辞职的决定告诉一队的人们,他们既惊讶又感动。

“你没有必要这样!”马上就有冲动的队员说道,“你这么做也是为了我们大家能够过得好一点,有什么错!如果有错,那我们所有人都吃了那些肉,我们都有错!让他们把我们所有人都一并处理好了!”

“话别这样说。”严烨摇摇头说道,“这是我自己的决定,而且已经上报到联盟,所有程序都走完,已经没有回转的余地了。这件事情联盟总要有个处理,总要有个说法,既然我一个人能够解决这个问题,就没有必要把你们扯进来。别担心我,我没事的。大家不要总想着这个事情,安安心心的,向前看就行了,未来一定会更好的。”

这样的姿态让很多人心有不安,但另一方面,也的的确确让他们放下了心里的忐忑,这让他们对严烨充满了感激。

平心而论,严烨也许很年轻,但他作为他们的队长绝对是称职的。而现在,不能仅仅以称职,而是应该以优秀甚至是卓越来形容了。

“那你准备去做什么?”朱永问道。他已经知道了自己将要面对的惩罚,去接受一个礼拜的思想教育,然后回来,留职察看,继续担任生产一队的副队长,而其他小队长也是如此。与赵树林和严烨相比,这样的惩罚可以说是很轻微了。

“谁知道呢?”严烨笑了笑,拿起自己的东西,马上有人过来帮他,对于他们来说,这是他们唯一可以为他做的事情了。

“也许休息一段时间,你们知道,我多多少少还剩点钱……”这话让很多人都想起他自掏腰包给大家买装备、改善伙食的事情,他们越发愧疚了,“也许参加某个冒险团,大家放心,远山就这么大点地方,我们一定会常常见面的。”

“要是你愿意,随时回来!”朱永说道,“你也知道,别的东西不敢说,虫子肉总是有的。”

“放心!我一定会经常来的。”严烨发自内心地对他们笑了笑,走上通往地面的阶梯。

几乎所有生产一队的人都来送他,黑压压地在台阶下面一大片,这让他既骄傲,又感动。

我一定还会回来的!

他在心里默默地对这些人说道。

“注意安全!保重!”他对所有人挥了挥手,然后便头也不回地走了上去。

“结果已经出来了。”

“哦?怎么样?”万泽马上问道。

“现在没有条件做全面的检测,只能对常见的有毒物质和重金属进行检测,他们提供的那些卤水里现在已经检测出存在多种重金属离子和溴、碘,但含量都没有达到危害健康的水平。以我们现在的科学水平,不可能提纯,只能这样。唯一的问题是,里面含有不少钡离子。”

“钡离子?”万泽对于化学这块几乎没有什么认识。

“所有能够溶解于水的钡盐都有毒,对于成年人来说,只要超过零点二克的剂量就有可能造成中毒,超过一克就能致死。”地质学院实验室的负责人也没有给万泽普及化学知识的意思,只是简单地告诉了他可能的结果,“这样的浓度对于恐龙来说肯定没什么影响,但对于我们来说,不加处理长期食用肯定会有问题,对于儿童来说,甚至有可能是致命的。”

“那有办法处理吗?”

“有是有,但以我们现在的技术水平……很麻烦。”对方说道,“我们可以从草木灰里提取碳酸钾,然后过量加入经过过滤和澄清的卤水中,让钡离子生成碳酸钡沉淀从而将它过滤掉。但从草木灰提取碳酸钾的效率很低,这些卤水的浓度也不高,也许要投入很多人力物力才能获取足够食用的盐。”

“只要有办法就行。”万泽说道,“麻烦点总比没有好。”

"我会尽快出一份正式的报告给你们,今天下午应该就可以拿出来。"

"许老师,那就麻烦你了。"万泽说道。

结果出来之后,万泽马上召开了会议,当然并不是十九人委员会的大会,而是几名外来派委员私下的内部会议。

"你们怎么想?"他把报告交给其他人一一过目,然后才问道。

"这对我们来说很有利。"李乡看了看其他人之后说道,"城北联盟那边应该没有这样做的能力,也没有设备,更没有办法建立起能够顺畅运作的工艺流程,这样一来,制盐工业将很自然地控制在我们手中,可以大大增强我们的话语权。"

他顿了一下,看着其他人说道:"我们在城北联盟面前的姿态太低,已经有很多学生开始感到不满了。"

"但即便是我们掌握了处理和提纯卤水的工艺,卤水的来源还是控制在他们手里。"另外一名委员说道,"报告上也写了,中毒量是零点二克,致死量是零点八克到四克,不要觉得少,考虑到钡盐在那些卤水当中的含量并不高,实际上只要不是长期摄入这些未经提纯的盐,也不会导致中毒或者是死亡。他们大可以直接把这些卤水和草木灰水混合之后过滤然后煮盐。因为这个原因而与联盟交恶并不是明智之举。"

"并不是交恶,而是增加我们的话语权。"李乡说道,"之前为了借助他们的力量获取足够的成绩压制学生派,我们付出了过多的代价,姿态也放得太低了。本来应该是平等的盟友关系,现在搞得我们就好像是附庸一样。施远那些人也一直在以这一点作为突破口攻击我们。现在有这样一个契机,正好可以把我们双方之间的关系调整到正常状态。"

几个委员都微微地点起头来,他们不会反对与城北联盟合作下去,但地质学院的基础其实比城北联盟要好很多倍,他们完全没有理由向城北联盟低头。

"邱岳昨天又来找过我。"万泽这时候突然说道。

"他说了什么?"

"还是那些东西,希望我们考虑与联盟合并。"万泽说道。

邱岳其实和他说了很多东西,但他觉得没有必要全部告诉其他人。

"按照他的说法,现在城北联盟内部其实分成好几块,看上去人多,但真正属于张晓舟的铁杆其实并没有那么多,如果我们能够整合好地质学院内部的分歧,合并之后获取控制权的希望相当大。”

“一直鼓吹这个对他有什么好处?”一名委员问道。

“他现在已经被钉死了,让我们加入,他就有可能重新获得机会。”万泽说道,“邱岳自称可以影响联盟七个区里的两个,未来也许更多,而新加入的那些板桥的人未来有可能会建立至少两个区,而他们同样并不是张晓舟的铁杆。这样一来,张晓舟即使是在城北联盟内部的支持率也只是勉强超过百分之五十。如果按照城北联盟那边的划区标准,我们这里可以划六个区,这样一来,只要我们加入之后,获胜的机会很大。”

人们都沉默了。

“你相信那个骗子的话?”

“不完全信。”万泽摇了摇头,“但我相信,他的话里至少有一半是真的。”

“我觉得这是一个坑。”李乡摇了摇头,“这个邱岳已经坑过我们一次,我们必须小心提防这个人。”

他对在座的委员们说道:“大家应该都清楚,城北联盟现在看上去实力强大,发展势头也比较好,但他们的中老年人太多,三十五岁以上的中年人占了他们劳动力中的绝大多数,而我们百分之六十的人口都是十几二十岁的年轻人,从这一点看,我们的潜力远比他们大得多。现在草创阶段让他们冲在前面去发现和解决问题,而我们跟在后面继承和接收他们的成果,这是最有利于我们的结果。保持现状,将让我们一直轻装上阵,而合并,十年二十年之后联盟的那些老龄化人口将成为严重的问题,不但会把城北联盟拖垮,也会拖垮我们。还有一点不要忘了,如果真的搞这样的合并,施远那些人就有可能借着这个机会跳出来。张晓舟也许不能保证绝对的胜利,但我们同样也没法保证学校这边都和我们一条心。”

万泽没有说话,邱岳的话当然没有这么简单,还有很多不可告人的东西在里面,但却没有必要告诉其他人。

单纯站在地质学院的立场,李乡的话也许没错,但万泽自己已经五十多岁了,按照学校现在的规章制度,他能够在这个位置上坐多久?

那些学生冲动而又血气方刚,本能地怀疑一切,施远那些人虽然已经被打倒,搞臭,但他们却像恶狗一样,随时盯着万泽他们的一举一动,时刻准备上来撕咬。他们这些委员在某种意义上来说,时时刻刻都如坐针毡,事情比任何人都多,却不敢有任何享乐。

即使是这样，他们也没有办法保证施远那些人不会再来发起一次暴动，把他们这些人像之前那样推倒，这样的学校，这样的环境，他的努力又有什么意义？替他人做嫁衣，为这些他根本就看不上的人做贡献吗？

只有彻底改变学校现有的格局，建立起一个与现在不同，但更加有利于自己，更加稳定的局面，他才有可能在这个位置上坐得安稳。大量的中老年人当然是个问题，但恰恰是这个年龄段的人才更渴望安稳，更重视规则，而不是像这些愣头青一样随时有可能推翻一切。

建立起一个新的格局，他才有可能得到一个高层人士应有的回报，而他的努力和付出也才有可能平稳地转交到下一代的手上。

而最坏的结果，张晓舟的控制力比邱岳向他描述的高得多，他最后失败了，他也肯定能在合并后的新联盟中担任一个要职。这显然比现在这个不知所谓的十九人委员会轮值主席的位置要有价值得多。

他清楚邱岳必然在利用他，谋求一些他暂时看不到的东西，但他又何尝不是呢？

推动这件事情也许对地质学院来说没什么好处，但他已经下了决心。

很显然，李乡还不到四十岁，太年轻，对于他的威胁太大，不是良好的盟友人选。

他把目光投向了那些年纪较大、儿女已经接近成年的委员。应该找个时间和他们聊聊，看看他们是怎么想的，他相信，只要是正常人，就不可能拒绝这些东西。

“那这份报告怎么处理？”他不紧不慢地问道。

“现在只有许老师和我们几个人知道这份报告的内容？”李乡问道，“我觉得，我们应该把钡盐的危险性和浓度数据做一些合理的扩大，而处理的方法没有必要这么快这么容易就写出来。这样，张晓舟他们才会充分认识到我们的技术储备和重要性。等到情况再紧急一点以后，我们再一步步拿出阶段性的成果也不迟。”

“你们觉得呢？”万泽问道。

“这样……”委员们沉吟着。

“那就这样定了吧。”万泽说道，“我会去找许老师谈话，让他为了学校的利益和未来保守这个秘密，对报告做一些修改，希望各位也恪守这个秘密，让它到此为止。”

“一切为了学校的利益。”他对所有人说道。

第7章 卤泉

“含有氯化钡?”张晓舟不像万泽那样无知，钡盐有毒这样的知识他还是有的，只是不知道中毒的剂量有多大，但按照地质学院那边给出的化验报告单上的数据和报告中钡盐对人体的中毒剂量来看，他们找到的这些卤水虽然不是说吃了肯定会死人，但一不小心就会中毒，问题很大。

他快速地翻阅着报告，却没有看到解决的办法。

“少量的卤水我们实验室里的很多试剂都可以用来处理掉里面的钡离子，但这不是短时间小剂量的事情，把这些高纯度的试剂用在这种地方我们觉得太过于浪费。”万泽解释道，“现在我们正在组织人手寻找在我们现有条件下能够去除钡离子的方案，只要一有结果，我们就马上通知联盟这边。”

“那就拜托了。”张晓舟说道，“还让你专门跑一趟，真是不好意思。”

“没关系，在学校那边待多了，我也希望到联盟这边来走走看看，多吸取一些你们的经验。”万泽笑着说道。

推动地质学院和城北联盟合并不可能是一蹴而就的事情，邱岳这边要先铺线，制造舆论，而他也需要在学校做同样的事情，以双方目前的情况，贸然提出这样的建议，张晓舟多半会欣然赞同，但学校那边却必定会强烈反对。不让大多数学校的成员潜移默化地赞同和支持这件事情，最后的结果多半是自取其辱，反而让双方当前的友好关系出现裂痕。

但不管结果如何，对于他来说，多到联盟这边来露露脸终归不是什么坏事。就算什么都不成，多个朋友总没有坏处。

“但卤水井的开发还是得做起来。”他对张晓舟说道，“仅仅依靠那一眼泉水，根本就不可能支持联盟和地质学院的日常所需。我们会派一名教地勘的老师和几个学生带一台轻型钻机过来，在那个卤泉周边打一些钻孔，看看地下的情况，也许会有其他适合打井取卤的地方。”

“钻机有多重?”张晓舟问道。

“加上所有配件的话，两百公斤，最重的部件五十公斤左右，最大钻井深度可以到一百八十米。”万泽答道，“不算钻杆和油的重量。”

“这样……”这个数字让张晓舟有些头疼，“那个地方周围的情况比较复杂，现在暂时还不具备搞地勘的条件，等到条件具备之后，我会马上派人和你们联系。”

等万泽离开之后，张晓舟马上把联盟的主要负责人召集到了一起，通报了这个情况。

“简直是当头一盆冷水啊!”钱伟说道。

他们一直以为找到卤泉就等于找到了盐，但现在看起来，这只是万里长征的第一步。

“我们需要尽快想办法解决地质勘探人员的安全问题。”张晓舟说道，“不然一切根本无从说起。”

这是开发卤泉最基本的条件，他们如果在那个地方搞地勘，肯定不会是一两个小时就能搞定的事情，按照万泽的说法，准备在周围打一些钻孔，那说不定需要几天，甚至是一两周的时间。

“两百公斤重的话，那就只能放在周围，不可能每天搬上搬下了。”钱伟发愁地说道。

在座的人里，只有张晓舟和他去亲眼看过那个地方，所以他们俩都很清楚，那附近要么是陡峭的山坡，要么就是开阔的石滩，几乎没有能够提供遮蔽的地方，上坡下坡非常困难。如果只是少量人员，那在旁边山坡上找一棵大树搭建树屋就行，但如果那东西这么重，那即使不考虑其他，每天把它从树上吊上吊下，从山坡上抬到要打孔的地方也不会是一件容易的事情。

更何况，他们还得考虑钻机工作时所有人员和设备的安全问题，如果发生危险，人员伤亡是一方面，设备上的一个零件出了问题，对于现在一穷二白的他们来说都是灾难性的后果。

钱伟把那个地方的形势图简单地画在白板上给大家看，所有人都感到很头疼。

距离吼龙岭中继站将近四公里，其中将近一半的路都是陡峭的山坡，而东木城到吼龙岭中继站又是五公里的上坡路，也就是说，从联盟想要运点东西过去，需要走将近十公里山路。即使是他们重新把道路修缮一下，单程至少也要花费三个小时。

那个区域已经发生了恐龙袭击人的事件，为了保证人们的安全，沿途还必须安排足够多的人员保护。这些条件之下，以他们现在的交通条件和运输手段，来回运送物资的成本简直高得吓人。

另一方面，那个地方位于山谷当中，遭遇山洪和泥石流的可能性很大，加上下面都是大大小小的乱石，在那里建一座营地，施工难度和所需要投入的人力物力很有可能会十倍于东木城和北木城。

“我得到现场去实地看看才行。”吴建伟说道，“这种事情在会议室里永远都解决不了。”

“好，我和你一起去！”张晓舟说道，“明天一早出发。”

他专门叫上了龙云鸿，那个地方肯定是未来一段时间联盟工作的重心，地质学院负责地勘，周边地形和环境勘测这一块的工作他们必须首先完成，而目前来说，联盟对于这块工作最熟悉也最有能力的人都在龙云鸿这里了。

刚刚伤愈被医生同意恢复训练的王永军在旁边听说了这个事情，说什么也要一起去，于是特战队最终临时组成了一个二十人的队伍，带着装备和测绘工具向那个地方走去。

“有可能重新修一条更近的路到那个地方去吗？”吴建伟在路上和龙云鸿讨论着。

发现卤泉的地点位于吼龙岭中继站的东南方向，如果仅仅是从地图上看，直线距离肯定是从东木城直接过来要更近一些。

“中间有一些丘陵地带。”龙云鸿答道，“有这个可能，我可以带队来回多走几次，看看能不能选出更好的线路。”

张晓舟在旁边点了点头，这也是一个思路。虽然缩短的距离也许并不非常大，但考虑到他们未来将会无数次地在这两个地点之间来回，即使只是缩短几百米对于他们来说也是值得的。

于是三人开始认真地讨论起这个问题来，山谷的后面延续到什么地方，有没有可能找出一条缓一些、更加安全一些的道路？如果是从山谷的另一侧走，情况会不会好一些？

王永军在旁边有些气闷，中继站的建设他因为受伤没有参与，木城的建设更是和他没有什么关系，这让他对他们所说的东西完全摸不着头脑，甚至连概念都不太清楚。这让他有种感觉，自己受伤休养了几个月后，似乎已经跟不上时代，随时都有可能被淘汰了。

这样不行！他暗自道。

新洲是已经没有了，可新洲的精神和骨架不能就这样没了！只要他在，齐峰在，武文达在，他们就不会让特战队失去这段传承关系。特战队必须是从新洲延续传承下来的队伍，绝不能变成龙云鸿另起炉灶重新拉出来的队伍，断了这段传承。

但他不会去搞那些小动作，新洲就是因为他不在的时候那些人搞小动作而彻底坏了名声，这让他看不起那些人。

如果你必须用小动作和非正常的手段才能压住别人，那岂不是在承认自己不行？承认自己失败？

他没那个脸，也不屑去做那样下作的事情。

他要堂堂正正地告诉人们，新洲还在，而且就在特战队！他要堂堂正正地让人们看到并且承认这一点。

所以，他必须迎头赶上，堂堂正正地做龙云鸿的上司，而不仅仅是因为来得比他早，资格比他老。

于是只要张晓舟他们开始讨论，他就一直跟在他们旁边，努力去记忆和理解他们正在说什么。

不懂没关系，只要记下来，等有空的时候找他们问就行了。

当初他也是从什么都不懂就开始学枪术，但现在，谁敢说比他强？

人生在世，要争的就是这样一口气！

一路看一路走，整整花费了四个小时他们才来到卤泉上方的山坡上，从半山腰的一个地方，他们脚下的这座小山就像是被人用巨大的刀子狠狠地切了下去，变成一个几乎有六十度的陡坡。几百米外是他们之前开辟出来的那条小路，但很显然，要从那个地方把两百公斤的机器设备运下去，会是一件很让人头疼的事情。

吴建伟说道："先别下去，我们沿着山坡继续看看再说。"

于是他们继续向前，龙云鸿不断把吴建伟随口提出的需要进行勘测的地方记录下来，而王永军终于忍不住开始问一些基本的问题，吴建伟也不以为意，一边向他讲解，一边继续往前走着。

山谷在他们脚下蜿蜒向前延伸，夹在两山之间，中间的溪流看上去水量并不算多，但山谷里满满的都是被冲得很光滑的大大小小的石头，一些拐弯的地方水势稍缓，在岩石之间形成了一个个的水塘，看上去水很深。

"那应该都是长年累月被洪水冲刷出来的。"吴建伟对他们说道。

"前面就是山口了。"龙云鸿说道。

果然，顺着他指出去的方向，在几道山梁背后，一大片茂密的丛林突兀地冒了出来。

"那里是一片沼泽。"龙云鸿说道。

溪水在山口这里直接流入了丛林之中，站在这里依稀可以看到那些高大的树木下水面的反光。

"当初我们就是跟着脚印走到了沼泽的边缘。"龙云鸿说起这个事情的时候依然心有不甘，"看到前面都是荒秃秃的石头，我们就追踪着另外一道足迹走了。"

张晓舟轻轻地拍了一下他的肩膀，示意他不要再继续对这个事情耿耿于怀。

吴建伟这时候却皱起了眉头，他来回地走动着，看着山脚下的山谷，喃喃自语着，随后突然问道："龙云鸿，以你的经验估计，第四道山梁的那个位置，山谷的宽度大概有多大？从那块红色的砂岩下面的位置开始算起。"

龙云鸿伸出右手，展开几个手指比画了一下，随后说道："应该在六十到六十五米左右。"

"距离卤泉有多远呢？"

“直线距离大概四百多米，但如果是溪流的长度，应该在一公里左右。”

于是吴建伟点了点头。

“吴工，你的意思是在这里筑城？”张晓舟很快就明白了他的意思。

“这个地方是从卤泉过来，两山之间最窄的地方。”吴建伟点了点头，“在这里筑一道墙，工程量应该是最小的，而且能够保护后面很大一块区域，足够建设生活区和制盐工厂。我们还可以在后面那道山梁的位置筑另外一道墙，然后在两道墙之间布置一些陷阱，这样即使那些恐龙能够冲破第一道墙，后面也会有足够的时间来反应。”

张晓舟认真地看了看这里的地形，缓缓地点了点头。

“但工程量仍然很大。”他叹了一口气说道。

“总比建设一座木城要少得多。”吴建伟说道，“所需要的木头可以从两侧的山坡上有选择地砍伐一些，然后顺着山坡放下去。这样工程量会小一些，但配合上一定要注意，否则很容易造成事故。我们也许可以先把木头都准备好，然后再开始筑墙，不然的话，下面的人太危险了。”

“这样还是有问题。”张晓舟摇了摇头，“这样的地形下如果胡乱砍伐树木，一旦造成泥石流，对于山坡下面就是灭顶之灾。”

“你说得没错。”吴建伟点点头，“那两个山梁其实就是很久以前高处坍塌下来形成的堆积体，如果不是这样，两山之间的距离也不会这么近。”

“那我们如果故意制造一次坍塌呢？”王永军突然问道，“那样不就省心了？”

吴建伟有些惊讶地看了看他，然后点点头说道：“你这个想法也不错，如果我们手头有足够的炸药的话，的确可以这么做，但现在的问题是……”他耸了耸肩，“我们没有那么多炸药。要想让这两边的山坡按照我们的想法坍塌下来，也不是一件容易的事情。”

王永军也不以为意，反正就目前而言，这里最不专业的人就是他，说错了也不怕人笑话。

“前面可以这么做，那后面也用这个办法？”张晓舟说道。

“等会儿我们可以去看看。”吴建伟说道，“但首先，我们得下去看看这两道山梁的情况。”

山很陡，要从三四十米高的相对平坦的区域下到河谷当中绝不是一件容易的事情，好在龙云鸿等人早就准备了长绳子，几名队员先拉着绳子快速地降到下面，确认没有危险之后，才把张晓舟和吴建伟慢慢地放了下去。

王永军一直在仔细地观察他们的手法，等到第二拨队员速降下去后，他小心翼翼地学着他们的动作，稍显笨拙地降了下去。

但因为是第一次，动作有些僵硬，旁边一起向下的队员到底之后几分钟，他才踩到了地面。

“有点落伍了。”看到张晓舟微笑注视着他，他有点感慨地说道。

“你已经很不错了，好歹是自己下来的，你看我，只能像货物一样被放下来。”张晓舟轻轻地拍了拍他的肩膀说道，“别心急，慢慢来。”

王永军点点头，不过他不能和张晓舟比，张晓舟在新洲建立起来之后其实就因为事情太多，只能放弃了和他们一起训练，也许在新洲酒店带领大家走出第一步的时候，他还能够说得上是一名战士，在那之后，他的精力便已经放到了联盟的行政事务和那些零零散散的科学研究上了，如果让他现在来和特战队甚至是和以前新洲的队员较量，那他多半是要输了。

而自己，不但是一名战士，还是他们的上司，理应比他们做得都好。

这时候已经是正午，龙云鸿带人在山梁背面寻找了一处背风的地方点了一堆篝火，一名队员到下面的小溪里用袋子提了一袋水上来，放在锅里煮沸，然后把带来的干粮放进去煮。

“水里有鱼吗？”张晓舟问道。

“这个，我没注意……张主席，要不我再下去看看？”

“不用了。”张晓舟摇了摇头，“一会儿往回走的时候再看吧。”

如果小溪里有鱼，那对于他们来说，也许又多了一个蛋白质的来源。虽然远山城里的水域面积有限，但用浴盆或者是鱼缸、鱼池之类的工具养殖一些鱼类应该不是难事。秀颌龙对于六千五百万年后的老鼠、昆虫和蚯蚓都不抗拒，那这些鱼应该也不会非这个世界存在的东西不吃。联盟养殖的那些蚯蚓，一方面为人们在各个房间里种植的蔬菜提供了有机肥，另一方面，也许也能通过这样的方式转化为人们乐意食用的蛋白质。

“以后盐矿的营地和厂房可以建设在那个地方。”吴建伟对他说道，“从周边的痕迹和植物生长的情况看，即便是有洪水，应该也不会淹没那个地方。”

张晓舟的关注点却还是停留在脚下的这块地方。

这个最窄的地方有一侧是裸露在外的岩石，但或许是下雨太过频繁，看上去风化得很严重，如果要在这个地方筑墙，必须先把这些危险因素提前清除掉。

下面都是一块块的卵石，如果在这里筑墙，开挖地基应该会是很让人头疼的事情。

也许可以有什么变通的办法……或者是以大量的鹿角来代替围墙？

他出神地想着，旁边的队员却突然紧张了起来，伸手轻轻地推了他一下，提醒他注意远方。

一条明显是食肉龙的动物正从山谷里面往外走，它显然是发现了他们，正在将近一百米外观察着他们。

距离太远看不清楚它的特征，但它的臀高应该在三米左右，颈不算长，头部短而宽，看上去凶狠而又有力，它的前肢和暴龙一样退化得很厉害，几乎看不出来，但它的后腿却非常长，而且看起来非常健壮。

这应该不是暴龙科的动物，因为它的身体明显比暴龙要纤细得多，从它的腿来看，应该是一种非常善于奔跑的动物。

那些名字一个个地在张晓舟的脑海中转来转去，但他却找不出和眼前这只动物完全吻合的对象，这应该是一种没有留下化石的动物。

或许是感觉到了危险，又或许是觉得并没有把握攻击他们这么多人，在与他们远远对峙了将近两分钟之后，它突然转身，快步消失在了山谷里。

但它那庞大的身躯依然让他们戒备了很久才放下心来。它应该是刚刚从远处迁移到这片丛林中填补那些暴龙死后留下的空档的某种顶级猎食者。在这片丛林，这个难得的卤泉对于它来说也许是绝佳的猎场。

如果是在丛林中遇上它，新洲时代曾经在面对中型龙时所向披靡的矛阵还能管用吗？

“不管怎么样，在这个地方的人看起来不会感到寂寞了。”张晓舟喃喃地说道。

“经过现场勘查，现在我们的想法是这样……”吴建伟把一张地形图挂在白板前，对联盟各部门的负责人和执委们讲解着。

因为要看的细节太多，他们在那个地方整整待了两天，晚上只能留在吼龙岭中继站休息，为了防止联盟误认为他们出事，龙云鸿等人还不得不在天黑之前赶回联盟报信，说明情况。

最终吴建伟做出的方案是在卤泉下游四百多米处的两座山梁间构筑一道围墙，然后在卤泉上游六百多米的位置构筑另外一道围墙，并把中间几个相对比较缓的冲沟同样用围墙隔挡起来，从而在这座山谷当中形成一个相对安全的区域。因为两侧都是陡峭的山坡，而且最矮的地方也有将近三十米，恐龙从上面跳下来对这个区域内的人发动袭击的可能性几乎不存在。

“如果它们从山上跳下来，那倒省事了。”面对人们的疑问，吴建伟说道。

“但严烨他们之前从山坡上滚下来也没事啊！”

“他们与其说是滚下来，不如说是滑下来的，但即便是这样，还是牺牲了一个，重伤了一个。”吴建伟耐心地解释道，“恐龙的身体结构决定了它们不可能在下落过程中采取这样的自我保护姿态，它们要么摔下来，要么直冲下来，但两者的后果都是一样的，它们不可能毫发无伤，而且体形越大的恐龙受伤会越重。”

“我们能够在距离远山那么远的地方建筑这么大的工程吗？”一名执委问道。

“很困难，但我们别无选择。”张晓舟代替吴建伟解释道，“能够在离远山这么近的地方找到卤泉其实已经很幸运了，我们之前已经做好了在几十公里外才有盐矿的准备，现在发现的这处卤泉距离东木城的直线距离还不到九公里，已经可以说是一个奇迹。这是生死攸关的事情，我们没有机会选择做或者不做，只能想方设法选择一个更好的方案去做。”

“为什么要划出那么大的一块范围呢？”另外一名执委问道，“直接在卤泉附近建一座规模小一点儿的木城不行吗？”

“卤泉附近的地形并不适合建城。”吴建伟解释道，“一方面是河床上全是大大小小的石头，以我们现在的技术手段，要把它们挖开做地基难度很大；另一方面，有可能会在某些季节出现洪水泛滥的问题。”

“那在山谷两端建城墙不是同样有这样的问题吗？”

“的确有可能存在。”吴建伟点点头，“所以现在我考虑的是两侧采用永久性的结构，而中间采用半永久性或者是临时性的结构，留出排水的通道。区域内部将陆续用石头和泥土筑坝，构筑出一条比较深而且比较直的泄洪道，把卤泉的位置和生活区、生产区保护起来。这样的工作只有在整个区域的安全有一定保障的前提下我们才有余力去完成，如果仅仅是构筑一个小规模的木城，那我们在施工的时候还必须时刻担心会不会遭到恐龙的袭击，工期、安全都无法保证。"

"另外，"他把另外一张纸放在地图上，"这里我进行了一个计算，事实上，采取这样直接筑墙的方式，我们可以获得一个较大的安全活动区域，总工程量却和构筑木城相差不多。"

"预计要投入多少人，耗费多长时间呢?"王牧林问道。

"这和建筑北木城和东木城的差别很大。"吴建伟说道，同时把另外一张纸挂了起来，"运输距离过长，后勤保障压力大，而且夜晚的安全性没有办法得到保障，我们实际上并没有能力投入太多人手。现在初步的方案是首先修筑一条通往卤泉的通道，因为这条路要考虑手推车和其他运输方式通行的要求，对于坡度、走向、宽度、路面平整度、路面的硬度和排水的要求都比之前要高，当然我们不需要一步到位，但准备工作必须按照较高的标准来完成。预计前期勘测和确定路线大概要花三到五天的时间，同时开始着手修整出人行便道，这个阶段只需要投入特战队力量就能解决。"

"第二步则是对道路进行基本的修整，同时在卤泉上方的丛林中修建足够容纳两百人左右的树屋。我们准备在这个阶段砍伐道路两侧的树木作为树屋和下一步卤泉基地的建材，一方面是就地取材节省运力，另一方面，也可以扩大道路两侧的安全区，防止在这条路上行走时遭到恐龙突然袭击。这个阶段大概需要十五到二十天，计划在投入特战队全体和一个小队的民兵作为警卫，同时投入两百到两百五十人作为劳动力。"

"包括后勤人员吗?"王牧林问道。

"已经包含在里面了。"吴建伟答道，"第三个阶段则是以卤泉上方的树屋为基地，在附近采伐足够的木材，并运送到两座城墙的预定位置。这个阶段计划在二十天左右，同样投入特战队全体和一个小队的民兵，特战队负责守卫各个伐木点的安全，保护运送木材的人员安全，而民兵则负责保护营地和运送物资的人员安全。这个阶段计划投入一百二十人左右作为伐木工，三十人左右运送物资囤积在营地。"

“第四个阶段开始正式修筑两道围墙，并在预定位置建筑营房。计划工期五天，投入特战队全体保卫安全，一百五十人左右作为劳动力。”

“到第四个阶段后，就是修修补补继续完善的工作了，两道围墙至少要投入三十人防守，加上一百人作为劳动力长期在盐矿工作。考虑到煮盐所需要的木料在那个区域很难获得，也许还要投入二三十人的伐木队伍和同样数量的安全保卫人员。”

这样算下来，整个盐矿的建设就要花费至少一个多月，甚至是两个月的时间，高峰期投入三百五十人，除了前期勘测外，平均保持在两百人以上。

相对于他们之前所干的那些工程，这已经算得上是超级工程了，但如果以之前那个世界的标准来看，充其量只能算得上是一个村办小厂的规模，甚至还远远不如。

生产力的低下在这样的工作任务面前一览无余，这样的滑坡已经不能说是生产力降低，而应该说是雪崩、跳崖了。

但没有机械，没有炸药，没有电动工具，一切都要靠肩挑手抬，这样的工期甚至都应该说有些苛刻了。

“那么多工作，这么短的时间能完成吗？”人们在仔细地计算了之后问道。

“不完成不行。”张晓舟苦笑着说道，“我们的盐只能坚持到那个时候，地质学院甚至有可能比我们还要更早断盐。”

吴建伟开始向参会的人员详细地讲解四个阶段的具体实施步骤，同时也不断地解答他们提出的疑问。

时间紧迫，但环境、工作方式和后勤保障能力，决定了投入更多的人力资源并不能有效提高工作效率，反而会造成施工组织的混乱，给安全保卫带来更大的压力。

在那样远离远山城而又确定有大型肉食动物在行动的丛林中，保障所有人的安全和补给从来都不是简单的事情，人越多，营地越大，需要投入的守卫力量就越多。尤其是在施工前期，在那些树屋还没有建设好之前，必须投入大量的人力，在宿营地周围放置大量的兽夹和鹿角，点燃足够多的火堆。

但他们不可能把所有有生力量都投入到这里，否则的话，何家营那边一旦发生什么变化，他们根本就没有能力及时赶回来。

三小时的距离这个概念与之前那个世界完全不同，要知道，他们现在没有车辆，没有任何交通工具，甚至连牲畜都没有，一切只能靠自己的两只脚走，等到他们急行军三个小时赶回去,基本上也不可能发挥什么作用了。

“我们必须保持较高的工作强度。”吴建伟叹了一口气说道,“尤其是工程的前期,所以必须采用轮换的方式。现在的计划是一周一换,这是整个联盟的事情,是关系到我们每一个人能不能存活下去的大事,不单单四个生产队要出人,现有的七个区也必须出人。”

执委们沉默了,他们已经习惯了由四个生产队来负责联盟大大小小的工作任务,而自己管辖下的联盟成员只负责参加民兵的训练和执行任务,最多不过参与一些临时性的工作。现在吴建伟突然提出要他们出人,这还真有点困难。

最多不过二三十天就是第二季玉米收获的时候了,大家都在默默地做着相应的准备,这种时候告诉他们必须放下自己手里的事情,不管自己的田地去干公家的事情,势必会让很多人不满。

但盐矿的重要性他们很清楚,他们也知道联盟不可能一直把那些新来的人当作免费劳工来使用,其中的困难,只能想办法去克服了。反正无非是说服鼓动,同时想办法保证他们的收成,解除他们的后顾之忧,这都需要和一个个的团队去谈,去安排。收获季本来事情就多,再加上这个事情,简直就是悲剧。

“有什么困难,有什么问题和想法今天会上就都提出来,我们大家一起提前做出方案,落实到位。联盟各个部门一定要到一线去帮忙解决问题,责无旁贷!”张晓舟说道,“尤其是宣教部,一定要提前做足工作,我们会把盐矿的开发建设方案张贴出来,让每一个人都能看到,也欢迎大家畅所欲言,看能不能给出更好的改进办法。夏末禅,你们一定要让大家明白这件事情的严重性和紧迫性!”

“是!”夏末禅急忙说道。

“江晓华,我想裁决庭的事情可以先放一下。”张晓舟继续说道,“你来帮夏末禅关注一下舆论导向这一块,各位执委也请注意一下这方面的问题,这种时候,绝不能出现前面拼死拼活,有人却在后面说怪话,搞煽动,动摇军心的情况。”

邱岳低头在本子上写写画画,似乎是在做记录,脸上的表情非常淡定。

“这也不是我们一家的事情吧?”王牧林突然说道,“地质学院那边不出力吗?”

张晓舟愣了一下,他还真没想过这个问题。

“如果他们也派人来,那盐矿建成之后的所有权怎么算?”梁宇在旁边说道,“而且他们的人不知道工作能力怎么样,对于丛林作业的认识也不一定能有我们这边的水平,如果让他们来,要不要培训?培训多久?谁来负责?怎么安排他们的工作?如果他们不听指挥出了事故,责任怎么算?”

他摇了摇头说道:“这项工作本来涉及的面就太广,太复杂,要协调处理的事情太多,再加上他们,那事情就更难办了。我看还是由我们自己来完成比较好。如果可能,让他们在这段时间加强对何家营的防卫,防止南边出什么状况。另外,看他们能不能借我们一些物资,能做到这两点就足够了。”

张晓舟看着王牧林,他摇摇头没有再说话,显然不再继续坚持自己的看法了。

会议继续下去,并且就更多细节问题讨论了起来,一方面是盐矿的施工,另一方面,随着玉米的收获,第二次税粮征收的工作也要抓起来。

联盟已经进入了赤字经营的状态,不但成立时欠下的那些账没法还,还分两次向地质学院借了一些粮食,这次盐矿施工当中又要投入大量的资源,如果没有税收的支撑,随时都有破产的可能。

张晓舟的头不由得又疼了起来。

“大哥。”何春华说道,但随后便激烈地咳嗽起来。

“你怎么又出来了。”何春成说道,“不是让你好好休息吗?”

“在床上睡了那么久,哪还能睡得住啊!咳咳咳……”大概是因为多说了几句话,他越发咳嗽了起来。

“你啊……”何春成摇摇头说道,“你这个样子,什么时候能好起来?我知道你心里急,但不是这个急法。你越快好起来,才能越快来帮我啊!”

何春华能捡回一条命只能说是奇迹,何家营里的那几个游医根本就没有能力进行复杂的外科手术,严烨的那一箭只要再稍稍往任何一个方向偏一点点,射中或者是切断某条主血管,任他有再强的生命力也活不下来。

但在他们战战兢兢地想办法缝合伤口,把库存的那些宝贵的药水不当数地给他注入后,他却一天天好了起来。

虽然变成了现在这个病怏怏的样子,但起码是活下来了。

“你们再敢放他出来乱走,我就让你们尝尝抡大米的滋味!”何春成转头对跟在何春华身后的那两个女孩说道，“连个病人都看不好，留你们有什么用?！还不把他给我扶进房去?”

她们的脸色一下子就被吓得惨白，但何春华这样的人又怎么可能听她们的劝?

她们可怜巴巴地过来搀扶何春华，希望他能说句好话，但他却根本就看都没看她们一眼。

“那些老家伙怎么说?”

“还能怎么说?”何春成摇摇头，“这些事情你不用操心了，难道你还怕大哥搞不定? 还是那句话，你好好休息，快点好起来比什么都管用!”

事情当然不像何春成说得这么轻描淡写。

李九德在嫡孙出去杀恐龙却身亡之后就像失去了全部心气，整个人都老了一大截，对什么事情都变得没有了兴致，在这样的情况下，其他村老当然不可能继续支持他出来和何春成争权夺势。

但这并不意味着何家就能轻松地拿回对何家营的控制权，即便是他们把那条暴龙的脑袋带回来也是如此。

“春成，这条恐龙听说是早就被李家的人下毒毒得半死了，他们还填了不少人命进去，结果你出去捡个便宜，是不是有点太不仗义了?”几名村老笑着说道，“到底谁来话事，我们大家还是再议议吧。”

何春成很清楚他们这是准备讨要之前他承诺的那些好处，但情况已经发生了翻天覆地的变化，照现在这种情况，他怎么可能还履行那时候的承诺?

何家营话事人的推选就这么暂时搁置了下来，让他没有想到的是，原先躲在李家背后的赵家突然跳了出来，而之前乖乖跟着何家背后的高家不知道是吃错了什么药，竟然和他们一起出动占据了板桥村。那个地方已经被烧过好几次，残破不堪，他们也不嫌弃，占据了下来之后，就大肆招拢人手，准备重新把被那些暴动者弄坏的升降机修起来，到下面的丛林去搞吃的。

他们甚至把主意打到了瓦庄这边的人身上，那些底层的劳工和士兵被牢牢地控制在瓦庄，他们当然接触不到，但那些之前跟着何家兄弟干，在出了事之后幸运捡了一条命的村民却成了他们眼中的香饽饽，好几个曾经在板桥待过的村民都被他们许以厚利拉拢了过去。他们虽然不知道真正核心的那些东西,但就算只是一些皮毛,也足够他们重新把板桥这个地方利用起来了。

何家营的势力一下子变成了三块,实力最强、人口和物资最多的当然还是何家营本部,这里防御体系也最完备,几乎可以说是一座坚不可摧的城堡。

其次依然是占据了瓦庄的何家,虽然失去了板桥的全部存粮,但瓦庄这边本来也是何春华重要的据点,多少有些存粮放着,加上地质学院那边陆陆续续用来赎人的番薯,很快又招揽了不少的人手。

最弱的便是赵家和高家占据的板桥,两家加起来的私兵数量虽然已经超过了何家,但缺乏训练而且补给不足,与其说是士兵,倒不如说是一群稍稍强壮一些的难民。他们的存粮也不多,因此急着要修复通往丛林的路。虽然还没有收益,但谁都知道,只要重新开动起来,那个地方就是一个可靠的生产基地。但凭借他们手上的人力和资源,想要把在几次内乱中几乎损毁了一半的板桥恢复到暴动前的情况,几乎已经是不可能的事情。

但对于何春成来说,失去板桥对于何家来说最大的问题,其实还不是失去了一个可靠的粮食来源,而是失去了对城北的独家接触能力。

板桥村到高速公路的距离不算远,在那里活动的暴龙已经死了,只要看准时机,一两个人冒险跑过去和城北接触根本就不会有什么困难。而最让何春成焦虑的是,一旦这样的事情发生,接下来的事情就会完全脱离他的控制。

赵家的几个兄弟以前是做假冒伪劣小食品生意的,村子里的那些小食品厂里,有四家就是属于他们赵家几兄弟的,比起大多数拿着土地赔偿款和分红混吃等死的村民,他们也算是"能人"之一。但这几个人没什么远见,唯利是图,而且毫无下限。

村子里的人都知道坚决不能买他们几家做的东西吃,但来到这个世界之后,他们却因为手上掌握着不少粮食而成了实力派之一。不过因为名声不好,只能跟在李九德身后捡便宜。

天知道如果他们和城北那些人接上头,会不会因为一点小利而把何家营卖个干净。

如果赵家和高家真的不要脸起来投向城北,或者是干脆把何家卖了,那事情就不好办了。瓦庄这个地方的位置实在是太过于尴尬,几乎可以说是在城北联盟的眼皮子底下，而且地势还比对方低。之前何春华同时据有瓦庄和板桥的时候，这里还算是不错，但现在却成了一个不上不下的地方。地盘有限，没多少发展潜力，更别说长久之计，唯一让何春成还看得上的理由，只是必须在这里才便于接收地质学院交过来的那些粮食。

城北联盟和地质学院要是真的没了后顾之忧打过来，何家就算还能逃到何家营去，也肯定彻底完蛋了。

他一直派人盯着板桥和高速公路之间的那个区域，甚至不惜派人定期到这里巡逻，美其名曰“防止城北派奸细过来搞破坏”，但他的人总不可能一天二十四小时盯着那个地方，赵家和高家如果真的铁了心想这么干，他还真拿他们没有办法。

这让何春成投鼠忌器，不敢过分收拾赵家和高家，甚至还只能哄着他们，不但假装不知道他们拉拢那些村民的事情，还为了防止他们把目光投向北面，甚至忍痛把板桥南边和何家营西面那两块空地的事情故意挑了出来，让他们去和那些村老们狗咬狗，以吸引和分散他们的注意力。

那两块地加起来有将近七百亩，对于任何一方来说，如果能够清理出来种上粮食，绝对比到丛林去瞎搞靠谱得多。

村子里的粮食已经渐渐要见底了，虽然下层的那些难民对此一无所知，底层的那些村民和一般级别的小头目也不知道这个消息，但何、李、赵、高几家和几个村老都清楚这个情况。

只要这个问题一爆发出来，何家营瞬间崩盘也不奇怪。

为今之计，只有一方面驱使那些难民出来种地，另一方面，继续想办法从城北搞粮食，从丛林里搞粮食。

只有何家有这个本事来收拾局面，但各家各族即使是很清楚问题已经迫在眉睫，却没有人愿意比别人少拿一点好处，只想借着这个在他们看起来难得的机会拼命捞，能捞一点是一点。

一群鼠目寸光的混账！

第8章

重压之下

何春成却没有想到，就在他们忙于内争时，城北却突然大举向城东南地区进发了！

他们想干什么？

所有何家营的大佬们都又惊又疑地站在自己能够找到的最高的建筑物里，拼命地向那个方向张望。

难道他们准备占领东南区域了吗？

那个区域，在何春华当初带人把食品批发市场洗劫一空后，就被何家营的人视为自己的禁脔，但现在，他们眼睁睁地看着城北的那些人一队队地出现在那些建筑物周围，却无能为力。

少数人把给予他们一个教训的希望寄托在那条仅存的暴龙身上，希望它能够让他们尝尝厉害，但像何春成这样明白城北情况的大佬都不会如此。城北的人已经杀掉了很多大大小小的恐龙，他们现在敢于主动出击，一定是已经有了对付它的办法。

果然，就在他们苦苦等待了几个小时之后，那条一直在村子附近转悠的暴龙终于向那边走去。

然后……然后他们就再也没有见过它了。

“再这样下去，我们全部都要完蛋！”何春成在接下来召开的村老会上说道，“你们觉得可以投靠他们，保持现在的生活？别他妈犯蠢了！”

“想想板桥发生的事情！想想你们在来到这个地方之后做过的事！等到他们杀过来，不用他们动手，下面那些人自己就会跳出来把我们一家一家地吊死！”

村老们低头不语。

“你们都清楚自己干过些什么，别以为自己没亲手杀过人就没事，别以为这只是我们出面挑头的几家人的事情！他们可不会管你姓什么！在板桥的时候，只要是何家营的人，全都被他们杀了！甚至就连和我们走得近的那些人也全被杀了！这已经不是能不能保住财产和地位的事情，而是能不能保住一家老小的事情了！”

“我们那么多人，他们总不可能把我们那么多人全部都……”依然有人心怀侥幸地说道。

“张午，别人不好说，就凭你搞了那么多人的老婆，你觉得他们会放过你？”何春成冷笑着说道，“现在我们唯一还能和城北对抗的筹码就是人多，但再这样四分五裂下去，再这么三心二意各打各的算盘，我告诉你们，咱们这些人，全都活不了多久！”

拖了许久的推选终于有了结果，何春成再度当选，而他所做的第一件事情，就是把瓦庄的粮食拿了一半出来，也逼着所有还有存粮的家族都拿了等比的存粮出来，开始练兵，开始把那些难民驱赶到那两块空地上去开垦，驱赶到丛林里去伐木，去收集一切能吃的东西。

反正暴龙已经死了，那些中型龙虽然可怕，但在经历了城北那些人长时间的猎杀之后，它们已经意识到这些猎物不再像以前那么容易捕杀，只要有足够多持有武器的人聚在一起，它们也不会贸然冲上来。

他们没有能力，也没有时间去建升降机，但何家营南边的那道悬崖高度不过五米，上千人在粮食的驱动下，把周围各种各样的建筑垃圾和泥土运到那个地方去，只用了一天时间就填出了一条足够三人并行的长长的缓坡，甚至还有余力在坡顶的位置用废弃的汽车建立了一个坚固的路障，防止有东西沿着这个坡冲上来。

这一手让赵家和高家变得极其尴尬，与这个地方相比，他们所占据的板桥变得无利可图，占据那个地方唯一的意义只是拥有了一块还算说得过去的地盘，可以就近照顾板桥南面的那块地。

“我们所有何家营的叔伯兄弟都是一体！”何春成一次次地在公开场合这样说道，

"现在已经不是置气的时候了！再不团结，咱们就连活路都没有了！"

赵家和高家最终从板桥撤了回来，随着何家营南边那条土坡的建成，整个何家营的利益中心又回到了村子这边，把太多的力量投入到一个注定没有产出的地方有什么意义？倒不如及时收手回来抢一杯羹。

虽然已经有十多年没有种过地，但这毕竟是很多村中的老人干了大半辈子的事情，那七百亩土地很快就被种上了他们之前搞回来的玉米种，而由何家主导的丛林开发队也开始源源不断地把能填饱肚子的东西运回来。

各家的私兵被何春成安排出去在田地和丛林周边巡逻守卫，一方面是保护那些干活的人不被游弋在附近的恐龙咬死，但更重要的却是监督他们干活，防止他们偷吃、消极怠工和逃跑。

每天总会有几个人被他们看漏了的恐龙窜进来咬死、拖走，但对于早已经习惯了死亡的人们来说，这已经不算什么了。

至少，现在他们每天都能有东西吃，活下去的希望已经出现了。

板桥暴动对何家的声望和信誉所造成的打击，终于在这样的势头下慢慢被抚平，虽然少数在这场暴动中死去的年轻人的亲属依然难免对这件事情耿耿于怀，但至少，他们也接受了现状，不再三天两头来找何春成寻衅闹事了。

"任何人都不准向北！"何春成小心地颁布了这样一条禁令，"有任何人从北面过来，先抓起来再说！"

没有人比他更明白北面那些人对于他们的威胁有多大，他早就已经想清楚，板桥的暴动必定是城北那些人的阴谋，甚至可以说，肯定是城北联盟那些人的阴谋，在这件事情里，地质学院吃了一个大亏，何家吃了一个大亏，唯一受益的只有城北联盟。

他甚至怀疑，射向何春华的那支箭也是他们的阴谋。

这让他一次次地把那些俘虏找来，把自己掌握的证据交给他们看。

"我们之间都是误会。"他一次次地对那些即将放回北面换取粮食的人质说道，"为什么我们两方会发生误会和冲突？难道不是因为那个杨勇吗？你们不要忘了，他是从什么地方来的！他是城北联盟派来的人！正是他挑起了我们两方之间的误会！所有的证据都已经很清楚了，你们可以自己看。这是城北联盟的阴谋！他们的目的就是要让我们之间拼个你死我活，他们来坐收渔利！"

他一次次情真意切地对那些俘虏们说着:“我们之间有什么深仇大恨吗? 没有吧? 如果不是因为城北联盟的挑拨,我们本来可以好好地做邻居,相安无事。这个世界那么大,我们有什么理由非要打个你死我活? 可现在呢? 你们死了很多人,我们也死了很多人,就连板桥村都被城北联盟的那些人毁了! 希望你们回去以后能把真相告诉你们那边的人,把真相揭露出来。告诉你们的领导,我们其实非常热爱和平,只要他们愿意,我们随时都可以坐下来谈谈双方合作的事情,你们剩下的同伴也可以尽早回去。”

他当然知道这些话未必有人相信,也未必能派上什么用处,但只要能够在城北联盟和地质学院之间扎上一颗钉子,那就足够了。

反正只是说一番话,对于他来说,是一件无本万利的事情。

“明天又有一批人要被放回来了。”一个狭小的房间里,一群人正在商量着什么。

“回来又有什么用? 还不是被他们警告一下就什么都不敢说了!”另外一个人摇摇头说道,“证据我们拿到的还少吗? 关键的问题不是人证物证,而是大多数人被他们蒙蔽了,没有看穿他们的丑恶嘴脸! 凭我们这些人,凭被放回来的这些人,有什么用?”

“我们之前还不是一样?”施远摇了摇头,“只看到万泽他们几个跳梁小丑,以为其他人都算是老实,结果呢? 根本就没有注意到他们在副职上把我们的人都给架空了! 这次我们输,第一输在保密工作没做好,被内奸把消息提前传递了出去;第二就是输在对他们的防范不够! 光忙着占据舆论阵地,忽视了下面的具体部门,结果一出事就被他们反客为主了。等我们拨乱反正,绝对不能再让这样的事情发生!”

杨勇在角落里默然不语。

对于他来说,现在已经到了人生最灰暗的时候。城北联盟那边显然是回不去了,何家营那边更不可能,就算是何春华真的死了,何家只要还有人活着都不会放过他。

他看着这些还在指点江山的年轻人,心里突然一阵凄凉。

他们到现在也不明白自己真正输在什么地方,就凭他们当时的指挥水平,说真的,就算是没有人提前给何春华通风报信,他们也根本赢不了。唯一的可能性只是输得不那么惨而已。

施远在自己的老巢里都能被何春华抓走，这样的人居然还想着“拨乱反正”？

他们根本不明白，他们失势的原因不是对方太强，而是自己太弱，除了搞那些没有半点用处的内部斗争和煽动人心的东西，他们在经济和作战上根本毫无建树。

当然以地质学院四千人的摊子，用“经济和作战”这样的词语有点可笑，但事实就是，施远他们这些人赖为根基的学生们，对于他们的无能和长达几个月来不断上演的闹剧已经感到厌倦甚至是厌恶，因此才摒弃了他们这些只会夸夸其谈的理论家，拥抱了那些并不源自学校，而是逃难到这里的年长者，最起码，那些人是在做事，而不是在一次次地制造事端。

他们继续不断地以毫不新鲜的阴谋论攻击城北联盟和正在认真做事的外来派，只会让他们本来就不多的支持者们对他们越发失望。

这样的利器本该用在刀刃上，一击致命，但他们却在根本就没有做好任何准备，没有任何后手的情况把它抛了出来，让外来派有足够的时间来反驳，来淡化，来转移视线和话题。

外来派选择与城北联盟合作，用一件又一件实事来证明自己的正确性，而他们却只会不断地挑刺，一次次地把阴谋论继续拿出来说，把自己本来就所剩不多的人心和支持就这样白白地消耗掉。

如果有机会，他绝对会毫不犹豫地投入到所谓外来派的怀抱中去，但问题是，万泽等人与联盟的关系过于密切，这让他顾虑重重。如果没有值得一提的功绩，他们又有什么理由接纳他这样一个已经背叛了两个地方，背负着引发地质学院与何家营之间争斗的恶名的人？

可他混在这些人当中这么久，却找不到丝毫值得出卖的东西。他们只会这样聚在一起，毫无意义地浪费时间抨击万泽那些人，丝毫也不反思自己的错误，也不会想着去做点实际的事情，把丢失的分数拉回来。

这些人注定会失败，这让他甚至生不出替他们出谋划策的心思。

该怎么逃离这艘沉船呢？

他一边听着施远等人毫无可执行性的策划，一边思索着这个问题。

这对于他来说已经是最后一个机会，如果失败，那真的就无处容身了。

"靠!"张元康狠狠地把手中用来擦汗的毛巾扔在了地上。

"张元康你干什么?"他们这个队的队长被他吓了一跳,但马上就醒悟了过来,"我告诉你,这是联盟下达的任务!不是你想不去就能不去的!"

他看了看周围脸色同样不好的其他人,语气稍微缓和了一些:"大家想想,要是所有人都不去,那结果是什么?难道我们还能不吃盐?盐矿建不起来,没有盐吃,所有人都要生病!到了那个时候,你有粮食又有什么用?"

"他们早干什么去了?"张元康忍不住说道,"早不搞晚不搞,偏偏收玉米的时候搞!我就不信了,就缺这半个月的时间?"

他的话让好几个人都点起头来。

大多数团队其实在第一次收获之后就已经名存实亡,他们之前还聚集在一起,只是因为个人没有能力在这个世界上生存下去,不得不借助更多的人的力量克服眼前的困难。但随着联盟的建立,随着联盟以团队为单位逐步开垦了农田,安装了挡水防晒的网架,团队存在的根基其实早就已经没有了。

有人吃得多,有人吃得少,有些家庭劳动力过剩,而有的家庭则劳动力不足,大锅饭的日子早就没有人愿意过,大多数人都已经住在了自己独立的房间里,自己买柴开伙,吃属于自己的东西,种属于自己的地。

现在唯一还维系团队的力量,只是当初归属于整个团队的那些物资,因为物资和人员的来源复杂,难以划分,无法分割。而联盟也已经习惯了以团队来管理这些成员,把它作为联盟最基层的行政管理单位。

"来龙去脉你们可以自己去宣传栏看,能找到盐还算是老天保佑了呢!"队长无奈地说道。如果说原来他还有点权力可用,那到了现在,基本上就是充当个传话筒和受气筒了。理论上,如果团队还要出去干点什么,那他有权指挥,但这样的机会越来越少,大多数时候其实都是以民兵的方式在行动了。"反正这个事情所有人都有份,大家想干也得干,不想干也得干。有情绪,不理解,还是得干。那既然是这样,倒不如大家都合计合计,怎么把这个事情干好了,家里的事情也不耽误!"

其实这也是盐矿的事情最终还是决定由各个团队来组织和解决的原因,如果是直接以民兵团来调动人员,很难保证民兵们家里的田地有人管,很难保证收成,而这事情如果处理不好,就很有可能会动摇根基。

“队长,那你说该怎么办?”

“我的想法是这样,我们这个队按照人数比例,要派九个人,分三批去,我们先抽签把人定出来,然后大家再商量去的人家里的地我们怎么帮。反正原则就是,绝不让去的人吃亏,人在人不在,保证地里的收成都不受影响,行不行?”

“怎么可能?”张元康低声地说道,但他知道自己没有力量反驳,只能把火压在心里。

他们现在已经知道玉米收获期选择的重要性,早晚几天,收成绝对不同。如果他们每人是十亩地二十亩地,那多点少点或许还无所谓,可每人就半亩地,那一点点差距也许就决定了后面几个月有多少东西可吃,有多少工分券可用。但他们的地几乎都是同时播种的,收获期都在那几天。你不在,谁会保证帮你在最适合的时候收获?要么提前帮你收了,要么最后帮你收了,收的时候顺手给你拿走一点,你又不在,凭借老婆孩子能盯得过来?

“大家没意见的话,那我就准备抽签的东西了?”队长说道。

他把一根木头拿过来,小心地削成一堆木条,然后把其中九根切断了一截。

“谁先来?”他把它们一大把地抓在手里问道。

人们你看看我,我看看你,都期望有人先上去,把那九根短木条抽走。

“先来后来都一样,概率都是一样的。”队长无奈地说道,“反正你们都抽走了,最后一根留给我就行了。”

终于有和他关系比较好的人上来从他手中抽走了一根木条。

但因为没有对比,不知道是长还是短,只能先拿在手里。

陆陆续续又有人上来抽签,终于,有人抽到了短的,和旁边的人对比了长度之后,懊恼而又沮丧地把手中的签狠狠地扔在了地上。

“快快!”在队长的催促下,男人们终于一一上前,一支又一支短签被抽了出来。

张元康眼巴巴地看着前面的人,希望他们能把所有短签都抽出来,但直到只剩下他一个人,还有一根短签没有被抽出来。

“张元康。”队长叹了一口气,其实他也不希望张元康这样的人被抽中,这家伙干公家的活时总是一副半死不活的样子,吃的却比谁都多,等到放工干私活的时候,他却比谁都狠。这样的人放出去,毁的是他们这个队的名声,要是出了事情,大家都跟着倒霉，倒不如让他在这里待着爱怎么样就怎么样。

但规矩已经定出来，他总没有办法作弊吧，作为队长，如果他故意把短签抽出来，那其他人怎么想？

张元康后悔不已，要是早知道是这样，那他就先上去抽签了！

队长肯定知道两支签哪支长哪支短，他看着队长的表情，纠结不已。

“张元康，总共就两根木条了，哪儿有那么麻烦啊！”旁边的人们都说道，“闭着眼睛随便抓一根不就行了！”

张元康咬咬牙，终于抓住一根木条抽了出来，队长叹了一口气，把自己手里的木条和他手上的比了一下，然后说道：“你们几个过来，我们再抽去的批次。”

“呜呜……”金毛寻回犬低声地呜咽着，龙云鸿蹲下拍了拍它的脑袋，从包里拿出一块自己舍不得吃的虫肉干，它马上就兴奋起来，摇着尾巴一口把它吞了下去。

“老伙计，辛苦你了。”龙云鸿用力地揉了揉它的脑袋，重新站了起来，带着它继续往前走去。

这条金毛是整个联盟硕果仅存的一条狗，这当然不是因为那么大的地盘上只有它一条狗跟着人们来到这个世界，而是因为在之前那段困难的日子里，除它以外的其他宠物犬都被吃掉了。在那个时候，人都已经没有可吃的东西，又怎么可能奢侈到养狗？也有一些人家并非自己动手杀掉了自己养的狗，而是被其他人偷走吃掉了。

只有这条名为康康的雄性金毛猎犬幸运地活了下来，虽然它已经过了犬类训练的黄金期，几乎学不会什么有用的技能，但犬类本身天然就有的听觉和嗅觉却让它成了无可代替的预警者。在安澜大厦的时候它就开始充当夜间警卫的角色，而在联盟成立之后，它则一直作为联盟仓库的守卫者，小心翼翼地被人保护和饲养着。

地质学院那边也有两条本来用以看门的狼犬，而且都是母狗，不久前刚刚把它带过去配了种，双方已经约定，生下来的小狗分给联盟三分之一，而且要保证公母各半。

这让它的重要性终于没有之前那么强了，于是在面临这种任务的时候，龙云鸿立了一个军令状以生命保证它的安全，终于得以把它带了出来。

某种意义上来说，它在丛林中所能发挥的预警作用远远超过人类，如果联盟能够配上足够多经过训练的犬只，那些隐藏在丛林中的恐龙对他们发起偷袭的可能性将会大大降低，人们的安全性将会得到极大的保障，也不必再时时刻刻都必须保持精神高度紧张，导致精神非常容易疲惫。

但那样的景象大概要在几年以后才会出现了。

道路已经初见雏形，如果仅仅是考虑人走的情况，那已经可以说是合格了，但如果要考虑未来往来于盐矿和远山的运输量，这样的小路显然不合格。

“龙队长。”人们看到他过来，纷纷和他打着招呼。

他在带队选出了线路和营地的位置之后，便马不停蹄地又开始保卫工作，一天也没有休息过，如果不是一股精神在强撑着，也许早就倒下去了。

但没办法，到处都需要人，为了抢工期，现在他们是三个点在同时开工。齐峰带着那个小队的民兵在树屋的建设工地保卫安全，那里地方比较固定，他们选定地址后马上就开始着手砍伐周围的植物，把场地和视界弄出来，加上在那里工作的人很多，周围安置了鹿角，点了不少火堆，遭到攻击的可能性不大。王永军负责道路这个点，伐木组同时也在周围工作，缩小需要保护的范围。而他则负责保护运送铺路的那些碎石等材料的人和运送砍伐下来的木料的人。

他这个组的危险性最大，也正是因此，康康才被放在他这个组，帮助他们减轻负担。

铺路材料都从远山这边找，张晓舟等人发动大家在工作之余进行义务劳动，带头利用闲暇时间来把他们之前开垦土地时挖出来的那些沥青路面和水泥块、地砖之类的东西敲成小块，然后送到东木城去。而筑路者们则用扁担和筐子把它们挑到道路推进的地方，一筐一筐地倒在已经整平的地基上，和草木灰混在一起，均匀地铺成平坦的路面。

按照吴建伟的说法，其实应该用混合沙子作为筑路材料，但他们手边并没有这样的东西，丛林里的那些土腐殖质太多，太过于松软，而如果用木头来铺路的话，又太过于奢侈，而且很难持久。

“你还行不行？我替你走一趟吧？”王永军看了看他的脸色说道。

龙云鸿迟疑了一下，随即点了点头：“行，那就拜托你了。”

王永军这个人一开始给他的印象其实并不算多好，冲动，护短，蛮不讲理，动不动就想动拳头。在他看来，让这样毫无军事素养、没有纪律意识的人来当特战队的领导就是灾难。他唯一比之前走掉的那些新洲的人好的地方仅仅是在于不会在背后搞小动作。

但随着两人的接触,这样的看法渐渐发生了改变。

缺点还是那些,但王永军最好的一点就是有什么不满马上就当面说出来,甚至是直接就吵起来,卷起袖子准备打人,但事情过后他基本上不会记仇,当时事当时了。而且他也不会拿着架子不懂装懂,一直在努力地找机会学习,这在龙云鸿看来,甚至比好面子拿架子的齐峰还要好得多。

在这样的时代,这样的地方,这样的人已经算是很不错了。

“准备走了!”王永军马上把筑路这个点的事情转交给龙云鸿,然后对那些已经等待了一会儿的伐木者叫道。

人们于是站在已经用锯子初步分拆过的那些木料周边,一起蹲下扛起绑在上面的担子。

“起!”

沉重的木头微微地离开地面。

“走!”带队者大声地喊着号子,协调着他们的脚步,驱散了丛林中的宁静。

“进度不错。”吴建伟对张晓舟说道。

一开始的时候他们还犯了一个小错误,在制定计划分配任务的时候过于高看了人们的意识和劳动热情,结果发现很多人都在磨洋工混日子,吴建伟急忙调整了工作安排,把总工程量分解到天,然后再分解到每个人头上,完成了就可以提前休息,这样才把生产率提了起来。

这样的现实让张晓舟有些无奈,但也让他看清楚了放在自己面前的形势。很多事实与想象中差异甚大,好逸恶劳、斤斤计较是人类的天性,即便是在这个世界,面临这样的危局,人们的天性还是难以改变。很多时候,只能通过更好的规章制度和方式去引导和避免,没有其他办法。

指望人们自发自觉地站出来,真的很难。

“有遇到过危险吗?”他对齐峰问道。

“没有。”齐峰摇了摇头。

最大的危险其实来自搭建木屋时的高空作业，因为需要搭建的工作量太大，吴建伟等人没有面面俱到的可能，一些他们没有看到的地方出现了高空跌落和坠物的情况，好在运气比较好，没有出大事。

在他们这个聚集了将近两百人的地方根本就没有见到什么危险，土地已经被完全平整了出来，撒上了一层厚厚的草木灰，大多数昆虫都已经被赶走，因为地势高，蚊虫也不多。至于恐龙，每天都是人们的喧哗，那些不符合要求的较细的树木被一一放倒，外围都是临时赶制出来的鹿角和从北木城和东木城移过来的兽夹，还点了许多驱逐动物的烟火堆，他不觉得在这样的混乱中那些恐龙会过来。

“别大意。”张晓舟点点头说道。

那天他们勘查现场时看到的那条巨龙一直都没有出现过，但张晓舟有些担心，不知道它是彻底离开了这个区域，还是仅仅在周围观察他们的行动，寻找狩猎的时机。

“大家都有了一定的经验之后，造起树屋来就很快了。”吴建伟继续说道。

得益于之前两个中继站和两座木城的建设，大家在木工活方面多多少少已经有了一些心得，加上他们对于外观并没有什么特别的要求，也不追求细节，只要求牢固耐用，这让工作变得简单得多。吴建伟把工人们分成几拨，刚刚到来的工人负责在有经验的老工人的指导下伐木，然后把它们就地锯成相对比较细的木条运回来，然后由已经工作了几天，对这些活计已经有了一定认知的工人把这些木条按照需求进一步加工成搭建树屋所需要的材料，最后由在这几天当中表现比较出色，且对整个工作过程已经很熟悉的工人们，把这些材料在树上用金属螺栓和钉子拼装在一起，形成最终的树屋。

搭建如之前吼龙岭中继站那样规模的一组树屋现在只需要两天，而且有好几个地方在同时开建，对于联盟来说，最大的收获也许就是培养了一批懂得基本木工活的工人，而对于这些参与了这一整套工作流程的工人们来说，未来他们也将有能力去建设属于自己的房屋。

“只要最后再用结实的缆绳做成吊桥把这些树屋连在一起，这里就是一个很不错的村落了。”吴建伟有些遗憾地说道。这个地方距离盐矿太近，未来唯一的作用也许只是作为盐矿配套的伐木队的营地使用，而不会作为一个定居点。

好在这样的经验肯定不会浪费，未来他们在平地上肯定是以建设木城为主，但如果是在森林里，这样的树屋必然是最好的选择。事实上，如果不是时间太紧，他真的很想多做一些不同的尝试，积累一些设计和施工方面的经验。

“我们去盐矿那边看看。”张晓舟说道。

已经有很多木头沿着山坡放到了山谷里，但数量离他们需要的还有着不小的差距。

“观测的结果怎么样？”张晓舟问道。

齐峰摇了摇头：“白天几乎没有什么恐龙过来，但从傍晚开始到凌晨那下面都一直陆陆续续可以听到声音，因为距离太远，又太黑，没办法看清到底有多少恐龙在下面。我们用干枯的树枝编成球点燃了扔下去，只能看到很多影子，看不到数量。”

“它们长时间逗留在这里的原因大概是这眼卤泉的水量太小，需要饮很长时间才能满足整个族群的要求。”张晓舟有些担忧地说道。

未来如果他们把下面的山谷堵住了，这些恐龙会选择怎么做？

是无奈地离开这里去寻找其他盐源，还是强行摧毁他们的防御设施，夺回本来属于它们的领地？

如果附近没有其他盐源，它们会怎么办？

“吴工，通往山谷出口的那道围墙一定要考虑这个问题。”张晓舟对吴建伟说道。如果那些恐龙真的不顾一切地向这边冲来，凭借他们的力量真的能够把它们挡在外面？

“你放心，我已经在调整设计了。”吴建伟点点头说道。

“休息十分钟，大家喝点盐水！”这支运输队的临时队长大声地叫道。

张元康马上把两筐碎石头放在地上，然后坐在其中一筐上面，不断地喘着粗气。

他毕竟不年轻了，以前又不是干体力活的，做这样的事情一点儿也不轻松，尤其是挑着这么沉重的两筐碎石头在这样的高温下走了这么远，早就已经累得不行了。

真是该死！

他原以为这份活计比伐木要容易偷懒，毕竟伐木都是几个人一组，每天必须完成多少棵，是计算数量的，而这些石头多一点少一点应该没人能看出来，中间偷偷倒扣一个桶或者是小筐子之类的东西，就能轻松一些。哪知道，到地方以后不是直接往地上一倒就算解决,而是要先堆到写了自己名字的筐子里计数,谁多谁少,一目了然。

早知道是这样,还不如去伐木盖房子,好歹能学点东西,以后说不定还有用。就这个,每天挑石头挑草木灰挖土垫土挖排水沟,能有什么用?

这让他满肚子怨气,每天度日如年。偏偏周围一个认识的人都没有,想要发句牢骚也不敢。

好在满打满算也只需要干满七天就能回去,熬吧!

“老张,喝水啦!”一个年纪和他差不多大的男子对他说道。

张元康答应了一声,终于站了起来。

这样的天气下干这样的体力活,挥汗如雨,不多喝点盐水真的撑不下去。

他拿着自己的水壶到后勤那里去打了水,便找了个阴凉的地方坐了下来,小口小口地吸着,累得动都不想动一下了。

“再有两天就能回去了。”临时队长坐在人多的那边,一边喝水一边给大家打着气,“大家加把劲!要是咱们干的活最后能超过平均线,等工程完了还能领一笔物质奖励!”

这倒让张元康有点感兴趣。

联盟的物质奖励一般要么是虫子肉干,要么是恐龙肉干,反正都是他们平时不容易弄到的好东西,但一个队那么多人,他一个人多干点少干点也不起什么作用。

而且……

张元康习惯性地想说这评比里面肯定有猫腻,反正计量也是他们,评比也是他们,谁多谁少还不是他们一句话的事情,到时候肯定是谁和他们关系好就奖励谁。话到嘴边突然意识到,这周围可不是他那个队的那些人,据说这次联盟严打散布谣言动摇军心的人……

他急忙把嘴闭上了。

你看嘛,这就是张晓舟、钱伟、老常那些人的德行!

他在心里愤愤不平地想着。

以前大家发发牢骚都没人管,现在倒好,开始严打了!总有一天,他们那些人要开始严禁有人反对他们,然后就要作威作福了!

一群混蛋!连话都不让人说了!防民之口甚于防川!总有一天你们会知道厉

害的！

“怎么又下雨了，哎，不知道地里什么样了。”另外一个人小声地说道。

这话让张元康的心也揪了起来。

越是接近收获，心里就越是纠结，要是玉米淋了雨，会不会影响收成？家里面那个婆娘什么都不会，看到下雨也不知道她会不会去找队长让他按照之前说的找人来帮忙？

他的眉头一下子皱了起来。

正发着愁，那条他最不待见的金毛却走到了面前。

也许是认出他是曾经的邻居，它站在原地对着他摇了摇尾巴，呜呜地叫了几声。

“滚蛋！”张元康低声地骂道。

这就是他最不喜欢那个薛奶奶的原因，养狗不说，还给狗起个这样的名字！简直就是不把他放在眼里！

死老太婆！

但它却低下头在地上嗅着，然后又呜呜地叫了几声，似乎是希望张元康能够给它点东西吃。

“滚！”他再一次低声地对着那条不断在他面前摇着尾巴的狗叫道。

“康康！”龙云鸿在不远的地方叫了一声，“过来！”

这条狗的脾气很好，从来都不会乱跑，也很少乱叫，很省心。但最大的问题就是不认人，对什么人都很友好。它也是一直幸运地生活在安澜这样的地方，要是在其他地方，早就被人骗走杀掉吃肉了。

但就在这时，康康却突然对着张元康的方向狂吼了起来！

张元康吓了一跳，下意识地站了起来。

“康康！”龙云鸿再一次叫道。

但它的叫吼却越发狂躁了起来，龙云鸿顺着张元康身后的方向看了出去，猛然吸了一口气。

“恐龙！”他大叫了起来，“全体集中！特战队！紧急集合，列阵迎敌！”

人们丢下手里的东西，慌乱地站了起来。

张元康向后看了一眼，惨叫一声，连滚带爬地向龙云鸿所在的方向逃去，而龙云鸿则回身抓起一根长矛，紧紧地握在手里，等待队员们向他靠过来。

那条恐龙迈开腿向他们这边跑了过来，但很显然，它并没选择全速，而是小心翼翼地小跑着，这让负责保护的二十名特战队员有机会聚拢到了一起，把矛阵立了起来。

“弓弩准备！”龙云鸿叫道。

它走近之后人们才意识到它有多高，龙云鸿马上就意识到，这正是他们那天勘测现场时远远见过的那条恐龙。

那时候它与他们的距离足有一百米，但现在，他们之间的距离却不到三十米！

那天它选择了退让，但为什么今天它却选择向人数更多的运输队发动袭击了？

“准备！”他脑子里一边想着，一边大声地命令着。

就在这时，康康突然对着侧面的丛林吠了起来！

身后的人群当中突然爆发了一阵恐慌的惊叫声，另外一条同样的恐龙猛地从丛林里冲了出来！

龙云鸿的脑袋里嗡了一下。

原来如此！

“稳住！”他马上大叫起来，“所有人持矛！”

康康的吠叫给了他们反应的机会，否则的话，即使是周围的树林已经被砍伐一空，他们的注意力肯定还是会被正面的那条恐龙吸引，完全忽略侧面的这一条，而现在，它的偷袭显然破产了。

面对劳工们慌乱中竖起的矛阵，它的脚步也迟缓了下来，开始远远地绕着他们小跑了起来。

龙云鸿稍稍地松了一口气。

他也没有在这样的情况下杀过恐龙，事实上，在他加入联盟的时候，远山绝大多数恐龙早已经明白了手持长矛的人类的危险，很少会对已经立起来的矛阵直接发动突袭了。

“谁先跑谁先死！”这是齐峰等人传授给所有后来者最重要的一条经验，而现在，就是验证他们这条经验的时候了。

其实这里大多数人都接受过联盟的军事训练，而其中几乎有一半以上的内容都是教他们如何应对恐龙的攻击，最重要的一条就是，任何时候都不要脱离矛阵的保护。

他们所接受的训练让他们抓起放在一边的长矛，抢在那条不知名的恐龙冲过来前组成矛阵，让它暂时放弃了直接进攻的打算，但那巨大的身躯对于他们来说依然有着巨大的威慑，让所有人都惊慌不已。

“稳住！不要怕！别忘了你们的训练！”龙云鸿大声地叫着，同时飞快地判断着形势。

虽然看上去同样巨大，但它们的身体看上去却比暴龙要纤细得多，如果冷静下来，那就能发现，其实它们的身体也比霸龙要小得多。这或许意味着，它们并非暴龙那样强横的攻击者，而是擅长突袭和追击的猎手。

守在一起，他们也许还有获胜的机会，但如果分散逃走，在这样的丛林里，真的就只能看各人的运气了。

康康持续不断地向它们吠着，它们小心翼翼地保持着与人类之间的距离，观察着他们，最后终于忍不住张开巨嘴狂吼了一声。

队列动摇了起来，康康呜呜地叫了几声，缩着尾巴逃到了人群当中。

“稳住！”龙云鸿继续大声地叫着，“稳住！你们都受过训练，不要怕它们！稳住！”

其实别说这些劳工，就连这批特战队员也并没有真正与恐龙进行过战斗，他们当然都参加过猎杀那条暴龙的行动，但那是一次精心准备的狩猎，暴龙在向人们发动攻击前就已经遭受重创，几乎没有对人们造成什么威胁，而现在，他们与这两条巨龙之间却毫无阻隔。

弩箭发射出去之后，再次上弦至少需要十秒，但那是训练中的速度，在这样的情况下，再次上弦所要的时间只会更长，很有可能就是唯一的一击，一定要发挥出应有的作用才行！

“稳住！”他不断地对身边的人们叫道。

它曾经在更少的人面前选择退却，这或许说明它们是一种更加慎重的攻击者，在机会不好的时候将会离开等待更好的机会，只要维持住阵线，它们或许就会……

两条巨龙突然狂吼着向他们猛扑过来，人们下意识地惊叫起来，对于死亡的恐惧让他们死死地抓着手中的长矛，绝望地瞪大了眼睛，就在这时，位于这两条龙攻击方向背面的那些人里，有一个人突然向旁边的丛林里跑了出去！

该死！

他就在龙云鸿的侧后方，随着他的逃跑，在他周围的那几个人也瞬间失去了所有的勇气，跟着他一起向丛林里逃去。

“放！”龙云鸿咬牙叫道。

早已经蓄势待发了许久的三支钢弩发出嗡的一声响，急速向那两条巨龙射去，但因为距离足有二十多米，而它们又已经扑向了那些逃走的人，弩箭擦着它们的身躯飞了出去，根本就没有射中它们。

一名逃跑中的劳工被从侧面狠狠地撞倒，一条巨龙从身体中央一口咬住他，在空中猛烈地摇晃了一下，他便直接软了下来。

另外一个人被从后面推倒，巨大的爪子直接踏了上去，巨口向下一抖，鲜血便像喷泉一样射了出来，然后很快就停住了。那条巨龙放开爪子，一口咬住已经失去了脑袋的身躯，跟在之前的那条背后，快速地消失在了丛林里。

电光石火之间，它们便消失得无影无踪。

而在这个时候，三名弩手还在拼命地上弦，那些逃走的人还在拼命地向距离最近的那棵大树逃去。

龙云鸿狠狠地把手中的长矛插在地上，一只手抓住了自己的头发，心里有一股火，却无处发泄。

第一个逃走的人已经爬到了树上，而其他人则终于意识到后面已经没有怪物在追赶自己，把逃亡的脚步停了下来。

“龙队长……”一名特战队员低声地说道。

“整队。”龙云鸿深深地吸了一口气说道，“我们尽快离开这里！”

第9章

恶　果

张晓舟从盐矿回来便听到这样的消息，气得浑身发抖。

整个工程的进度明显一下子停滞了下来，大部分人没有办法知道详细的经过，只知道筑路队在路上遇上了恐龙，两个人死了，这让他们一下子紧张了起来。

营地的情况还稍稍好一些，毕竟他们周围的防御措施更严密一些，但对于那些必须到丛林去伐木，把木头就地处理后再带回来的人们来说，联盟能够给予他们的保护并不会比给予筑路队的更多，如果他们出事，那就意味着，他们也有可能出事。

“人已经抓起来了！”钱伟咬牙切齿地说道，“是张元康那个狗东西！”

筑路队在事发后面临两难选择，带着已经成为惊弓之鸟的人们回东木城去休整，还是为了所有人考虑，继续前进把消息告诉其他人？

龙云鸿最终选择了后者，如果这两条巨龙在他们折返回去的时候，用同样的办法偷袭了其他队伍，那情况就严重了。

他们丢弃了那些装满了碎石头的箩筐，匆匆赶到了道路推进的端点，王永军还在这里保护伐木队的人员砍树，看到他们一脸惊慌的样子，几个人身上甚至还有血迹，这让他马上意识到，出事了。

龙云鸿简单地把发生的事情告诉了他，他马上就暴怒了起来：“带头先跑的是哪个王八蛋！”

张元康下意识地把自己的身体缩了起来,但人们却马上分开,把他露了出来。

“我打死你这个王八蛋!”王永军马上就向他冲了过去,龙云鸿等人好不容易才把他拉住了。

“我们没有资格决定怎么处置他,你在这里打伤了他反倒是帮他的忙了。”龙云鸿肚子里也是满满的怒气,但他还是死死地拉住了王永军,“让张主席他们来决定怎么处置他,我们是执行者,不能动用私刑!”

张元康很快就被捆了起来,他大声地叫屈,王永军马上就找了一团又苦又涩的树叶,捏成团堵住了他的嘴。

两人商量了一下,决定不再分开队伍,而是加快伐木的进度,把这一批木头处理完之后,一起送回到营地那边去。

“张元康?”张晓舟对这个名字却已经很陌生了。

“就是刚开始的时候把周围的东西搜刮一空把门堵起来的那个人!”钱伟愤愤地说道,“你还记得吗?那时候王蓁蓁被虫子咬了过敏,我们去找他帮忙,他根本不管!后来他还跑到康华医院去揭我们的底,让那些人对我们动了心思!”

“是他?”张晓舟终于想起了这个人。

“这次非好好地整治他一番不可!”钱伟口不择言地说道。

张晓舟摇了摇头,这样的话毫无意义,现在要考虑的是怎么解决当前的问题,消除人们心中的恐惧,让工程重新动起来。

“木料还够用多久?”他对吴建伟问道。

“如果没有补充,最多也就是到今天晚上了。”

“先让大家干点别的。”张晓舟说道。这种时候,即使是强迫人们继续到丛林里干活,因为恐慌和缺乏安全感,他们也不会有多高的效率,甚至有可能因为恐惧和精神不集中而造成更糟糕的后果。

“加工点树皮粉出来,或者是在周围再多弄一些鹿角。今天晚上加强巡逻,多点一些火堆,暂时先别让他们到丛林里去了。我们现在回去想办法!明天早上赶过来!”

……

“对这个人必须严肃处理!”老常说道,“临阵脱逃,这在任何时候都是严重的罪行!”

“如果他不逃,也许根本就不会出现伤亡!”钱伟依然愤愤不平地说道。

张晓舟没有说话,张元康的事情他并不准备多说什么,按照联盟的规定交给裁决庭处理,然后把结果公布出来,让所有人引以为戒就行,他相信江晓华应该会给出一个合适的结果。

现在的问题是,要怎么处理当前的情况。

工程肯定不能停,暂停一两天可以,但如果就这么停下去,或者是从此让人们变得束手束脚,盐矿的建立就会变得遥遥无期,那对所有人来说都是灾难。

“钱伟,你和高辉去找那两个冒险队谈,请他们参与这次的行动,可以用盐作为报酬。这在未来都应该是硬通货,不会贬值的。”

冒险队成立之后已经参与了两次联盟安排的行动,按照他们成立时与联盟的约定,已经履行了他们的义务,这让张晓舟在盐矿建设的事情上并不准备一开始就动用他们,而是准备在堵口的时候再借助他们的力量,但显然,现在已经不是让他们休息的时候了。

钱伟点了点头。

“民兵再动员一个中队。”张晓舟稍稍犹豫了一下之后说道。

动员不难,难的是怎么处理收获和服役之间的关系,事实上,之前动用的那些劳工也都是民兵的成员,这样一来,相当于在盐矿的建设上增加了一百多人,所有压力一下子都增大了。

“动员民兵不如用生产队的人。”梁宇沉吟了一下之后说道,“他们不面临收获,动用他们不会影响联盟的根本。”

“但他们已经承担了很多次劳役了。”老常说道,“从他们过来之后,大多数劳役都是由他们承担……”

“那也没有办法。”梁宇说道,“反正都会有人感到不满,动用他们至少不会影响收获。提前做好宣传工作,说明会给予他们补偿,只能这样了。”

“我们还能给他们什么补偿? 如果给了他们补偿,其他人不满起来又怎么办? 大家都是服劳役……”老常摇了摇头。

梁宇没有说话。

如果联盟的粮食储备多一点儿，一切问题都将不是问题，所有矛盾也将非常容易解决，但问题是，联盟没粮了。

刚刚从地质学院借来的粮食马上又快要见底了，这也是他反对再有任何因素干扰收获的最主要的原因。对于联盟的财政来说，哪怕每亩地多收三五公斤，加起来也是他们不容忽视的数字了。

本来他还指望着联盟的商店能够赚点钱，但张晓舟带领所有人把东南区洗劫一空，让人们一下子都有了不少东西，商店的生意一落千丈，甚至还在倒贴服务员的工资。而回收生意也因此变得难做了起来，毕竟你收进来的东西如果卖不出去，那就只有投入而没有产出。

学校也只是象征性地向家长们收费，而医疗怎么个收费法到现在也没有讨论出一个具体的结果，好在人们有病也很少去医院看，这个问题还不突出。

唯一能够持续保证收入的，只有向联盟成员们出售木柴的生意和商业街上由联盟总部食堂所办的那个小餐馆。

但木柴是日常必需品，利润不能太高，而有钱去餐馆吃饭的只是少数人，这两个地方的收入对于联盟庞大的支出来说只是杯水车薪。

"我来处理吧。"张晓舟叹了一口气说道。

这件事情本来应该由丛林开发部的主任来做，但吴建伟已经辞职，而新的丛林开发部的主任人选却还没有出来。在这个时间点上，只能由张晓舟来承担起这个责任。

秦继承的能力太弱，过去在板桥的时候，他更多的是作为劳工当中协调解决纷争的调停者，而不是决定要做什么、该怎么做的人。他专业知识、管理能力和应对突发情况的决断能力欠缺的问题，在他们发动暴动的时候就已经表露了出来，担任副主任对于他来说比较合适，但如果要让他独当一面，确实超出了他的能力。

他甚至在张晓舟找他谈话之前就已经主动来找张晓舟和老常，表示自己不是合适的人选。

"这点自知之明我还是有的。"他对张晓舟和老常说道，"不管你们安排谁来，我一定好好地配合他的工作。"

张晓舟只能另找人选，但同时要满足能力、资历等等要求，要能够把这一千六百多人的吃喝拉撒和思想动态全都处理好，这样的人选在联盟里还真的不多，事情也就拖了下来。

张晓舟和老常、钱伟、梁宇等人谈过几次，最终确定了人选。

“让我去负责丛林开发部？”王牧林惊讶地说道。

张晓舟点了点头：“我们经过讨论，觉得你是最适合的人选，不管是能力还是资历你都足够承担这个责任。当然，这还要看你自己的意愿。”

王牧林迟疑了一下，随后说道：“能让我考虑一下吗？”

“当然可以。”张晓舟说道，“但那边的事情不能再拖了，我希望你的答复能够越快越好。”

这是怎么回事？王牧林有些摸不着头脑。

丛林开发部主任的职权和责任当然比现在安澜片区执委要大得多，毕竟那个职位管理的是一千六百多人，而安澜片区执委管理的不过是六百多人。

从职权来说，随着联盟各个部门的建立和完善，执委的职责其实已经变得非常尴尬，与其说是联盟的重要基层管理者，倒不如说更像是居委会主任这样的存在了，日常做的更多的无非是调解团队与团队、人与人之间的关系，做做思想工作，偶尔按照联盟的工作需求对辖区内的人员进行一些动员。如果不是偶尔还能参会对联盟的重要事项进行讨论和表决，那这个职位对于他来说真的毫无意义。

这样的权力和工作量当然不可能让王牧林感到满意。

而丛林开发部主任对于联盟来说却是要职，第一任负责人其实是钱伟，只是那时候还没有明确地成立这个部门，而他当初也是因为要就任这个要职而辞去了安澜片区执委的职务，从而让王牧林有机会成为执委。

就他所知，即使是吴建伟这样更偏向学究式的人物，在这个位置上也有相当的人员任命、物资调动的权力，而且因此进入了核心圈子，意见非常受到重视。即使未来现有的这四个生产队很有可能会撤销，建立村落，但毫无疑问，丛林开发部这样一个部门依然会掌握很大的话语权。

但执委在理论上讲却是大家推选出来，有资格对联盟的政策甚至是一些重大的决策进行质疑和表决的人，而丛林开发部主任却只是张晓舟作为联盟执行委员会主席组建起来的部门的负责人，没有表决权，只有建议权，只能执行主席下达的指令。

如果要打个比方，那就是从公司的股东变成了公司的中层干部，实权是增加了，但地位却不一样了。

以前他和张晓舟是平等的关系，某种意义上，张晓舟还必须向他们这些执委负责，接受了这个职位之后，他就变成必须向张晓舟负责了。

这是张晓舟示好的表现，还是他察觉到了什么，决定用这种方式把他从安澜片区调开，让其他人上台？毕竟如果按照钱伟的先例，他一旦接受这个职位，那就意味着必须放弃执委的身份。

“如果我接受这个职位，那安澜片区的执委这个位置？”他还是忍不住问道。

“现在暂时只能还是先由你兼任，但日常工作你可以交给工作人员。”张晓舟说道，“等到收获季结束再来推选新的执委。”

在他看来执委履行的应该是监督和建议的责任，不该与其他工作混淆起来。但联盟草创，人才和物资极度匮乏，没有条件，也没有余力养活更多脱产人员，每个人都只能身兼数职，许多责权现在都是混乱的，暂时也没有办法分得清楚。他这个执委会主席某种程度上侵占了许多本来应该属于老常的秘书长的职权，而本应独立行使权力的江晓华则过多地考虑来自行政方面的意见，七个执委本应是独立于体系外的监督者，却变成了体系下的执行者，而执法部门则干脆根本就没有建立起来，直接由民兵或者是特战队来充任。

他对于这样的混乱情况也常常感到无奈，毕竟里面很多东西是他无意间亲手造成的，而另外一些却是不知道怎么回事自然而然地就变成了现在的样子。

但他也只能接受这种现状。毕竟饭只能一口一口地吃，一个适应于白垩纪的规则不可能一蹴而就，只能一步一步来，也许还必须做好反复和犯错的准备。

“我明白了。”王牧林点了点头，“让我考虑一个晚上，明天一早我给你答复。”

张晓舟点点头，准备去找秦继承，然后和他一起去一个队一个队地开会、谈话，说明联盟的情况和困难，请求他们的谅解和帮助。

他们这些来自板桥的人的确是在现在这个阶段承担了过多的责任，但这样的责任之前那些联盟成员也曾经承担过，而他们现在还承担了百分之十的实物税和部分的劳役。

这些要做到完全公平显然不可能，任何人任何时代都做不到，只能做到尽量公平。只能说，在不同的时间段，联盟所面临的问题和要解决的困难各不相同，人们所要付出的努力也各不相同。在他们以后开垦土地的时候，联盟将会发动这些成员利用闲暇时间来为他们编织防晒网，以此来弥补他们今天付出的劳动。

这份责任他并不准备拉上王牧林，即使他真的愿意接受这个职位，也需要一段时间来熟悉和了解情况，理清思路，认识下面的队长、副队长和刚刚上任的监察委员们，匆匆忙忙就把他推到前台承担责任这样甩锅的做法不是张晓舟的风格。

王牧林把他送了出去，看着张晓舟远去的身影，他的心情变得有些复杂。

作为一个成年人，而且是在社会上打拼了多年的中年人，他考虑问题的出发点当然与严烨不同，他不会因为与张晓舟争吵过，或者是因为在秘书长的事情上遭到了羞辱而就影响自己的判断。

对于那两件事情他当然耿耿于怀，但这并不影响他的行事和思维。他尽力在每一次的执委会上发表自己的意见，以此来刷存在感，甚至还曾经站在张晓舟一边表明态度，就是希望能够重新像之前在安澜大厦时那样回到决策层去。

但张晓舟却似乎对此视而不见。

真正让他决定与张晓舟分道扬镳，除了邱岳的挑动，更主要的理由恰恰是因为他感觉随着联盟的不断发展，随着更多新人的加入，他已经越来越边缘化，越来越失去了成功的希望。

而现在，张晓舟再一次决定让他回到那个圈子了吗？

“恭喜恭喜。”邱岳笑着说道。

“你觉得我应该接受？”王牧林平淡地说道。

“当然！”邱岳说道，“这样的要职，没有理由不接受。”

“但是……”王牧林其实在来找邱岳之前就已经做出了决定，但邱岳如此毫不犹豫地支持他接受张晓舟的邀约，这还是让他有些惊讶。

虽然两人并非紧密的联盟关系，只是各自为了利益而暂时联手的合伙人，但近段时间来，邱岳一直在暗地里推动联盟规章制度的改革，为执委们争取更大的权力，甚至鼓动地质学院与城北联盟合并，这样的举措对于王牧林来说也是一步好棋，可以说合作得还算愉快。

但显然，如果王牧林接受了张晓舟的邀请而成为执政的一员，那他的职权就不再来自大家的推选，而是来自张晓舟的任命，把张晓舟搞下台对于他来说就不是什么好事了。

邱岳的谋划也许有成功的可能性，但也有很大的可能性不会成功，如果能够在体系内部稳稳当当地获得应有的一切，又有什么必要去铤而走险搞小动作？

“这和我们的事业并没有矛盾。”邱岳却说道，“恰恰相反，如果你准备在未来竞争秘书长甚至是主席的位置，那安澜片区这个舞台就太小了，很难有足够的说服力，即使是你一直在执委会上表现自己，效果也不会很明显。就任丛林开发部主任，正好可以补上这个空当。”

王牧林有些怀疑地看着他，这是他心里的真实想法，还是仅仅是为了稳住自己，不让自己把这些东西揭露出来？

“你以为我会反对？”邱岳笑了起来，“不不不，对于这样的事情，我再高兴不过了。如果说以前我们成功的概率是三成，那现在我至少有四成把握。你知道张晓舟的个性……”他笑着摇了摇头，“相信我，他正在一步步自掘坟墓。”

两人相互间都在虚与委蛇，谈了一会儿之后，便各自离开。

王牧林走出几步，回头看着邱岳的身影，心里有些微微的不快。邱岳并没有威胁他，但他的话里却隐晦地存在着这样的意思。以张晓舟的那种个性，可以因为怀疑邱岳在背后搞了什么鬼而把他高高挂起，那他如果知道自己曾经与邱岳一起策划着推翻他，那他会怎么做？会不会马上也把他打入另册，永不叙用？

要揭露邱岳的密谋吗？他突然这样想到。

也许这可以划清自己和邱岳之间的关系，进一步获取张晓舟的信任？

但邱岳有恃无恐的地方就在于，他准确地拿捏了张晓舟的命门，他所做的事情某种程度上并不是阴谋，而是阳谋。就算是张晓舟自己也不会反对去完善联盟的规章制度，更不会反对与地质学院合并，即使他知道这样的事情很有可能会侵害到自己的权力，他也不会反对，反而很有可能极力去推动这一切的发生。

王牧林很清楚张晓舟并不是那种权力欲极强的那种人，虽然当他在做事的时候，他的控制欲很强，恨不得所有人都按照自己的想法去做，但事实上，对于领导岗位他看到的更多是责任和义务，或许还有使命感和满足感，但从来都没有权力这一点。

这让张晓舟对于权位看得并不是很重，很多时候甚至根本就没有身为联盟最高领导者的自觉,甚至要求身边的人也和他一样。

而他很多时候明显又过于盲目自信,也许在他看来,自己为人们做了这么多,付出了这么多,他们理应看在眼里,记在心里。他很有可能甚至不会怀疑和担心人们在推选中不选他,就像他在安澜大厦的时候就已经说过不止一次的那样:如果他们这些人在下一次正式推选中无法得到大多数人的支持,那就说明他们所做的一切根本没有得到人们的认可和信任,是错的,那么,他们也没有资格继续待在这个位置上,理应让位给更受信任的人。

这样的个性很难评说到底是好还是不好,如果王牧林是一个无争无求、只想平平安安活下去、希望一切越来越好的普通联盟成员,那这样的领导应该是最好的选择;但对于一个渴望获得更大的成功,渴望成为联盟上层的人来说,这样的领导却显然糟糕透顶。

没有权力欲,而且有着相当的道德洁癖,这就意味着,追随他的人所付出的努力很有可能无法得到足够的回报,甚至还有可能随时不保,那这样的努力还有什么意义?

当然还有别的选择,那就是像梁宇那样,在认清了张晓舟的性格之后迅速把自己定位为一个功能型的执行者,不谋求往上爬,一心一意只做事不考虑其他。对于领导者不过分接近,也不故意疏远,一切都公事公办。这样的人不管谁在台上,一定都不会引为心腹,但也一定都会继续用他。

或者是像吴建伟那样,当一个与世无争、乐于助人的老好人,可以上,随时也愿意下来,有事的时候抓过来用一下,没事了放到一边也不会有什么不满和意见。但因为他的知识和技能,任何人上台也都一定会倚重他。

也许张晓舟理想中的所有下属都应该是这个样子,就像砖块一样,想搬到什么地方就搬到什么地方,想怎么砌就怎么砌。

但王牧林无法忍受自己变成那样的人,他也没有办法变成那样的人。

揭露邱岳在做的事情并不会改变什么,反正他已经是那个样子了,张晓舟能做的最多不过是把他免职,甚至不太可能把他关押起来,他要做的事情却依然能够继续做下去。

但张晓舟不会做的那些事情,邱岳这样的人却一定会做,王牧林甚至很难想象邱岳会用什么手段来报复自己。最起码他也能拉自己同归于尽,让双方都彻底失去在联盟中的前途。

一个君子,一个小人,得罪谁,这一点儿也不难选。

且看吧。他最后这样想到。

保持与邱岳的距离,看局势如何发展下去,或许是当前唯一、也是最好的选择了。

第10章

偷 袭

“停一下。”龙云鸿低声地说道。

他小心地在地上寻找着那两条巨龙的脚印，相对于人类而言，它们的体重让它们的脚印要深得多，对于周边的环境造成的影响也大得多，追踪它们比找走失的人要简单得多。

“这里是它们经常行动的一个通道，你们看这些脚印，它们不止一次地在这里经过。”他对身边的队员们说道，“在这里设一个陷阱。”

人们于是行动了起来，把巨大的兽夹从背包里取出来，拼装起来，把它们用几根牢固的绳索固定在周边的大树上，然后小心翼翼地放置在那条几乎看不出来的通路上，摘下蕨类的枝叶把它掩盖起来。

“在那边的树上做一个记号。”龙云鸿说道，同时在自己手里的地图上做了一个标记。

这些兽夹是当初造出来专门对付暴龙的，用在这种不知名的巨龙身上当然也不会有任何问题，唯一需要考虑的是，这些夹子对于任何生物来说都是极其可怕的东西，即便是人也一样。

如果有人没有看到它而一脚踏上去，最大的可能性是马上就被那锋利的刃口夹成两段。

“继续往前。”龙云鸿说道。

这是联盟对于那两条巨龙做出的反击，因为它们，联盟不得不对伐木和筑路队增投了一倍的护卫，并且带上了宝贵的燃烧瓶。但它们却销声匿迹了几天，然后，当人们心里绷紧的那根弦稍稍放松了一些时，它们在一个凌晨偷袭了位于盐矿上方的那个营地。

好在大多数人都已经搬进了那些刚刚完工的树屋，只剩下少数人还住在地上，并且在它们冲进营地后马上就沿着绳梯爬到了自己身边最近的树屋上，没有造成死伤。

但它们依然造成了极大的恐慌，被它们碰倒的燃烧瓶引燃了一堆已经加工好的木料，并且进一步引燃了旁边的那座树屋，如果不是火灾发生后不久就下起了雨，让树屋没有被彻底烧毁，这场混乱也许将会带来更加严重的后果。

这让人们越发惊慌了起来。

张晓舟等人却感到庆幸，如果之前他们逐一杀死的那几条暴龙没有进入城市，而是继续在丛林中游荡，他们开发丛林或许会面临更大的困难。因为毫无疑问，这两条龙的破坏力和攻击性都远远不能与暴龙相比。如果暴龙依然在丛林中游荡，那么，即使是投入再多的护卫队或许都不能保障人们的安全。

“我们不能这样被动下去。”张晓舟对人们说道，“任由它们这么肆意发动攻击，工程进度就没有办法保证了。”

龙云鸿于是受命挑选最精锐的人员组成了一支队伍，追寻它们的脚印进入丛林，在它们经常活动的区域设置陷阱，并且想办法解决它们。

地质学院的化学实验室给予他们一些支持，他们利用手中的宝贵试剂合成了一些毒物，让他们用来涂抹在长矛和弩箭的尖端，虽然不知道这样的剂量对于身形如此巨大的动物会不会有用，但有总比没有好。

除了把之前制作的那些用来对付暴龙的兽夹全部交给他们使用外，机加工车间也设计了一批新的陷阱，并且带领人们在通往盐矿的道路两侧陆陆续续地安装了不少。

联盟再一次强调了禁止擅自进入丛林的禁令，如果说之前的禁令是为了防止人们进入丛林后成为野兽的口粮，那新的禁令就是为了防止他们成为这些陷阱的牺牲品。

为了杀死这些野兽，所有的陷阱当然都必须威力十足而且非常隐蔽，虽然它们都用某种手段进行了标记以防止人们误触，但对于没有参与这项工作的人来说，要辨识这些陷阱绝对是很困难的事情。对于他们来说，丛林的危险性已经上升到了一个空前恐怖的等级。

“嘘！”龙云鸿突然示意队伍停下。

地上有一堆粪便，他用刀把它挖开，还很新鲜。

“它们应该就在附近！”他兴奋地说道，“准备！”

弓弩上弦，重新蘸了一下那些毒物，人们随后小心翼翼地分散开，沿着脚印继续向前。

走出去大约一个小时，一名队员突然看到了趴在树下的其中一条巨龙，他马上用手势提醒了其他人，所有人都马上蹲了下来，隐藏在树丛中。

这正是一天中最热的时候，空气中几乎没有风，那条龙趴在一棵树下，闭着眼睛休息，但却看不到另外一条。

龙云鸿迟疑了一下，示意让大多数人在原地警戒，自己则和另外几名骨干小心翼翼地，几乎是用慢动作向前继续推进，十分钟后，他们才前进了不到十五米，而在这时，他们也终于看到了另外一条龙。

它同样趴在一棵树下，距离之前他们发现的那条大概七八米。

龙云鸿悄无声息地做了一个手势，让所有人小心翼翼地往后退，一直退到上百米后才停了下来。

“你们都知道要怎么办了。”龙云鸿一边用揉碎的树叶擦在自己身上来消除气味一边说道，“两人一组，分散选择射击阵地。以树木为掩护和它们周旋，被盯上的人不要慌，绕树跑，找机会上树，其他人火力掩护。如果它们跑了，不要急，我们慢慢找脚印追就行了。”

所有人都有些紧张地点了点头。

“第一击最重要，也许可以直接干掉它们！一定要保证命中！到时候所有人看我的指令，我发出命令后，所有人倒数三秒射击！”

这或许是最好，而且也是唯一的机会。但龙云鸿考虑了一下之后，还是决定采取更有把握的方式，集中绝大多数火力对前面那条龙攒射，优先保证消灭至少一条。

人们在完成了准备之后，把背包和长矛等影响行动和射击的东西都留在了这里，分散开，重新慢慢地向前潜伏，半个小时之后，他们终于到达了预定的位置。

事先约定的准备就绪的信号一一回传到龙云鸿这里。

他的目光一直盯着那两条龙，它们睡得其实并不是很熟，中间动了好几次，但他们以足够的耐心和小心缓慢地接近它们，并没有引起它们的注意。

他把右手高高地举了起来。

准备！

其中一条龙像是觉察到了什么，突然抬起了头，四处张望着。

龙云鸿把手重重地挥了下去！

它猛地站了起来，习惯性地抖动了一下身体。

就在这时，它周围的丛林里同时发出十几声嗡的巨响，它的身体一下子被不同方向的弩箭刺中，巨大的冲力和剧痛让它的身体向后猛地一弹，重重地撞在那棵树上，随后凄厉地嘶吼了起来。

龙云鸿根本没有心思去看自己的成果，而是以最快的速度蹬着弩臂，拼命地把弩弦重新就位，放入另外一支弩箭，然后把身体重新探了出去。

"嗡！"弩臂再一次发出巨响，在这样的距离，弩箭刺中它的身体甚至还不需要一秒。它刚刚挣扎着想要站起来，身体侧面便又挨了这一下，疼痛让它的身体本能地收缩了一下，对着龙云鸿所在的方向愤怒地嘶叫着，但就在这时，其他人的弩箭也持续不断地向它射了过去！

巨龙根本无法理解发生了什么，睡在更远处的那条龙在第一轮射击中被射中了两箭，它很快就从地上跳了起来，但在又一次被射中之后，它马上就抛弃了同伴，仓皇地向丛林深处逃走了。

所有的火力都集中到了第一条龙身上！

第一轮它就中了将近十箭，在它真正意识到发生了什么之前，身上又中了十几箭，疼痛和失血让它失去了反抗的能力，甚至也失去了逃走的能力，人们源源不断地把浸泡过毒物的弩箭向它射去，一分钟以后，它便失去了继续站立的能力，哀鸣一声倒了下去。

"停！停！"龙云鸿大声地叫道。

攒射终于慢慢地停下了。

但他还是重新上了弦，然后才小心翼翼地举着弩向它走了过去。

血溅了一地，它的身体上也满是斑斑血迹，或许是那些毒物的作用，它的身体不自然地抽搐着，怪异地向后收缩。

“呜嘎嘎嘎嘎嘎……”它毫无意义地哀鸣着，腿在地上猛地蹬了一下，却没有办法对眼前这个与它比起来不值一提的生物造成任何威胁。

龙云鸿举起弩，小心地瞄准着，随后一箭穿透了它的眼睛，深深地扎入了它的脑袋。

它的身体最后抽动了一下，随即彻底不动了。

“嗷嗷嗷啊啊啊啊！”人们从藏身的地方站了出来，举起手中的弩，欢快地大叫了起来。

赢了！

攻击突然从侧面发生！

一名正在持弩欢呼的队员突然被粗暴地从侧面撞倒，巨大的脚爪直接从他身上踏了过去，让他连惨叫都没发出来就直接晕了过去。站在他身边的那个同伴被那条巨龙一口咬住，猛烈地在空中一甩，重重地撞在树上，一命呜呼！

欢呼声一下子卡在了半空中，人们开始慌乱地给弩上弦，巨龙向离它最近的那两个人冲去，龙云鸿急忙大叫了起来：“绕树跑！绕树跑！”其中一个人慌忙丢下手中的弩向旁边的大树后面跑去，而另外一个人却因为过于惊慌而没有听到龙云鸿的叫喊，等他上完弦抬起头，巨龙已经冲到了他的面前。

他下意识地扣动扳机，弩箭几乎是贴着巨龙的外皮刺入了它的身躯，这让它愤怒地咆哮起来，它一口咬住这个人，高高地仰起头，他在巨龙的口中凄厉地尖叫着，鲜血随着巨龙不断摇晃的脑袋而四处飞溅，几秒钟后，他的声音便停了下来。

跑到树后的那个人趁这个机会爬到了树上，但他手边已经什么都没有了，只能看着战友的身体被那些如同匕首一样尖利的牙齿切成碎块，然后被甩了出去。

人们这时候才开始疯狂地向它发射弩箭，它身体的一侧连续遭到三次重击，向着人们愤怒而又痛苦地尖叫了一声，再一次向丛林深处逃去。

这个地方一下子安静了下来,只剩下人们粗重的喘气声。

一切都发生在电光石火之间,有些人甚至到现在也不知道究竟发生了什么。

龙云鸿感觉胸口像是被重重砸了一拳,这些人都是他一手从平民里挑选出来,然后一点点训练成今天这个样子的,某种程度上说,他们就像是他的兄弟。

他强忍着那种喘不过气来的憋闷和痛苦,强忍着鼻子的酸楚向那三个人冲了过去,两个人已经死了,被踩了一脚的那个人大腿断了,身上明显还有多处骨折,昏迷不醒。

"过来做一个担架!"龙云鸿一边检查和紧急处理他的伤,一边大声地叫道,"彭坤,包少岩!你们带人在周边负责警戒!"

人们终于向这边聚拢过来,有人哭了起来,龙云鸿重重地在他胸口砸了一拳:"哭什么哭!快点去砍木头做担架!"

"龙队长……"这样突兀的转折让很多人依然无法接受,他们明明已经赢了的!

"李威!你来做临时队长!"龙云鸿突然说道,"做好担架以后带马天明回去!他们俩的尸体先放到树上,做好记号,之后我们再回来取。路上一定要注意安全!小心恐龙和陷阱!"

他的话一下子让人们惊讶起来:"龙队长,你……"

"我去追它!"龙云鸿说道。

心口的那股剧痛就像是一把刀在他身上搅来搅去,让他几乎无法呼吸。

他们只有十五个人,死掉两个,一人重伤,剩下的这些人里,还有两个人必须抬担架,流血的伤员在丛林就像是引诱肉食恐龙过来的诱饵,但如果不尽快把伤员送回去,那他很有可能会死去。

所以这些人必须送他回去,而且要所有人一起走才能保证安全。

但那条受伤的龙又怎么办?

它身上至少已经中了六箭,而且是加了料的弩箭!这是杀掉它最好的机会!

以它的行动来看,这样的巨龙不但行动敏捷,而且非常聪明,非常记仇,如果让它逃走,让它就这么恢复过来,未来又要付出多少人的命去杀它?

这是他的责任,他必须负责到底!

"龙队长!"人们惊讶地说道。

“这是命令！你们一定要把马天明平安送回去！”龙云鸿大声地说道，“把你们的箭给我！告诉张主席他们，不必派人来找我，我自己会找路回来！记住！不要派人来找我！！”

“队长！”人们不愿意放他离开，但他却抢过两个人手里的箭筒，里面的箭集中到了自己的箭筒里，追着那条龙留下的足迹和血迹进了丛林。

“李威……”人们下意识地看着他刚刚任命的临时队长。

“看着我干什么！”他用手抹了一下眼睛，把泪水用力地擦掉，“你们没有听到龙队长的话吗？快点动起来！”

……

“龙云鸿自己追出去了？”张晓舟几乎无法相信自己的耳朵，如果是另外一个人做出这样的事情，他一点儿也不会奇怪，但龙云鸿？

“龙队长说，他自己会找路回来……让你不要派人去找他。”李威等人咬着牙说道。

马天明正在抢救，虽然他们已经用最快的速度赶回来，但他依然失血过多，生命垂危。

但更让他们难过的是，龙云鸿还不知道怎么样了。

“你们真是混蛋！”钱伟忍不住骂道，“你们那么多人，就没有一个人知道要阻止他乱来吗？”

人们低头不语。

“我去召集人手。”钱伟说道。

“钱部长……”李威说道，“龙队长说了，不让我们去找他……”

“他疯了难道我们也要一起跟着疯吗？”钱伟火冒三丈地说道，“让开！”

“你准备动用多少人去找他？”梁宇叹了一口气说道，“把盐矿的事情都停下来，还是把收获的事情停下来？丛林里现在到处都是陷阱，到处都是危险，贸然派人去，只要不小心触动一个陷阱就是群死群伤，再说了，现在派人过去到那里天肯定已经黑了，你准备送多少条命进去？”

“难道就这样看着他送死？”

“他是一名战士。”梁宇说道，“而且是一名很讲原则很有纪律性和荣誉感的战士，我宁愿相信他的判断。”

“张晓舟?”钱伟猛地转过头来。

张晓舟深深地吸了一口气。

梁宇所说的那些都是实情,这次的情况和之前严烨他们那次不同,那时候没有这些问题纠绊,失踪的人数更多,但更加关键的是,那时候丛林里没有现在这么危险。

就像梁宇所说的,现在丛林里布置了许多陷阱,让不熟悉情况的人贸然进入,只要不小心触动其中任何一个,后果都将会非常严重。

上次搜索严烨他们的时候就已经让他明白,民兵所接受的训练在丛林这样的环境中并不会让他们起到什么作用,真正起作用的其实还是特战队和冒险队的少数精英,在丛林这样的地方,并不是说把更多人填进去就能有一个好结果。

但特战队和冒险队都已经连续执行了很长时间的任务,现在再把他们都临时调出来去做这件事情?

“你们现在去休息!”他咬咬牙说道,“这里有我们看着就行了,你们守在这里也没有任何意义。你们现在的任务是养精蓄锐,如果明天龙云鸿还没有回来,那就由你们自己去把他找回来!”

“是!”李威重重地点了点头。

几分钟后,他们都从这里离开了。

“张晓舟!”钱伟焦急地说道。

张晓舟摇了摇头:“这是唯一的办法。明天你带人去顶替王永军,让他带上另外一个队伍一起去找龙云鸿。”

“明天他就死了!”

“不会的!”张晓舟摇摇头说道,“不会的!”

第11章 追 击

天色已经开始变暗，要在本身就因为树叶遮蔽而变得昏暗的树林里辨别那些血迹已经变得很困难，但龙云鸿却有一种感觉，那条龙应该就在前方了。

它的生命非常强横，龙云鸿丝毫也不怀疑这一点，但他也相信，在中了六箭，并且这些箭头上还加过料的情况下，它不可能一点儿问题都没有。

地上那越来越深、距离越来越近的脚印就是明证，龙云鸿觉得，这应该是它脚步开始变得越来越沉重的原因。

血迹也变得越来越多，越来越明显。

龙云鸿在一个多小时前曾经找到了一枚断了的弩箭。

它应该是因为疼痛难忍而试图通过挤蹭树木而弄掉身上那些依然扎在肉里，让它持续感到痛苦的东西，因为前爪的严重退化，它只能采取这样的做法。但那显然却进一步增加了它的痛苦，并且进一步撕裂了它的伤口，让它的出血越发严重起来。

龙云鸿对于自己能够追上它，并且最终杀死它这一点越来越深信不疑，此时此刻，唯一让他感到担心的只是它身上的血腥气味引来其他猎食者。那样的话，最终的结果也许是他们一起葬身在那些畜生口中。

他不时地停下脚步，观察四周，把随身携带的水壶里的盐水含一口在嘴里，以此来解渴。

应该很近了。他再一次对自己说道。

越是这样,就越发要小心。

他小心翼翼地在灌木丛间穿行着,这个区域已经远远地超越了他们勘查周边的地形时曾经走过的最远的地方。

那条受伤的龙一直带着他向南走,但他并不担心自己回不去,在丛林里也有很多辨别方向的方法,更何况,它的脚印和它所留下的血迹就是最好的路标。

坚持住!他对自己说道。

这个时候比拼的不是身躯的大小,不是肉体的强弱,而是意志。

它已经不行了,只要再坚持一个小时,它肯定就又要停下了。

前方突然传来了粗重的喘气声,龙云鸿马上停下了脚步,蹲在灌木从中把弩上弦,然后慢慢地向那边走去。

一个巨大而扁平的身躯突然出现在他面前,吓了他一跳。

它看上去就像是一辆被什么人停放在丛林中的装甲车,头相对来说很小,浑身上下都披满了厚厚的盔甲一样的结构,四肢与身体比起来非常短小,几乎被那些盔甲垂下的边缘遮住,而在它长长的尾巴后面,坠着一个巨大的如同铁锤一样的东西,随着它身体的动作而不断左右来回摆动着,发出呼呼的风声。

甲龙。龙云鸿对自己说道。

它的注意力显然被什么东西吸引了,并没有看到他,于是他小心地从旁边绕了过去,走出几米后,他终于看到了自己已经追踪了将近三个小时的目标。

还有三支箭插在它身上,它趴在地上,重重地喘着气,身体就像风箱一样剧烈地颤动着,样子比起四十分钟前他第一次追上它的时候看上去还要糟糕得多。

这或许说明,它的情况比他想象中还要糟糕一些。

他小心翼翼地在灌木丛中穿行着,慢慢地向它靠近。

那条甲龙的存在或许分散了它的注意力,让它没有注意到他的存在,这一次,他足足走到了距离它不足二十米的地方,然后才在一棵巨大的乔木后面停了下来。

深呼吸,屏气,瞄准,然后稳稳地扣动扳机,那条巨龙再一次痛苦地嘶吼起来,挣扎着向前逃去。龙云鸿马上回到树后,把弩重新上弦,然后探出头去看它的情况。

这是他开始追踪它以来向它射出的第一箭,因为距离很近,这一箭深深地刺入了它的右腿，让它的行动越发困难起来。

龙云鸿稍稍迟疑了一下，半跪着对准了它的另外一腿，稳稳地扣动了扳机。

巨龙再一次嘶吼起来，这一次龙云鸿没有再马上躲回去，而是停留在原地观察着它的情况。长达几个小时的逃亡、疼痛和流血似乎已经耗尽了它的生命力和勇气，也许还有那些毒药渐渐在它的身体里发挥作用的因素，但不管怎么说，它明显已经失去了威胁他的能力，只剩下了逃生的本能。

龙云鸿心里的那口气终于吁了出来，看着它跌跌撞撞向前挣扎的动作，他的心里突然感到无比舒爽。

你们等着，我马上替你们报仇！

就在这时，身后却突然有沉重的脚步声传来，龙云鸿急忙转过头，却看到那条甲龙正低着头向他这边直冲了过来！

靠！他急忙绕到树后面去。

它疯了吗？

就在他又惊又怒的时候，甲龙已经转过身体，用尾巴对着它，突然猛地抽动起那个巨大的锤状物。

龙云鸿快速向侧面逃去，那巨大的尾锤重重地砸在他刚刚藏身的那棵树上，溅起无数的木屑！

它笨拙地抬起头，寻找着他的位置，他急忙躲到一棵大树后面。

甲龙用古怪的声音吼叫了起来，听上去就像是一只鹅在警告进入了自己领地的动物。

但它的智商显然不高，几分钟后，它便似乎忘记了这回事，哼哼唧唧地向前走去，开始吃起旁边的那些灌木的叶子来。

龙云鸿从躲藏的地方悄悄走了出来，向着那条巨龙逃走的方向追了过去。

两条腿都受伤明显让它的行动能力严重降低，即使是被甲龙耽误了这么长时间，龙云鸿依然很快就追上了它。

它似乎意识到这已经是自己的末路，停了下来，转过头看着龙云鸿，似乎是在等待着他的到来，准备做最后一搏，而龙云鸿则小心地保持着与它之间的距离，躲在一棵大树后面，给弩上弦，然后探出身体，稳稳地射出一箭。

巨龙再一次痛苦地吼叫起来,龙云鸿对于它来说完全不是一个重量级的生物,但它却无法理解,为什么他能够在距离自己那么远的地方伤害到自己。它当然更加无法理解,为什么那些可怕的棘刺刺中自己之后,伤口会变得格外疼痛,并且把这样的伤害一直送入它的体内。

它绝望地对龙云鸿吼叫着,而他的答复则是稳稳地、慢慢地在那棵树后面一箭又一箭地向它射过来。

终于,在箭筒里的箭几乎快要用完的时候,那已经被射得像刺猬一样的巨兽彻底失去了支撑自己庞大身躯的力量,在最后一声哀鸣之后,重重地倒了下去。

龙云鸿终于从那棵树后面走了出来。

周围已经变得阴暗起来,但他还是走到了距离这条龙不远的地方,对准了它的眼睛。

安息吧,我的战友们! 他在心里无声无息地说道。

随后扣动了扳机。

天色终于彻底暗了下来。

"就是这里。"李威等人沿着昨天走过的那条路向前赶,终于找到了那曾经的战场。

那条被他们杀死的巨龙还倒在原地,但明显已经被什么东西啃食过,尸体变得残缺不全,内脏被拖到了很远的树林里,满地都是血迹和尸体的碎块。

远处的地上倒毙着几条秀颌龙,应该是吃到了中毒的部位而被毒死了。

那两个牺牲的同伴的尸体则还在他们昨天放置的树梢上,用树叶盖着,应该没有被动过。

王永军带着所有人沉默地向他们敬了一个礼,随后继续往前。

并不是他们不尊重死者,但在这个世界,死亡已经不是什么特别的事情,对于他们来说,更重要的是把有可能还活着的人找回来。等到他们带着他,或者是带着他的尸体回来,自然会把牺牲的同伴带回去,和其他勇士一起埋葬在烈士陵园里。

"快!"王永军对人们说道。

人们一路前行,两队加起来有三十几人,这样的队伍在丛林里只要不是遇上大型猎食者，几乎不会有什么问题。对龙云鸿安危的担忧让他们甚至无视了很多一直被龙云鸿要求要严格遵守的条例，只是一个劲地沿着那些明显的足迹向前。

唯一能够让他们感到安心的是，一直都没有看到战斗过的痕迹，也一直都能找到龙云鸿留下的脚印。

他也许还活着！

他们继续加速向前，一个多小时之后，有队员发现一群群的秀颌龙正在往他们前方的方向跑去，这样的景象对于所有特战队员们来说都是第一次，这也让他们紧张起来。

“弩上弦！”王永军说道，同时走到了队伍的最前面。

又过了一个小时，他们终于看到了大群秀颌龙聚集的地方，一大群密密麻麻的秀颌龙就像是苍蝇那样聚在一起。王永军费了点劲才看出那其实是一条巨龙的尸体，但现在却已经密密麻麻地爬满了秀颌龙。它们爬在它身上，相互间不断地争吵着，撕咬着，拼命撕扯着那条巨龙身上残留的皮肉。

有些秀颌龙倒毙在了旁边，但大多数秀颌龙都没事，正在大快朵颐。

王永军向那边射出一箭。

一条秀颌龙惨叫着被弩箭钉在巨龙的尸体上，周围的其他秀颌龙被吓得猛然散开，露出了那条死去的巨龙血淋淋的骨架，但因为王永军等人还在三四十米外，它们叽叽喳喳地喧闹了一会儿，又重新聚拢了起来。

“龙云鸿！”王永军焦急地大声叫道。

他的声音在丛林里隐隐约约地回荡着，但却没有人回应。

他们向那具尸骨走去，秀颌龙们不甘心地迅速跑开，但却舍不得丢下这难得的饕餮大餐，依然围拢在周围的丛林里不肯离开，不断地向他们嘶叫着。

“他在这里追上来杀了它。”王永军仔细地检查了一下那具尸骨后说道。

周围满是被秀颌龙和其他食腐动物践踏出来的足迹，已经没有办法还原当时的情况，但依然可以看到许多支弩箭散落在骨架之间，其中的几支甚至还钉在骨头的缝隙间，高高地立着，让人们可以想象当时所发生的情形。

巨龙的骨架是如此巨大，让人很难想象，凭借一个人的力量是怎么把它驱赶到了这里，并且杀死了它。

“龙云鸿!”

“龙队长!”

人们再一次焦急地高声叫道,但丛林中除了秀颌龙们叽叽喳喳的叫声外,什么也听不到。

“十个人一组,分散到周边找他的脚印!”王永军焦躁不安地说道。

地上并没有人类的骨骼和残骸,不管最终的结果是什么,龙云鸿应该没有死在这里。

人们马上按照他的指令行动起来,几分钟后,其中一组人兴奋地叫道:“找到了!”

那是一组非常清晰的脚印,应该是不久前才留下的,但让人揪心的是,在这串脚印相同的方向,能够看到几个尖锐的爪印,向着相同的方向去了。

所有人的心一下子又沉了下来。

“快!”王永军又一次说道。

队伍继续往前,走出大约二十分钟后,他们终于听到前面的丛林里有人正在愤怒地叫着:“滚开!”

“龙队长!”人们惊喜地叫道,“龙队长!”

“小心! 有……!”龙云鸿的声音隐隐约约地传来。

人们握紧了手中的武器,聚在一起,向着声音传来的方向快步走去。

他们很快就看到了龙云鸿,他正坐在一棵大树的枝杈上,对着下面怒骂着,几条羽龙正围在树下,不时跃跃欲试地想要跳上去抓住他。

王永军向它们射出一箭,弩箭远远地偏离了那些羽龙,撞在一棵树上弹飞了,但却吓了它们一跳。它们看到这边突然拥出这么多人,对着他们不甘心地叫了几声,便迅速地逃向了丛林深处。

“龙队长!”李威等人快步向那棵树冲了过去。

龙云鸿大笑了起来,但他的一条腿血淋淋的,把整条裤腿都浸湿了,看上去非常可怕。

李威爬上树去帮他下来,他笑着摇了摇头,自己用双手的力量慢慢从树上爬了下来。

“没事,只是皮外伤。”他对人们说道,“上树的时候被它们从背后抓了一下。”

一名背着急救箱的队员上来替他做紧急处理，伤势比他说的要严重得多，腿肚包几乎被完全切开，大量的血正从肌肉当中不断地流出来，应该是某条静脉断了。

王永军走了过来，什么都没说，只是站在他面前，郑重地对他点了点头。

“快！”他对队员们说道，“我们回去！”

“昨天晚上它们就来了。这些畜生，烦了我一个晚上！”大家以最快的速度用树枝和蔓藤做了一个简易担架，把龙云鸿放在上面，轮换抬着他往回赶，他的嘴唇已经有些发白，但还是坚持和周围的人讲着话，不让自己睡过去。

人们静静地听着他的话，不时和他说几句，让他把话题继续下去，有时候生死的差别就只有这么点意志的差别，如果他昏死过去，走这么远的路赶到康华医院后，他也许就永远醒不过来了。

他杀死那条巨龙后不久，天就完全黑了，迫于无奈，他只能就近爬到旁边的一棵大树上，把自己绑在树上休息。

饥饿折磨着他，但他最初射中那条龙的那几支箭的箭头上都蘸过毒物，他不知道它的肉有没有受到污染，周围又太黑，不可能再去寻找可以吃的东西，于是他只能扯了一些树叶，放在口中慢慢地嚼，把那些嫩枝用刀把形成层切下来，放在口中充饥。

大概只过了两三个小时，树下就热闹了起来。

一开始是轻微的响声，就像是老鼠在爬来爬去，然后是秀颌龙聒噪的叫声，再后来，便是羽龙特有的变化多彩的鸣叫声。

他小心地把自己的身体隐藏在树枝当中，它们似乎也并没有发现他，等到天亮的时候，大多数赶来分食尸体的动物都已经离开，只剩下越来越多的秀颌龙在这里聚集。

龙云鸿小心地观察了将近半个小时，确认应该没有什么对自己有威胁的猎手躲在周围，便小心翼翼地下了树，向远山的方向快速前行。

他一开始并没有发现身后有跟踪者，直到它们距离他已经不足三十米，这才发现了其中的一条，并且马上就向最近的一棵大树冲了过去。

“后面的你们都知道了。”他笑着说道。

“马上就到了。”王永军说道，“坚持住！你再给我们说说，你是怎么杀掉它的？”

龙云鸿活着回来算是一个奇迹，但对于联盟来说，最好的消息还是那两条不知名巨龙已经被特战队消灭的消息。

王永军带人回去运那两名烈士的尸体时，专门带了一把锯子去把死在旁边的那条龙的脑袋锯下来拖了回来，放在路边让所有在这条路上来回的人都能看到。

人们的担忧终于被平息，那巨大得几乎不亚于暴龙的脑袋被这样粗暴地放在路边，散发着恶臭，却让所有人都重拾了信心。人们重新回到丛林里去砍伐修建盐矿所急需的木材，把它们运回来加工，然后一根根沿着山坡放到山谷里。

所有工作终于又重新回到正轨。

宣教部开始拼命宣传这件事情，许多人在一天的劳动后专门跑到康华医院，希望能亲眼看一看传说中能够独自追踪并且杀死一条巨龙的猛人。

一些人甚至送来慰问品，虽然并不是什么好东西，但还是堆满了龙云鸿病房的门外。

“你的风头要被盖过了啊。”邱岳微笑着说道。

“有什么事，别兜圈子，直接说。”严烨说道，“如果和你儿子有关，那就算了，我妹妹看不上他那么弱的人。我们俩的合作没有必要再拉上他们了。”

邱岳的脸色稍稍有些难看。

他的儿子其实并不能算弱，和大多数孩子相比，无论是体育、学习成绩和人缘等各个方面都可以碾压他们。在高辉刚刚搞起来的学生会里，他也是毫无悬念地当选了学生会的副主席，并且兼任了学校大力支持的主力社团科学社的副社长。在邱岳看来，唯一阻止邱骏成为学生会会长和科学社社长的原因只是年龄。即便他再怎么优秀，也不可能让一个十岁的孩子去指挥那些十四五岁的大孩子。

奈何在接近严淇的事情上，邱骏却真的是无能为力。

以齐峰的儿子齐涛为首的那些孩子像狼狗一样围在严淇周围，阻止一切意图接近她的男孩子，甚至是直接动用暴力。他们丝毫也不尊重知识和能力，只会像野蛮人一样靠拳头说话，偏偏他们中好几个都是之前新洲那些人的孩子，比别的孩子营养更好，也更早接受了拳术和枪术的训练。靠拳头说话，在整个学校也没有几个人说得过他们。

这个事情邱岳不便帮忙，而他也不准备过分介入。

如果他的儿子连这些同龄人的问题都没有办法解决，那他也没有资格去成为未来的领导人。他小心地在一旁观察着，通过自己的妻子去给予儿子一些提示和指引，希望他能够自己想办法解决这样的问题。

“这个事情不急。”他很快就若无其事地笑了起来，“小孩子的事情交给小孩子自己解决，我们充其量只能给予他们一些引导和帮助，关键还是要看他们自己，对吧？”

严烨无所谓地点了点头。

“下一步你准备怎么办？”邱岳问道。

“你呢？”严烨反问道，“王牧林那边是怎么回事？如果没有他的支持，你的事情还能成功吗？”

“这只是一个小小的波折。”邱岳说道，“以张晓舟的道德洁癖，王牧林这样的人绝对不可能和他走到一块去，他们俩之间再次爆发矛盾只是时间问题。而到了那个时候，所有对张晓舟还抱有期望的人都会看清楚他的想法，从而彻底抛弃他。”

严烨摇了摇头。

他以前也是这样认为的，但和邓佳佳在一起之后，通过她，他才真正了解了大多数人对于张晓舟的看法。

即便是在从板桥来的那些人的眼里，张晓舟也是一个无可争议的好人，一个优秀的领导，也许他们这些曾经在张晓舟身边待过的人清楚地知道张晓舟的问题，但对于这些远离张晓舟的人来说，他们所能看到的只是一个完美的偶像，甚至可以说，是他们在自己的脑海中按照期望营造出来的完美的假象。

如果张晓舟是个道德上有明显瑕疵的人，如果他像地质学院之前的那个李竹一样，表里不一，在台上慷慨激昂，说得天花乱坠，把自己塑造成一个完人，私下里却乱搞男女关系，奢侈腐化，任用私人，那他们很有机会把张晓舟从台上掀翻，并且狠狠地摔在地上。

但他偏偏不是。

他每天都在食堂和其他人吃一样的东西，有时候下去工作，就在某个团队交工分券跟着他们简单地吃点。他要么在办公室里处理各种各样的事情，要么就在联盟的各个角落检查工作进行的情况，几乎很少休息，也几乎没有什么自己的时间。在私生活上，也只有李雨欢一个女人，而且正式结了婚，甚至比一般人更检点。

他的能力不差，知识更是一点儿也不欠缺，也许在邱岳所擅长的人际关系方面他存在严重的问题，但这个世界其实并不需要那些东西也能运行下去。

这样的人几乎可以说是无懈可击。

与他营造出来的形象相比，他所存在的道德感过剩、刚愎自用、不讲情面的缺点甚至根本就不能算是什么缺点。严烨可以百分之百确定，不管在张晓舟身上发生了什么事情，绝大多数联盟的普通成员都会本能地认为他做得对，没有任何问题。人们也许会抱怨联盟的政策，也许会抱怨上级处事不公，但在张晓舟这样一个几乎可以说得上是道德完人的家伙面前，却很少有人能说他有什么不对。

就像这一次，其实很多板桥劳工对于又要让他们承担更多劳役的事情很有意见，甚至已经私下串联了准备抵制联盟的安排，但张晓舟一个队一个队地去和他们谈话，甚至是一个小组一个小组地去和那些有意见的小组谈话，最终谁也没能把事情闹大。虽然觉得不爽，但还是只能抽人出来加入了盐矿的建设。

邱岳的那一套完全符合人性，符合人们心里根深蒂固的贪念和欲望，但和张晓舟所推崇的那些东西相比，却根本没有办法拿到台面上来，只要拿出来，就肯定会被打翻在地，永世不得超生。

即便是所有人心里都悄悄地赞同邱岳，他们也不可能站出来支持他。不然的话，那些感觉自己被欺骗和利用了的民众就会把他们推下来。

邱岳说张晓舟不可能违逆人性，但那些执委也不可能违逆人心。

张晓舟即使是一直保持现在的天真、迂腐和不识时务，继续这么苛求别人更苛求自己，只要他自己不出严重的问题，他就几乎不可能被推翻。

“所以我们要把地质学院拉进来。”邱岳说道，“如果这还没用，那我们就把何家营也拉进来！”

严烨摇了摇头：“你不会成功的。”

“你等着看吧。”邱岳说道，“一个人做一时的圣人容易，怎么可能做一辈子？他现在越完美，等他出问题的时候就越狼狈！就算他可以坚持下去，他身边的人也不可能忍受这样的生活。当他身边的人全都对他敢怒而不敢言，当他们全都被他的崇高形象压得喘不过气来，你觉得会发生什么？违背人类本性的事情不可能长久下去。”

“那要等多久？”

“相信我，不会很久的。”邱岳笑道，“当联盟面临生死攸关的困难时，没有人会不满，但联盟发展得越快，生活越好，越没有外患，这一切爆发得就会越早。”

“你想让我怎么做？”严烨问道。

“不要无所事事。”邱岳说道，“你的名声得来不易，不要被那些新人盖下去了。就算你暂时没有办法做出什么贡献，也不要远离那些人，经常去看看他们，帮他们解决困难，让他们一直记得你的好处。想办法保持存在感，然后寻找复出的机会，明白吗？”

严烨看着他，微微地点了点头。

最后一根木材沿着山坡放了下去，人们如释重负地松了一口气，随后兴奋地欢呼了起来。

接下来，就是整个计划中用时最短，但也是最艰难的部分了。

张晓舟亲自从远山赶来指挥，这样的事情如果不自己亲眼盯着，他肯定会连觉都睡不着。

在他们前期施工的这段时间里，每天晚上齐峰都安排人到山谷附近向下扔火球观察下面的情况，几乎每天都有恐龙在下面的卤泉附近饮水，有时候甚至有两种不同的恐龙聚在一起，相互之间还会发生冲突。

如此巨量的恐龙不是他们那道狭窄的木墙能够抵挡的，在木墙前面设置大量的陷阱，点燃火堆或许能够把它们吓走，但张晓舟却并不愿意让这些恐龙远离。

这都是肉啊！

任何一个晚上来到这里喝盐水的族群都足够整个联盟的人大快朵颐，如果真的阻断了这个地方，让它们不得不转移到别的盐源去，对于联盟来说绝对是巨大的损失！

为了解决这个问题，他专门和吴建伟等人设计了一个新的方案，从远山运来足够长的铁管和 PVC 管，把卤泉中的水运到木墙外围几十米外的位置，并且在那里用岩石和泥沙重新构筑一个规模更大的水池。这样一来，这些恐龙既不会因为断了盐的来源而离开这里，也不会对他们的建筑物进行盲目的攻击。

他们可以在附近设置陷阱，适当地捕猎那些来喝水的动物，以此解决一部分联盟对于肉类的需求。

理论上说，这个构想应该是可行的，只要有盐水喝，恐龙应该不会在意是不是原来的那个泉眼和河滩，而他们要在这里开采食盐，肯定也不会仅仅立足于这样一个小小的卤泉。只要他们捕猎的频率不要超过猎食动物捕杀它们的频率，这样的平衡应该能够维持下来。

当然，这是最理想的结果。

“我们要从这里槽挖下去，把管子放进去，然后再回填起来。”吴建伟用黄色的锯末粉在山梁上画出了一条线，“至少要有五十厘米深，否则的话，管子也许会被它们无意当中踩扁，那就糟糕了。”

“踩扁？”人们看着那专门为了这个工程而加工出来，专门用于木墙外围那一段的钢管，稍稍有点无语，那么厚的管壁，即使是恐龙应该也拿它没辙吧？

但吴建伟的想法也没错，在这个事情上，没有侥幸可讲，也没有意外可以出。

如果管子因为任何问题而阻塞，让卤水没有办法流出去，谁知道那些恐龙会怎么做？

第一天的时间他们有一半人专门就在干这个事情，另外一半人则负责给后面那道围墙挖地基，理论上说，大多数的恐龙应该都是从下游的沼泽丛林地带过来的，而且他们也没有办法把盐水引到这个地方。

将近一百人轮换在这里奋战，停人不停工地挥洒着汗水，在一天快要结束的时候，所有的铁管都已经埋设就位，为恐龙专门搭建的巨大水池也铺好，但他们没有把 PVC 管子接上去。两侧的围墙还没有修好，只要有任何一条恐龙坚持要回原来的地方喝卤泉水，脆弱的 PVC 管子肯定就要面临灭顶之灾。

第二天他们开始挖地基，并且制作用来挡住恐龙的巨大鹿角。他们没有办法知道来这里的最大的恐龙会有多大，张晓舟知道植食恐龙往往有可能长得比肉食动物还要大得多。以前那个世界曾经发现高八米、长十五米的鸭嘴龙，这样的庞然大物超过了绝大多数暴龙的体形。

如果来到盐矿这里的鸭嘴龙当中有这样的东西，那再多的准备工作也不为过。

但当他们第三天一早来到施工现场时，却发现头一天挖出来的地基几乎已经被完全踩平，那些放置在山梁两侧的鹿角也被推得东倒西歪，其中一个还明显曾经被某种动物啃咬过，应该是有某条恐龙把它们当作了某种奇怪的树木，尝试了一下它们的味道。

他们于是集中力量把后侧的那道围墙修筑了起来，同时在围墙前面安放了三排鹿角，所有的鹿角都用绳索和河谷里的大石块牢牢地绑在一起，在河谷的部分，则是深深插入河底的木栏，中间留出了将近六米宽的栏杆结构以便在洪水来临时过水。

第四天一百五十人都投入到了前侧围墙的修筑，他们辛苦地用巨大的原木制作出空前巨大的鹿角，然后把它们一排排地放置在围墙的地基前，整整放了六排，在鹿角前面的地上则立起了削尖的巨大木刺，以此来阻止恐龙们的靠近。

最外围的木刺的位置甚至已经到了他们引咸水过去的那个水池旁边。

当然，最关键的是，他们终于把所有的 PVC 管赶在天黑前接了起来，把那眼卤泉中的咸水全都引到了他们之前修筑出来，但却已经被恐龙踩塌了一半的池子里。

“成败在此一举了。”张晓舟对人们说道。

工人们都在天黑之前撤到了山顶的营地，张晓舟坚持让吴建伟也跟着他们撤回去，自己则和王永军一起带着五十名特战队员留了下来。

他们在侧面的一道山梁上提前准备好了绳子，并且让齐峰带剩下的人和冒险队的成员在那里准备接应。

如果这些恐龙非要一意孤行而且冲破了他们的所有防御设施，他们就只能狼狈地从那个地方逃走了。

“应该能行的！”张晓舟对所有的特战队员们说道。

天色刚刚开始发黑，便已经有一群鸭嘴龙从沼泽里向这边走了过来。

人们躲藏在鹿角后面，静静地观察着它们。

这是一群所谓的平头鸭嘴龙，而且个子看上去不高，其中一些幼体甚至能够直接从鹿角之间的缝隙走过来，这让张晓舟不禁有些汗颜。如果它们真的被困在鹿角的迷宫当中，它们的父母会不会拼命地破坏这些鹿角把它们救回去？

好在他所担心的问题并没有发生，那些幼体看到族群被挡在外面，很快就惊慌地逃了出去。

鸭嘴龙们被那些在它们看来奇奇怪怪的东西挡住，无法前进，便惊讶地鸣叫起来，一些个头最大的个体尝试着推开鹿角，但却被故意削尖的木刺扎得尖叫了起来。

它们的声音听上去很像是某种水鸟的叫声，有些时候低沉，有些时候却很尖厉，张晓舟觉得自己可以分辨出将近十种不同的发音，这样的体会对于他来说简直无法想象。

整群鸭嘴龙无奈地在鹿角和木刺前鸣叫了许久，不断地有某个成员不自量力地立起来尝试着推开挡住路的东西，然后被扎得尖叫起来，直到一个多小时后，才有一条鸭嘴龙或许是偶然尝了一口旁边那个水池中的咸水，于是很快，整个族群都很高兴地开始挤来挤去地站在水池边喝水，并且迅速离开了这里。

“这些东西也太他妈笨了，怎么活下来的?”王永军在它们离开后忍不住对张晓舟说道。

“它们的智商应该和牛羊差不多。”张晓舟这样对王永军说道。

事实上，鸭嘴龙可以说是白垩纪最成功的一种恐龙，它的化石几乎遍布整个世界，尤其是在白垩纪晚期，甚至有学者认为各种鸭嘴龙加起来应该占据了当时所有植食动物百分之七十五的数量。

但按照化石推算，它们的脑容量并不大，就像棘鼻青岛龙，专家们估计它们活着的时候体重应该达到了六吨，可脑子的重量或许才有两百到三百克，所以王永军说它们太笨也没有说错。

不久后，另外一群鸭嘴龙又踏着沉重的步伐走了过来，但因为太黑，看不清楚它们的模样，只能朦朦胧胧地看出一个大致的轮廓，要比之前的那一群大得多。而且它们的叫声与之前那个族群也不太一样，应该是另外一个品种。

同样的事情再一次上演，而这一次，甚至有另外一个族群也加入到了这场考验智商的闹剧当中。

张晓舟他们可以听到那些木刺在它们的巨大身躯前被推倒的声音，第一排鹿角也被它们推得向后移动了起来，卡在第二排鹿角上，这让特战队员们不知道是不是应该点燃火堆驱散它们，好在它们最终还是找到了盐水新的出口，心满意足地喝够之后，成群结队地离开了这个地方。

后面来的恐龙或许是看到了其他恐龙的行动，直接跳过了前一步，径直走向水池开始喝水，这让张晓舟的心终于彻底安定了下来。

整个夜晚一直不断地有动物从丛林里沿着河谷到这个地方来喝盐水，张晓舟不由得有些诧异，它们最初是怎么找到了这个地方？当洪水期来临，洪水彻底淹没这眼卤泉的时候，它们又是怎么解决吃盐的问题？

他只能推测，附近肯定还有另外一个可靠的盐源，只是或许要走得更远，或者是没有这个地方方便。

天亮前最后一批饮客是三条矮小的角龙，它们看上去应该只有普通的水牛那么大，大大的脑袋加上颈盾几乎占据了整个身长的三分之一，两根长长的尖角竖立在它们的额头，让它们看上去很凶猛。

张晓舟觉得如果能抓住它们，并且把角锯掉，它们应该能够成为不错的畜力。

但这当然不会那么简单，但等到盐矿的事情稳定下来之后，这绝对是必须尽快尝试的事情之一。

人们在一夜没睡之后都有些困顿，但张晓舟却出奇地兴奋，他拉着王永军一起去检查了那些鹿角的情况，满意地点了点头。

“去通知吴工他们来修筑围墙吧！”

第12章 盐 矿

盐矿正面的围墙修建了两天，然后又用一天加固了那些鹿角，把它们进一步牢固地固定在山谷里的那些大石头上，然后人们开始用剩下的木料修建简单的木屋。

有过修建东木城和北木城的经验，修建这样两层以下的纯木制建筑物对于他们来说已经不是什么复杂的事情，反正他们一直以来也不追求美观，只要搭出来的房子不会倒，能够挡风遮雨就足够了。

这一次他们没有去利用两侧的围墙，而是把房子建在了山边一块高出河床的堆积体上，房子的背后是向上可以爬到陡坡上的绳梯，如果遇到什么无法避免的问题，他们还可以通过这条最后的通道逃向高处的伐木营地。把盐运回远山的路则必须从后墙出去，走将近七百米后再沿着一道缓坡向上，到了坡顶便是一个三岔路口，一条路通往伐木营地，而另一条路则通往远山，通往东木城。

张晓舟让人在三岔路口这里修建了一个木屋，他们正在考虑，未来从盐矿这里造出的盐，究竟是用升降机运到山崖上，还是沿着这条路运上来。

从长远的角度来看，当然是造一座和东木城那边相同的木梯更实用。但这个地方的高差太大，联盟暂时还没有掌握修建这么高的木制建筑物的技术。

人们都从山顶的树屋撤下来，到取水和行动更方便的山谷中居住，不过在盐矿的建设工作大体完成之后，绝大多数人都已经撤回了远山，开始投入到玉米的第二次收获中去,盐矿这里只留下了一部分特战队队员和少数来自生产队的志愿者。

万泽很快就接到了联盟的通知,带着一组人保护运送钻机和地勘人员赶了过来。

"真是壮举!"他对张晓舟等人说道。

他们在来的路上看到了路边那已经腐烂得很严重的恐龙头骨,周围死了一大堆过来吃尸体的昆虫,为了防止有人误食这些虫子,联盟不得不在旁边竖了一块牌子,说明这个头颅和死去的这些虫子都有毒。

学校过来的人们都对那巨大的脑袋感慨不已,他们当然并不是没有见过新洲酒店门口和安澜大厦门口的那两个暴龙头骨,也知道地质学院在这次狩猎中贡献了重要的技术支持,但在丛林里近距离面对这样的巨兽并且把它们杀死,这样的勇气依然让他们感到钦佩。

而在看到了那建立于丛林中,以绳梯和吊桥连接,堪称"空中村落"的伐木营地和眼前由密密麻麻的巨大鹿角保护起来的盐矿后,这样的钦佩便变得更加强烈了。

"过奖了。"张晓舟摇摇头说道,"现在就看你们的了!"

他们已经开始着手把白天那眼卤泉流出的卤水收集起来,用纱布过滤,然后放在大铁锅里熬干。反正那些恐龙也只是晚上来,白天时让它们白白流走也是一种极大的浪费。

他们当然也想采用更简单、也更省事的晒盐法,但山谷里的空间本身并不多,而且崎岖不平,没有大规模摆放晒盐槽的条件。另外一个方面,每天总会下几次的雨也让晒盐成了一种美好但却不可能实现的梦想。

日照的确很强烈,但你备不住雨水多啊!

他们在住人的木屋外面专门搭了棚子和灶用来煮盐,一共四口锅同时运作,但效率真心低得可怕,一大铁锅卤水熬干之后,收获的结晶仅仅是锅底的一点点。从他们开始做这个事情到现在,这四锅几乎是二十四小时不停地在做这个事情,烧掉了一大堆木头,但收获却仅仅是二十多公斤未经提纯的白色晶体。

"我会尽快带回去让他们研究怎么方便地提纯。"万泽对张晓舟说道,"张主席你放心,他们已经有思路了。"

面对张晓舟对他的完全信任,他心里稍稍有些愧疚,但他很快就告诉自己,这是为了学校的利益!

在这里提纯，或者是回去提纯，做法和效率应该都是一样的。让地质学院掌握这个工业链条最后的一环，对于大家来说都有好处。联盟可以减少需要投入的人力，而学校则因为掌握这个核心技术而获取更大的话语权。

某种意义上来说，这样的合作也有利于双方今后的合并。

“如果运气好，我们也许能找到纯度更高，浓度也更高的盐井，那样的话，问题就简单了。”他对张晓舟说道。

“希望吧！”张晓舟看着正在那眼卤泉附近选择钻井平台安装钻机的地勘人员，心情复杂地说道。

“你们在这里打钻应该不会导致这眼卤泉不出水吧？”他突然想到了什么，跑过去对他们说道。

“可能性不大。”带队的那位老师答道，“张主席，这里应该是三型卤水矿床，不会出现你担心的那种情况的。”

张晓舟不知道他所说的是什么意思，但作为一个曾经的技术人员，他乐于相信另外一个技术人员的操守。

“盐矿已经建好，现在怎么处理？”万泽再一次召开了外来派的内部会议。

“提取碳酸钾的产量怎么样？”李乡却首先对列席会议的学校化学实验室的负责人许长德问道。

“经过多次实验，出盐率基本上可以保证在百分之四左右，这应该是因为我们所用的原料灰烬中含钾量比较低，而且手法也比较粗疏的缘故，但如果要进一步提高出盐率，工艺上就要进行更多的改进……”

“百分之四？那就是说，一百公斤草木灰可以提取四公斤碳酸钾？”李乡不得不打断了他的话。

“粗制碳酸钾混合物。”许老师说道，“成品当中含有少量硫酸钾和氯化钾，但对我们排除钡离子的目的来说并没有什么影响，硫酸钾用来排除钡离子效果甚至更好。”

“那步骤呢？复杂吗？”

“其实也不算很复杂，加热浸泡，搅拌溶解，沉降过滤，然后蒸发结晶。就是比较费事，需要消耗大量的燃料和水，当然，燃料燃烧后的灰烬又可以作为原料使用，这点来看问题不大。一公斤草木灰差不多要用四到五公斤水，制一公斤粗制碳酸钾差不多就要用掉一百二十公斤洁净水。不过如果有条件的话，可以改进设备收集冷凝水，这样水量会节省很多。”

“用量呢？”李乡继续问道，“你应该做过实验了吧？”

“这么说吧，如果是要处理万主席带回来的那些盐，处理一公斤粗盐里的钡离子大概需要二十克粗制碳酸钾。他们的每批盐里的钡离子含量可能会有差别，但如果是来自同一个卤矿，那应该就不会有太大的偏差。”

一公斤对三十克，这样的比例可以说非常悬殊了。

即便是他们在对城北联盟拿过来的盐进行净化处理的时候也要再一次将它们溶解，然后加入碳酸钾发生反应之后再过滤，并且再一次蒸发结晶，因为可以把溶液的浓度控制在一个较高的水平，所需要投入的人力物力也肯定比联盟一方要少得多。

“你们怎么想？”万泽再一次问道。

“我们需要和联盟协商一个合适的分成比例。”一名委员说道，“毫无疑问，联盟在这个事情里投入得更多，但知识并非无价的，我想张主席作为一个技术专家应该会理解这一点。如果我们派出的地勘人员在那个区域找到了更适合开发的卤井，我们理应因此而获得更多的份额！”

“这我没意见，但多少合适呢？”万泽再一次问道，“瞒是肯定瞒不住的，如果我们提出要分成，那他们肯定会要求要了解一下这个过程有多复杂，不可能任由我们想说多少就说多少。一旦他们了解到这个过程并没有想象中那么复杂，你们觉得他们会接受多少份额的分成？如果他们提出由他们自己来制造碳酸钾就地处理食盐呢？许老师，从效率的角度出发，应该是在他们那里直接处理这些食盐更省事吧？”

“当然，他们可以在卤水浓缩到一定浓度的时候直接加入碳酸钾去除钡离子，这样就能减少一次溶解和蒸发结晶的过程。”

万泽看着李乡。

从他的角度出发，当然不太希望狮子大开口，一方面，与联盟方面的接洽都是由他来负责，这样的事情一旦揭露，对于他在联盟的信誉来说肯定是一个很大的打击，如果未来学校真的和联盟合并，他也不希望这件事情成为一根刺，从中造成不良影响。但另一方面，施远等人虽然已经彻底变成了路边的狗屎，但万泽他们却没有办法让这些人彻底闭嘴。施远他们一直在攻击万泽等人名为学校的领导,实为联盟的走狗,这样的指控虽然没有多少人理会,但依然造成了一些影响。

之前提出要以这件事情来提高学校发言权的是李乡,万泽当然要把这个难题扔回去给他来解决。

“那不如看他们的想法吧?”李乡沉吟了一会儿之后说道,“既然用量不大,那先这么处理着,等到地勘的结果出来,我们去摸摸他们的底。”

联盟自己产出的盐很快就进入了联盟的商店,并且成了万众瞩目的大新闻。

这样的事情也许在之前的那个世界根本就不值一提,但对于他们来说,却意味着整个联盟在共同努力下向征服这个世界迈出了一大步。

除了木头,他们之间所消耗的物资多半来自原来的那个世界,这些盐可以说是他们在这个世界所生产的第一种复杂的工业品。

因为严重缺盐,联盟之前不得不对大多数人控制供应,仅仅是提供维生所需的最低消耗,早已经让人们淡得受不了了。虽然量很少,而且味道还不如之前他们从东南区找来的那些工业盐,但还是有许多人排队采购,很快就把这点盐抢购一空。

如果不是梁宇亲自出马保证以后每天都会有供应,大概商店都要被人给砸了。

人们都兴高采烈地谈论着这件事情,并且都感到十分自豪。

但真正的情况却并不乐观。

从医学上来讲,每个人平均每天必须摄入的氯化钠的量是三到五克,因为所在的环境炎热,出汗多,实际每个人平均每天所需的氯化钠的量都在十克以上,仅仅是联盟六千六百人,每天维持最低健康要求的消耗量就要二十公斤,而正常的消耗量则应该在七十公斤以上。如果考虑到地质学院方面的需求,那每天的产盐量就必须得到一百公斤以上才行!

而他们现在的生产能力却只有每天十五公斤左右,甚至没有办法满足维持健康的基本需求,因为卤泉的流量就这么多,即使是尽可能地从恐龙那边分一些卤水过来用,每天的产量也没法超过二十公斤。

地勘人员加班加点地工作,他们在那眼卤泉两侧各打了两组四十米深的钻孔,并且对不同深度的泥土和岩心进行了勘查,最终的结果却很让人失望。

卤泉下方几乎没有值得开发的盐卤资源,靠近地面的那一层含有少量的盐分,但应该是长年累月从卤泉中流出的卤水渗透下去而造成的,并非自然形成的矿藏。

他们随后搬到卤泉上方的悬崖顶上向下进行了多次钻探,终于确定了这个卤水矿床的走向,它们位于山谷北侧的这座小山下,分散得很开,而且矿化度并不高,按照带队的那位老师的说法,这样的矿如果是在以前那个世界,根本就不具备开发的价值。但如果仅仅是为了满足他们这几万人的食用需求,那开发十几二十年应该没有问题。

这样的结果却并不让张晓舟感到失望:"如果十几二十年之后我们还被困在世界的这个角落,那我们就太失败了!"

万泽等人很快赶来现场进行了讨论,既然矿床位于小山内部,那开发的方式就不再是打井,而是挖矿了。如果更确切一点描述的话,他们现在要做的就是从山壁上开挖一个矿井,深入到小山内部大约三四十米的地方,然后再把里面的卤水和盐矿想办法运出来加工处理。

据那位老师说,以前的盐井有很大一部分就是这样运作的。

这样的事情他们没有一个人做过,相对而言,地质学院稍稍有一些经验,因为他们虽然早已经没有了这样的专业,但至少还有教科书在,也懂理论,而少数老师也曾经到矿井里去参观过,对于这个矿井应该怎么挖,怎么搭支撑,多多少少有些概念。

但其中的危险性却不言而喻,透水坍塌事故即使是在以前那个世界都是经常发生的事情,更何况是他们这种什么都没有的情况?

别的不说,他们现在的油料储量也很难支持他们长时间使用风镐,如果用手工挖,这三十米的距离足够他们挖上大半年了。

"没有更简单和安全的做法吗?"张晓舟问道。

"学校里没有斜钻……"那位老师说道,"要不然就是从山顶往下打井,但按照我们钻勘的结果,这附近的岩层破碎得很厉害,即使是打井也很难保证出卤。最稳妥的办法还是挖矿井进去。不过学校里有一台便携式钻机,可以钻十五米,也许可以试试看能不能从侧面打几个孔把现有的这眼卤泉的出水量扩大一点儿。"

"张主席,我们来讨论一下今后怎么合作的事情吧。"李乡对张晓舟说道。

学校的那些学生吃不了这样的苦,这是毫无疑问的,万泽和李乡一点儿也不怀疑,如果把他们投入到这个地方,让他们去当矿工和挑夫,甚至让他们日复一日地伐木,也许不到一个月他们就要和施远那些人联合起来搞暴动了。少量外来派也许愿意做这个事情,但他们的人数太少,而且万泽他们也不愿意把他们从学校里抽调出来,以免削弱了外来派的力量。

基本劳动力方面只能由联盟来解决,学校方面将派一些对于采矿和化学方面有专长的老师过来进行技术指导,派一些高年级相关专业的学生过来做从草木灰中制备碳酸钾和提纯食盐、蒸发结晶的工作。学校的钻井队将一直留在矿区,对周边地区继续进行地质勘察工作,期望能够在周围找到更好的盐矿资源或者是其他所需要的矿物。

地质学院负责在盐矿建立一个实验室,用来分析卤水的成分,保证食盐的质量,并且对钻井队采到的土样和岩心进行分析。

联盟负责整个盐矿地区的安全保卫,负责伐木并且把它们加工为树皮粉和燃料,给所有矿区的人员提供食物和医疗,负责运输卤水,继续完善和修建盐矿的基础设施,修筑堤坝,并且负责维持从盐矿到远山的运输线。

关于矿井的开发,双方讨论,甚至是争论了很久,最后约定,第一批矿工由双方各自在辖区内征集志愿者组成,双方的志愿者比例应该维持在六比四。在矿井基本成型后,技术人员依然由地质学院提供,劳动力则由双方管辖范围内的违法者来充当。

某种意义上来说,有了这一条之后,联盟的各项规定才真正对所有人产生了强大的威慑力。

在这样的合作框架下,盐矿所获取的食盐双方六四分成,联盟获得盐矿所产出的食盐的六成,学校获得四成。

"张晓舟,让我去盐矿负责吧!"一大早,王永军就追在张晓舟的屁股后面说道。

"为什么你突然这么想?"张晓舟反问道。

"那么多人派过去,总有人要去负责吧?谁比我更合适?"

某种意义上来说,王永军的话也没错。

按照现在的规划,盐矿建成之后,日常任务中很重要的一块是与安全有关的工作。保障盐矿不被那些恐龙攻破,保障伐木者的安全,保障运送物资的人的安全,而一旦联盟正式把所有违法者往那个地方运送之后,对于这些囚犯的管理肯定也需要强力部门的支持。

相对而言，技术性较强的工作都被地质学院那一方包圆了，联盟其实并不需要多专业的人员在那边负责。

王永军并不是张晓舟看好的人选，盐矿的工作与学校一方的协调沟通很多，需要的是一个善于合作和配合的人。他心里更好的人选其实是武文达或者是齐峰，但武文达的伤一时还好不了，而齐峰的职位太高，把他放到那里去，有种把他贬落的感觉。

“除了我还有谁更合适？你说说看？”王永军不依不饶地追问道。

高辉如果没有去当学校的常务副校长，其实他也是个合适的人选，但学校目前来看各项工作进展得还不错，学生们在长达一个月的军训过后老实了很多，而高辉所推出的那些举措显然很符合他们的心理需求，虽然现有的社团远远没有高辉所想象的那么多，但可以想象，随着学生们渐渐搞清楚这里面的玩法，开始寻找更符合自己兴趣的社团，甚至是想方设法地去组建新的社团，高辉所期望的那种百花齐放的情况很有可能会发生。

就连地质学院那边都有人来问能不能把自己的小孩送到这边来上学，张晓舟对这样的事情当然是乐见其成，欣然同意，但也要求他们缴纳一些粮食作为学费，并且希望他们能够尽自己的最大努力来帮助学校的社团建设和社团活动。

在这种时候，高辉肯定不可能调出来。

突然之间，他被王永军问得一下子没有了答案。

“你看吧！”王永军兴奋了起来。

“为什么你这么想去盐矿负责？”张晓舟最终把问题重新扔了过去，“你老老实实地告诉我，我就答应在执委会的例会上推荐你。”

“那边杀恐龙的机会更多。”王永军迟疑了一下，最终把自己的理由说了出来。

他对于龙云鸿这个人已经没有什么意见和看法了，但联盟第一个在丛林中追杀那样的巨兽并且将其杀死的人成了龙云鸿，这还是让他有些耿耿于怀。

当初在新洲酒店时，第一个冲出去杀那些恐龙的人就是他，后来带领人们去猎杀那些恐龙，永远站在第一位的也是他，联盟需要探索丛林深处时，第一支队伍的负责人还是他，武文达也只能排在他后面。

这不仅仅是联盟，或者说张晓舟个人对他的信任，在他看来，也是自己唯一价值的所在。

就像当初他带着那些肉去新洲酒店找张晓舟时所说的那样，在他看来，自己后半生唯一要做的事情，就是杀死这些夺走了他妻儿生命的东西。

但他却在那次行动中失手了。

漫长的等待伤愈的那几个月对于他来说真的是度日如年，毫不夸张。

当他终于伤愈复出，却一直落在了别人身后，这让他无法忍受。

留在远山已经没有什么杀恐龙的机会了，很显然，联盟下一步发展的重心将是以北、东两座木城为圆心，不断砍伐树木，开发林地，把它们变成田野。恐龙当然还有可能出现，但更多的时候，留在远山充当的只是保安的作用，也许还有在与何家营发生冲突的时候充当箭头的作用。

但与那相比，王永军本人更希望杀恐龙而不是杀人。

“我明白了。”张晓舟的表情微微有些黯然。

对于他来说，当初把王永军他们那些求助者挡在门外，让他们死在那里，永远是他人生的污点。虽然这个决定并不是他所下，他甚至自始至终都是最反对这个决定的人之一，但在他看来，那时候他是安澜大厦的负责人，这个责任就理所当然应该归在他头上。

“但我不放心你。”他也直接地告诉王永军，对于他这样的人，遮遮掩掩毫无必要，“你没有管过一天行政方面的事情，一直都只是在战斗、在训练。那个地方虽然并不需要很强的专业知识，专业知识的部分有地质学院的人负责，但未来也许会有两三百人，甚至是三四百人在那个地方长期生活和工作，那个地方产出的东西对于联盟来说生死攸关，我不能把那个地方用来培养你的行政管理能力。你要去可以，得找个靠谱的副手。”

“我想要严烨。”王永军说道。

这个答案完全出乎了张晓舟的预料，让他愣住了。

“严烨？”他不得不重复了一次。

“我去找过吴工，他说严烨这小子在生产队的时候干得很不错，所有事情都井井有条。”王永军说道，“我知道你不放心他，怕他又惹事，但你把他交给我，我保证一定把他管得服服帖帖的。他要是敢乱来，我就踢他的屁股！”

“你踢他的屁股，谁又来踢你的屁股？”张晓舟苦笑了起来。

“你们总不会放着我们在那里不管吧？要是你不放心我，随时可以来检查，要是我违规或者是乱来，你就让我去挖矿好了！我绝对不会有怨言！我带队带了这么久，除了有时候头脑发热，什么时候我不讲原则了？”

“我怕的就是你头脑发热的时候。”张晓舟说道，“你和严烨两个人要是一起头脑发热，那怎么办？”

王永军不说话了，他不想否认，这样的可能性的确存在，而且不小。

但他还是很快就想出了办法：“那你把王哲也给我！他以前管新洲酒店后勤的时候管得就不错，真要说起来，他其实也是新洲团队的一分子，只是时间不长。他资历和能力都够，在那边还能顶半个医生，严烨也会听他的话！这总没有问题了吧？”

张晓舟终于点了点头。

“我会在执委会上推荐你，但如果通过决议，你要自己负责去说服他们俩。要是有一个人不愿意，那这件事就算作废。”

王永军笑了起来：“你放心，他们不敢不听我的！就算是绑我也会把他们绑过去的！”

“那里就是盐矿了？”严烨兴致勃勃地说道。但站在他身边的王哲却是一脸的无奈。

他其实一点儿也不想来，但面对王永军的“盛情邀请”，他真的没法抗拒。

远山的条件肯定没有办法和以前相比，但最起码，住的房子还是和以前一样的，安全也有保障，可山下的这个盐矿？那些矮小的如同棚屋一样的房子，黑漆漆的，明显没有装窗户，不知道会不会漏风漏雨。周围又没有半棵树，虽然还没有住进去，但他已经提前感觉到闷热了。

“怎么样？不错吧？”王永军兴冲冲地说道。

王哲只能点点头。这样的地方，还是别让刚刚新婚的妻子来了，简直就不是人待的地方啊！

“以后伐木队会有多少人？”严烨一边跟着王永军向山下走一边问道。

“这个还没定，反正给的编制是一百五十人，特战队常年保持有三十个人在这里，丛林训练也以这里作为基地，其他的都是招募志愿者。要有犯罪的人，也是全部扔这里。”

“房子够住了？”严烨问道。

他对于这样的房子倒是不陌生，之前东木城的房子就是这德行，看着难看，其实住进去还行。当然，其实他之前也没有真的住过，只是在这样的房子里办公。

“之前将近三百人都是住这里，不过那时候住得比较挤。”王永军答道，“现在足够三四个人住一间屋了，要是成家的，可以一家住一间屋。”

“我们得再处理一下。”严烨说道，“房顶上面要加盖一层棚子，不然太热了，而且平顶不防雨。”

“这个你安排就行了。”王永军说道，“让你们俩来就是负责这方面的，我不插手，你们想怎么干都行。不过原则性的事情得让我知道。”

“哪些事情是原则性的？”严烨反问道。

王永军想了半天，最后摇了摇头：“反正你小子别给我惹事就行了！我可是立了军令状的！要是我去挖矿了，你小子也别想好过！”

一行人走了将近二十分钟，才从山顶下到河谷里，明显可以感觉得到，河谷里比山顶热得太多了。

“房子的事情得马上处理。”严烨把开玩笑的心情收了起来，这样的环境他可不敢让邓佳佳现在就过来。

“习惯了就好了。”王永军却无所谓地说道，“别的地方盐水限量，我们这里可没有限制，想喝就喝。”

“这又不是什么福利。”王哲摇摇头说道。

“河里有鱼吗？”严烨问道。

“有！”王永军说道，“就是不大，之前他们下篓子抓住的最大的也只有大拇指那么粗，还有一种怪模怪样的虾，挺好吃的！营地范围内有两个积水潭，水很深，里面有不少鱼，还可以游泳，很爽的！我告诉你们，虽然现在看着不怎么样，感觉上艰苦，但这个地方很有潜力！要是弄好了，住在这里绝对比在城里舒服！”

他们这时候已经走到了后墙外，一名哨兵在围墙上的瞭望棚里对他们摇了摇手，王永军也摆了摆手表示回应。

他们弯腰从那些巨大的鹿角之间穿行过去，早有人给他们开了门，把他们迎了进去。

“我已经和张晓舟说好了。”王永军一边带他们往营房那边走，一边说道，“他媳妇那里种出来的那些苹果苗、梨树苗和芒果苗必须优先供给我们一批。我们先搭点棚子给它们遮阴，好好地种活了，等三四年以后它们长高了，就该它们给我们遮阴了！王哲，你小子别搞得像是我害了你一样！这个地方现在看着是不行，可你要是真心拿出点心思来好好地布置一下，把房子好好地修一修，弄点绿化，再搞几个蔬菜大棚。我告诉你，以后想来这里的人，得跪在地上求咱们！”

“那联盟把这里拿来安置犯人不成了鼓励犯罪了吗？”王哲被他说得终于忍不住笑了起来，上刑场一样的心情也终于稍稍好转了一些。

好吧，既然注定了必须在这里待上一段时间，那就真得要想办法把这个地方给弄好了。不然的话，媳妇老是放在城里也真是不放心啊！

严烨在旁边也笑了起来。他当然并不准备一直待在这个地方，来这里只是为了进一步证明自己的能力，当然，也有帮王永军和王哲一把的意思。王永军的为人他很清楚，绝不是那种会把下属的功劳吞没的人。

但不管他要在这里待多久，尽可能把这个地方变成一个宜居的地方肯定是没错的。

王永军把他们介绍给留守的人，他的任命已经下来了，大家都知道。

严烨的知名度很高，现在留在盐矿这边的人大多数都认识他，甚至连学校过来的那几个也都知道他的名字，但王哲就要差一些，只是在听说他也是新洲的第一批成员的时候，很多人都“哦”了一声，点点头表示知道。

新洲之前的确是有些不好的名声，但总体来说，还是代表了联盟一段光辉的历史。在它被拆分，一部分并入特战队，一部分成为冒险队之后，曾经在新洲待过这样的资历，尤其是第一批新洲人这样的资历，不管在什么地方都很能吃得开。

众人休息了一会儿之后，严烨和王哲便主动要求去看生产盐的过程。

这是这个地方存在的意义，在这里的所有人工作的重心都必须围绕着这个事情。

王永军之前说的那些设想当然很好，但如果这里产不出盐，那这个夹在峡谷中的营地就没有了继续存在下去的价值。

一名地质学院来的大三学生自告奋勇地带他们去，并且一路上给他们讲解制盐的整个过程，一边讲，他一边悄悄地观察着严烨。

地质学院和城北联盟合作之后，双方的很多事情都相互流传。

当然，地质学院因为一直憋在那个地方，又一直在窝里横，唯一一次对外军事行动还遭受了惨痛的失败，不但现在还一直在拿粮食赎人，甚至差一点就被灭了，值得拿出来说的事情真的不太多。

而城北联盟一方则一直都有说得上可歌可泣的事情，他们的那些宣传资料一直都通过私下的渠道在地质学院里流传，当然校方并不同意这种做法，但没有办法彻底禁止，反倒让这些东西变得更抢手。

单人独骑刺瞎暴龙的眼睛把它引进陷阱的张孝泉，独自追杀恐龙一昼夜平安归来的龙云鸿，探索湖岸从巨蟒口中逃生的武文达，当然还有联盟第一个防卫过当杀人，然后几次丛林救险，又独自策划板桥暴动的严烨。

当然，人们最耳熟能详的还是联盟主席张晓舟，他的事情在地质学院现在也算是传奇了。从一开始与施远等人被困，杀死两条恐爪龙的故事开始(这一点学校方为了抹黑施远而进行了广泛的宣传)，到后来烧死驰龙，一无所有的情况下给人做手术还成功了，再到建立安澜大厦这个联盟的雏形，带人去城南抢粮食抢种子，用一个燃烧瓶就弄死了一条暴龙，在别人不理解自己理想的情况下单身出走(高辉被华丽地无视)，拉起整个远山最强大的新洲团队，带领他们杀死数不清的恐龙，单身进入康华医院杀死对方的头领一举扭转乾坤(老常再次被华丽地无视)，最后建立城北联盟。

学生们聊起他的事情可以一聊一晚上，每个人对他的故事都可以说是如数家珍，但正是因为他的故事太传奇，有时候反倒让人觉得不像是真人真事。

有时候他们也会找机会问那些可以接触到的联盟的成员，想要知道这些都是不是真的。答案当然都是一样的，张晓舟从来都不赞同宣教部拿他的事情来大肆宣扬搞个人崇拜，邱岳掌管宣教部的时候还这么搞过，夏末禅上台后，宣教部的宣传力量更多地集中在了普通的联盟成员身上，试图传播一种人人有责的集体主义精神，而不是宣传依靠某一个人或者是少数人的个人英雄主义。

不管怎么说，张晓舟的故事还是在人们的口口相传中越来越夸张，但对于学生们来说，这样一个人却很难让他们有代入感，因为要走到他那一步实在是太难了，几乎让人觉得不太可能。相反，年纪和他们相仿，犯过错，但也同样传奇的严烨却成了他们最津津乐道的英雄人物。

而现在，这个传说中的人物就在他身边，怎么可能不让他感到好奇和兴奋呢?

“我们俩见过吗?”这个带路者的目光让严烨有些难受。

“啊? 没有没有!”对方急忙说道。

此时正是一天中最热的时候，那眼卤泉之前已经被用手持式钻机扩大，水量变得比原先大得多，流出的卤水被引到了不远处的一个大水池里，因为没有水泥，这个水池实际上是用好几层塑料布铺在下面防止漏水。

一些人正在打水，然后用扁担把水挑到加工的棚子那边。

因为太热，很多人都裸着身子，只是在背上披了一层衣服垫着扁担。

“现在最苦的就是这个活了。”那个带路的学生说道，“不过听说吴工他们正在想办法做脚踏式的水车，到时候就可以直接用水车把水提到高处，然后用水管直接引到炉灶那边的那个大池子里。不过现在没办法，暂时还只能这样。”

严烨本来还在想着是不是能够对这个地方做点改进，听到他这么说，也就把念头打消了。

比设计，联盟还真没几个人能够比得过吴建伟。

严烨过去找人要了一根扁担和两个桶，试着挑了两桶卤水上去，虽然他的身体因为长期的锻炼在所有人当中应该算是不错的，但沿着山坡把这两桶卤水挑上去还是挺累的。

王哲摇摇头，他知道自己的身体，没有去做同样的尝试。

那个学生却对严烨这种做法深以为然，事实上，他们这些人虽然天天看着联盟的人挑水，却还从来都没有试过自己来一次。

果然名人就是和他们不一样啊。他决定等回去以后，把这件事当作一个关于严烨的趣闻讲给其他人听。

不过他也没有要学严烨的意思，只是带他们到了作为加工车间的棚子那边。侧面是一个很大的柴棚，里面堆满了大大小小各种形状的木头，有人正在把大块的木头劈成小块，然后用推车运过来，再把草木灰用车子运到棚子旁边的一个灰场去堆起来。

制盐的过程其实很简单,过滤,浓缩,然后加入之前做好的碳酸钾反应,沉淀之后再一次过滤,最后大火蒸发结晶。

很多步骤和之前严烨那个队自己做树皮粉的粉条时用的办法很像,产量却要低得多,因为卤水里含有很多以他们现在的手段没有办法除去的其他物质,加热的时候气味很难闻,散发着一股怪异的酸味。

最边上的一口锅正好已经到了最后冷却结晶的时候,严烨和王哲在旁边安静地看了整个过程,然后弄了一点成品尝尝,老实说,咸中微微地带着点苦,只能说,勉强能够接受吧。

"感觉怎么样?"王永军这时候也从正面的围墙那边回来了,那边设置了两个岗哨,他在那边和哨兵聊了一下,顺便给他们带了点淡盐水和吃的东西过去。

"比我想象的简单。"严烨说道,"这就是最后的工艺了吗?"

"这个我不懂,但地质学院那边专门有个老师过来设计工艺流程,这应该是最简单也最有效率的做法了吧?"王永军说道,"他现在在午睡,一会儿等他醒了我再给你们介绍。"

"午睡?"严烨微微有些不爽,人们都在干活,他在午睡?

"你误会了。"王永军很快就看出了他在想什么,"你以为我们这个地方是像远山那边晚上休息的?那你可就搞错了。我们这里是二十四小时不停!现在这些人只是留守人员的三分之一,大多数人都去睡觉了,晚上再出来上工。许老师精神不怎么好,晚上睡不着,就主动负责夜班了。"

"晚上睡不着?"王哲感觉有些奇怪,按照他的看法,白天这么热,应该是白天睡不着才对,晚上再怎么说也要凉快一点,更容易入睡吧?

王永军笑笑没说话,严烨愣了一下,才想起自己曾经在这里度过的那个夜晚,于是也笑了起来,只有王哲依然不明就里。

等到吃完晚饭,天渐渐黑下来,他才明白,为什么王永军说晚上睡不着。

此起彼伏的叫声从入夜之后就没有停过,后半夜尤其如此。

严烨和王哲都被吵得睡不着,干脆起来到正面围墙的岗哨那里,在最近的地方感受这些白垩纪巨兽的存在。

严烨回头看看，加工车间那边的火光被山梁挡住，基本上看不到。

巨兽们在相互挤来挤去，有时候甚至会撞到放在最前面的鹿角上，它们集体到来或者是集体离开的时候，在岗哨这里甚至能够感觉到大地的微微颤动。

“它们会尝试攻击我们设下的这些障碍吗？”王哲问道。

“一开始的时候会，有两次那些三角龙撞坏了两排鹿角，吓得我们都准备点火驱赶它们了，不过好在它们最后还是找到有盐水的地方就停下了。”哨兵说道，“现在它们基本上都知道新的盐水池在什么地方，不会还非要进来了。”

“每天都有这么多恐龙过来吗？”严烨问道。

“也不是，今天算稍多一点的，有些天比这个还多，但大多数时候没那么多。”

“不同的种类之间会打架吗？”严烨继续问道。

“打过几次，不过应该没往死里打。有一天晚上有几条肉食龙过来了，让它们乱了大半个晚上，不过没往我们这边跑，应该是知道过不来。”

严烨没有再问问题，而是看着黑暗中那些巨大的身影，默默地思考着。

王永军想弄几条恐龙给大家开开荤，振奋一下士气，这他在来的路上就和严烨说过了。不管他怎么美化，盐矿这里的条件远远差于远山都是无法改变的事实。

严烨在看过了现场的条件之后，完全赞同他的这种想法。

张晓舟也同意他们可以在保证安全的前提下狩猎，但他也反复强调，必须保障人员的安全，保障盐矿的安全，不能有半点闪失。

这一点对于严烨来说是个好消息，但怎么在这么多恐龙当中狩猎，确实也是个技术活，搞得不好，造成严重的骚乱威胁到盐矿的安全那就得不偿失了。这样的罪名他们谁都承担不了。

陷阱不能设在这附近，也许必须设到那边的丛林里去？

但这么大的猎物，张四海之前给他们设计的那些套索多半用不上，被它们一下就挣脱了，树枝的弹力对付体重不超过一百公斤的中型恐龙有用，但对于这些庞然大物来说，多半就像是用橡皮筋去抓大象那样可笑。

也许只能用之前狩猎暴龙的那些夹子？

严烨一边这样想着，一边听着那由白垩纪原住民演奏的交响乐，慢慢地和王哲一起向营房走去。

第13章 法庭

“我冤枉！我冤枉啊！”张元康在台上拼命地大声叫道，让裁决庭的审判几乎没有办法继续下去。

人们在台下低声地议论着，这样的情况从安澜大厦裁决庭第一次运作开始还从来都没有出现过，以往只要把所有证据摆在被告席前，那些人就会无奈认罪，哪怕有意见，也只是对自己被判的惩罚感到不满，从不会对罪行本身有太大的分歧。

这也是江晓华一个之前从来都没有接触过法律的年轻人，敢于一直在裁决庭干下去，并且越来越有信心的原因。

但今天，张元康这样完全不讲道理的人站在被告席上，怎么也不肯正视自己的错误，这让江晓华有些狼狈。

该怎么办？

明明所有证据都已经摆在他面前，但他就是不认，你该怎么办？

正当他心里的火气慢慢变大，准备让台下维持秩序的民兵上台把张元康强行带走然后宣布裁决庭的结果时，台下突然有人高高地举起手，要求发言。

江晓华认识这个人，他自称在以前的那个世界是一名律师，专攻民事诉讼这一块的案子。

在联盟裁决庭刚刚开始运作的时候，江晓华也曾经在梁宇的人力资源清册里找到他和其他几个律师的名字,专程找上门去,希望能够请他们一起来完善联盟的各项规则。

但老常在他去找他们之前让他做好准备,不要抱以太大的希望。

这一度让江晓华有些不解,但真正和他们谈过之后,他才意识到老常的话并非无的放矢。

他们对于法律的认识肯定要比江晓华,甚至比联盟的其他人都要深刻得多,但也正是因为如此,他们有一种令人厌恶的高高在上的优越感,在和他们的谈话过程中,江晓华可以明显地感觉到,他们所推崇的,根本就和张晓舟希望的南辕北辙。

而最根本的分歧就在于,他们认为法律至上,程序至上。

按照他们的想法,联盟的法律事务应当交给他们这些专业人士来全权处理,包括规则的修订、颁布、执行。联盟法庭应当与联盟行政平级,甚至略高于行政,而他们则分别担任法官、检察官、辩护人等职位,拥有独立调查、抓捕、审讯和审判的权力。联盟之前的裁决庭制度很好,应当延续,但裁决庭的责任应当只限于在法官和检察官的帮助下判断被告是否有罪,无罪则当庭释放,有罪,则由法官按照相关的法律条文和判例来进行宣判,而不是像现在这样,让不专业的人来包办所有工作。

"我们必须尽一切努力保证程序正义,保证公平和公正。"这是他们最喜欢挂在嘴边的一句话。而另外一句话则是:"专业的事情应该交给专业的人来做。"

但江晓华认为在当前的这种情况下他们的想法并不适用。对于联盟来说,最迫切的问题是解决人们的衣食住行,保证他们的安全,把所有人的心拧成一股绳,集中解决生死攸关的那些事情。在这种前提下,裁决庭的一切工作都应当为联盟的发展服务,为联盟的稳定保驾护航。

在这一点上,他们发生了严重的分歧,但并没有因此而闹翻。

真正让他与这些人分道扬镳的,是他们在一起修订那些规则条文的时候,这些人往往不是把问题简单化,而是让它们更加复杂。

江晓华对此非常不能理解,在他看来,在联盟这种现状下,过于复杂的规则根本就不适用,人们没有时间,也没有精力去研究那么多的规则条文,约法三章这样的做法其实是最好的。

把最根本的东西规定下来,什么能做,什么不能做,做了之后要面临什么样的惩罚，就像安澜大厦最初时的公约那样，简单易懂，这应该才是最好的。

说到底，他们现在不过是一个几千人的单位，他们根本就没有时间和精力，更没有必要去把以前那个世界的法律一条条翻出来，讨论它们是不是适用于白垩纪的联盟，如果不适用，应该怎么改。

在江晓华看来，未来等联盟的人口慢慢增加到几万、几十万，人与人之间的关系更加复杂之后，再来订立如此严密的规则条文也不迟。

在现在这个阶段就罗列太多、太细、太过于繁琐的规则和条文，人们根本就不可能把这么多的条文一一去看、去记、去背。这些条款规定出来，除了他们这些编写者知道有什么规定，违反之后要面临什么样的惩罚，别的人根本就不会知道。

大多数人对此一无所知，它们也根本就起不到规范和约束人们日常行为的目的，那花这么多功夫去搞这些东西出来又有什么意义呢？

他们却对此讳莫如深，三缄其口，最后在江晓华的强烈反对之下才小心翼翼拐弯抹角地告诉江晓华，民众本来就没有必要知道这么多规则和条文，这方面的事情，有他们这些专业人士处理就行了。

这样最大的好处和便利就在于，如果他们想要宣布一个人犯罪，只需要把相关的规则条文翻找出来套上去就行，而他们如果不想让他犯罪，只需要暂时忘记这个条文，或者是做出另外一种解释就行。反正规则条文这么多，这么复杂，大多数人根本也不可能知道其中的奥妙，对同一条规则条文在不同的情况下有不一样的理解，这完全正常。

他们的话当然不会说得这么明显露骨，但江晓华从他们的暗示当中渐渐弄清楚了这一点，他们到最后甚至告诉江晓华：这套体系外人搞不懂，也没有必要让他们搞懂，只需要法官、检察官、公诉人和辩护人明白其中的规则，懂得这套体系运行的规则就行了。

原来这就是他们所谓的“专业的事情应该交给专业的人来做”！原来这就是他们所谓的“程序正义，公平和公正”！

江晓华对此忍无可忍，终于和这些人彻底翻脸，并且请他们从哪儿来回哪儿去。他把自己和他们一起耗费了许多时间搞出来的那些东西全都扔到了仓库里，重新拿起了安澜大厦的公约，并以此为基础扩充一些条款，作为裁决庭行事的基本原则。

这样的东西当然很粗疏，但好处是，大家都看得懂，记得住，裁决庭更多的时候是根据大多人的道德标准和事件的具体情况来决定一个人是不是有罪，然后再去翻以前那个世界的法律条文作为具体判罚尺度的参考。

这样做当然存在很大的问题，裁决庭的成员因为都是随机抽取的，每个人的道德水平、文化水平和三观都不相同，对于同一个事件的看法因为不同的立场很有可能会南辕北辙，标准不一，但好在，有他这个裁决庭的召集人在其中把握尺度，面对联盟这样一个几千人规模的组织，到目前为止还没有出现严重的问题。

那些自诩为法律界精英的人当然对于他这样的做法大为不满，私底下大放厥词，但张晓舟和老常都明确表态支持江晓华的做法，而裁决庭几次公开审判也没有出现太大的问题，他们的声音便渐渐地被淹没了。

而现在，他们终于忍不住，准备借着张元康的事情跳出来了？

就在江晓华迟疑的时候，那个人已经把自己的律师执业证拿了出来，不断挥舞着："我是一名执业律师！受当事人家属的委托，我要求替当事人进行辩护！"

围观的群众兴奋了起来，之前的几次审判都是几乎一样的流程，江晓华或者是另外一个裁决庭的代表出来公布调查的过程和结果，然后当庭对受审者进行讯问，然后宣布裁决庭的审判结果。

那些受审者们几乎都没有否认过自己的罪行，只是在裁决庭宣布结果的时候有一些不满或者是看法。但那个时候，一切都已经板上钉钉，无从反抗了。

但今天，不但受审者一直在宣称自己冤枉，还有律师站出来要替他辩护？

"去找张主席！"江晓华悄悄对一名工作人员说道。

这个人显然是有备而来，江晓华有一种感觉，他的目的并非单纯地替张元康辩护，而是为了质疑裁决庭的公正和权威！

张晓舟会怎么处理这个事情呢？

他紧张地思考着，拖下去肯定不行，这么多人在旁边围观，也没有办法把事情拖下去。

"我们要履行手续。"他急中生智地说道，"你说受当事人家属的委托，委托书在什么地方？"

那个人明显是早有准备，马上就拿出了一张纸。

江晓华慢慢地走过接过这份文件，然后慢条斯理地阅读起来。

内容其实没多少，但他却读了很久，那个人冷笑了起来，似乎是看穿了他的想法，但也没有揭穿他。

人们渐渐地失去了耐心，开始聒噪起来，江晓华终于抬起头，对张元康说道："你认可由这个人来作为你的代理人进行辩护吗？"

张元康早已经在台下看到了自己的老婆和儿子，他虽然不知道是怎么一回事，但自己的老婆总不会莫名其妙地找个人来害自己，于是他急忙点起头来："认可！认可！"

"那由你自己来写一份委托书吧。"江晓华说道。

人们不满地嘘了起来，他们未必是支持张元康，但等了这么久，期待中的唇枪舌剑却一直没有出现，这让他们感到很不满。

但这么大的事情，江晓华没有资格做决定，他只能硬着头皮让张元康写委托书，假装没有听到人们的嘘声。

张晓舟和老常终于赶了过来。

江晓华急忙拿着张元康刚刚写好的委托书迎了上去，简要地把发生的情况说了一下。

张晓舟他们在路上就大概知道了发生的情况，也大致商量出了一个结果。

老常便站了出来说道："既然如此，辩护人，你是否需要和当事人单独会面了解情况？需不需要查阅裁决庭的调查取证结果？需不需要自行展开调查？有没有证据要提交给裁决庭？"

对方愣了一下，显然没有想到他能够直指核心地提出这些问题。这样一来，他们之前设想的那些东西就有点用不上了。

"我要求和我的当事人单独会见，就证据和辩护方案进行沟通。"

"那好。"老常点了点头，转头低声对江晓华说了几句话。

江晓华便回到裁决庭主席的位置上，高声宣布："按照辩方要求，庭审将延期三天进行，辩方如果有新的证据，请提前以书面方式上交到裁决庭。现在我宣布，休庭！"

……

"这个案子应该没有什么疑问。"江晓华反复地看着自己的调查材料。

事实非常清楚，张元康在面对恐龙时违抗命令，突然率先逃走导致队列崩溃，最终造成两人死亡的惨剧。他调查并取得了当时队列中绝大多数成员的口供,也到现场去进行了取证,绘制了当时的情况示意图。

在他看来,根本就没有可以质疑的地方。那些人选择在这样的案件里跳出来,究竟是想干什么?

“他们的焦点肯定不会在事实经过上。”老常说道。

在座的人里面,他大概是唯一经历过正式刑事案件庭审的人,作为警察,他好几次作为证人出席法庭的庭审现场,也作为办案人员旁观过好几次庭审,对于整个过程多多少少算是了解的。

但是,对于法庭的辩论技巧,那肯定就不如那些家伙有经验了。

“他们多半会从其他方面来给张元康脱罪,或者是尽可能减轻对他的责罚。”他继续说道,“我们手头的证据和起诉的思路他们都清楚了,但他们要从什么方向着手我们却一无所知,这才是最大的问题。”

“之前不是要求他们提前以书面方式上交证据了吗?”高辉问道。他的思路比较跳跃,张晓舟专门把他找来一起考虑应对的办法。

老常摇了摇头:“如果他们当庭出示新的证据,而我们又没有办法质疑证据的有效性和可靠性,没有办法证明证据是假的,那证据也是有效的。公诉人也可以临时提供新的证据,只要能够通过质证就行,这对双方都是一样的。”

“那是以前的规矩吧? 如果我们不认可这一点呢?”高辉突然问道。

“你这,你这是乱来吧?”老常愣了一下。

“为什么不行? 反正我们也没有完全采用以前的法律,我们的裁决庭也和以前的法庭完全不一样,那拒绝接受临时提交的证据也没什么不行吧?”高辉却耸耸肩说道,“要是完全照以前的来,那裁决庭都不存在了,我们还审什么?”

“他们未必会提交新的证据,或许只是在法庭辩论的过程当中施展辩术,干扰旁观群众的想法,然后影响裁决庭的判决,这样的可能性应该也存在。”老常无法反驳他的这个思路,但马上又提出了另外一种可能,“以这个案子的情况来看,这反而更有可能。”

江晓华点了点头。

“那我们就来假设一下,如果我们是他们,在现有的证据下,会怎么减轻或者是推脱张元康的责任?”高辉兴致勃勃地说道,“我想想,说张元康当时并不是以民兵的身份在执行任务,而是作为劳工参与任务,所以不能用临阵脱逃来作为罪名? 这个说法你们觉得怎么样?”

“但他本身是民兵的成员,其他人接受的训练他也接受过,他也完全知道溃逃的后果。”江晓华马上就和他辩论了起来,“他当时的确不是以民兵的身份在执行任务,但作为民兵的一员,遇到危急情况,龙云鸿作为在场的最高级别指挥官,完全有权力对他们进行征调并且指挥他们作战。”

“民兵的管理制度里面有这样的规定吗?”高辉又问道。

这话把江晓华问蒙了,他还真不知道武装部具体有些什么样的规定。

“把钱伟找来问问就知道了。”老常说道。

调查的结果是,虽然没有完全一致的条款,但在描述民兵职责的那个地方有类似的描述,硬要扯的话,勉强能扯得上。

江晓华急忙把这条记录了下来。

“这一条算过了?”高辉问道,“那你怎么证明当时如果他不逃,就一定不会有伤亡呢? 在当时那种情况下,也许他们坚持抵抗下去,那两条恐龙也会冲破他们的队伍,甚至造成更大的死伤呢?”

“这有龙云鸿的证词,当时他们已经和这两条龙僵持住了。”江晓华说道。

“但只是僵持,并没有赶走或者是杀伤它们。”高辉摇了摇头,“龙云鸿他们后来在严密的准备下去猎杀这两条龙,最终还是付出了两死两伤的代价才杀掉它们。那是不是可以说,不管张元康逃不逃,死伤都无法避免?”

“话怎么能这么说!”钱伟忍不住说道。

“我又不是这个意思,但他们也许会这么说啊,如果他们这么说,我们该怎么反驳?”

“但他们也没有办法证明如果张元康坚持下去会是什么结果,也许它们就这么离开了呢?”钱伟说道,“反正都是假设,有什么意义? 难道假设还能拿来当证据? 赶走和杀死,这是两个概念好不好! 事实就是,张元康领头跑了,造成了队伍的溃散,然后那两个人跟着他跑,被吃掉了! 这难道还有什么问题?”

“我只是在努力按反方的思路去考虑他们会怎么说而已。”高辉举手表示投降,但他马上又问道，“张元康跑只是他的个人行为，如果其他人严格遵守纪律，都不跑，那他们就不会被恐龙杀死，死的很有可能只是张元康一个人。那责任究竟算是张元康的，还是算那些跟着他一起逃的人的？要不要分摊？死者自己难道没有责任？”

这个问题很难回答，过了一会儿江晓华才说道：“死者的责任是死者的责任，张元康的责任是张元康的责任，这不能混为一谈，更不能相互抵消，每个跑的人都有责任，但第一个跑的张元康责任无疑是最大的！他的行为是诱因！”

这样的问答一直持续着，高辉提出一个又一个辩方可能诡辩的方向，而江晓华等人则竭力地去反驳他的理由，如果大家觉得论据充分了，江晓华便把它们记录下来，准备下来进一步完善。

张晓舟在一边看着他们这样来来回回激烈地讨论着，到后面，高辉提出的思路开始匪夷所思不着边际了。

“应该就是这些了。”老常说道，“江晓华，你回去整理一下思路，完善一下论点和论据，开庭前我们再讨论一下。”

江晓华点点头，张晓舟这时候却有一个想法，那些人作为庭审的老油条，难道想不到他们会提前做这样的准备？他们在这样一个并没有多少争议的案件里突然站出来，究竟是为了什么呢？

第二次庭审当天，来的人比第一次多得多。

大部分田地都已经完成了收获，有些人甚至已经开始找关系弄来粪肥和腐殖土，准备翻地然后尽快开始下一季的种植了。

这个时段相当于联盟的农闲时节，大家手边的事情都不是很多，听说有热闹可看，便三三两两地聚了过来。

张元康看着别人家收割得干干净净的土地，心里愤恨不已，他被拘押的这段时间最忧心的就是这个事情，但负责管理他的工作人员一直都不同意让他回去干活，每天赶着他和另外几个犯了些小错的人一起到北木城下面去干活。张元康照例偷奸耍滑，谁知道这一套在这里不管用，没完成工作任务就只有一半的口粮吃，饿了几次之后，他只能一面诅咒设计了这套规则的人祖宗十八代，一面老老实实地砍木头了。

对于他来说这简直就是再残酷不过的事情了。

自家的地没人管，自己却还要干这些和自己根本就没有关系，更没有半点好处的事情，有些时候，真比杀了他还让他难受。

直到三天前他才有机会见了老婆一面，知道自家的地还是由同一个团队的人帮忙收了，可因为时间不对，收成明显没有其他家那么好，为了酬谢帮忙的人，老婆还不得不拿了一些出来送给帮忙的人。

这简直让他心里滴血，但他又不能说老婆做得不对，谁知道他这个事情什么时候算是个头，要是一时出不来，还得靠这些人帮忙翻地，帮忙把种子播下去。

“丧尽天良啊！”他忍不住骂道。

在被关押的时候他就想得很清楚了，这件事情和他有什么关系？他的确是第一个逃了，可他并没有让其他人和他一起逃啊！是他们自己害怕了，本来就想逃了，所以才会跟上他。

即使是他不逃，那些人只要再过几秒钟肯定自己就要逃了，和他有什么关系？

但这个自称律师的家伙却不同意他这么替自己辩护。

“如果你那么说，那你就把自己推到了所有人的对立面。”他摇着头对张元康说道，“这个官司你必输无疑！”

“那我们该怎么说？”张元康的老婆惊慌地问道。

“要把你们和其他人等同起来，要让他们同情你，代入你的角色。要让他们设身处地去想，如果自己也在那个局面下，会不会做出和你一样的选择。”他侃侃而谈道。

“亲情，明白吗？你逃跑不是因为怕死，而是因为你死了之后老婆孩子没有人照顾！庭审当天你们一定要弄得可怜一点儿，你最好是晚上别睡觉，让自己看上去憔悴一点，嫂子你要是能哭，就尽量哭出来！而且要带着孩子站到裁决庭那些人对面去哭！”

“我们不否认你逃了的事实，这件事否认不了。但逃的并不只是你一个人，包括那两个死者在内，很多人都逃了，难道所有人都有错，都要承担责任，都要像你一样抓起来？法不责众，别忘了这一点！只要死死咬住这一点不放，他们就拿你没办法！你要时时刻刻把所有逃跑的人和你拉在一条阵线上！让他们明白，你要是倒霉了，他们也别想好！”

“等我发出信号，你就向死者的家属跪下，恳求他们的原谅，但你一定要一边哭一边让所有人都听明白，你们这些人逃跑不是因为你们怕死，而是因为联盟没有给予你们承诺的安全保护！是因为联盟让你们在连续辛苦工作了许多天以后，在毫无准备、精疲力尽的情况下遇到了那两条恐龙！你们的崩溃不是偶然，而是必然！是因为联盟没有做好！如果说有责任，那责任更大的并不是你们，而是那些策划这次任务的人！他们现在这么做，就是把你这个无权无势的小人物抛出来当替死鬼！分散大家的注意力！”

说出这些话时，他的眼睛闪闪发亮起来：“死死咬住这一点不放，我们就赢定了！”

张晓舟和老常的脸色都变得很难看，但他们却没法自己上场去辩论，更没有办法离开。

当对方成功地把他们从超然于外的裁判员拉进场成为博弈双方中的一员、成为责任方时，当他们把污水拼命地泼到一切可以波及的人身上时，对此毫无准备的江晓华就已经毫无还手之力，只能节节败退。

从那个律师把江晓华的话头引到其他人的责任上之后，张晓舟就感觉到事情失去了控制。虽然他们之前已经估计到了这一点，并且做出了应对的准备，但他们却没有想到，对方想要的正是他们所做出的这种应对。

当天事发时在现场的人大部分都到了现场，一方面是其中有几个准备作为证人发言，而另一方面，他们也希望能够看到率先抛下众人逃走，引发了惨剧的张元康的下场。

但他们却没有想到，矛头很快就被引到了他们中的一些人头上。

那时候至少有一半劳工跟着张元康跑了，足有十几个人，有些人当然没跑远，但如果真的要追究下去，难道他们也有责任？

“看看这些人！”那名律师慷慨陈词道，“他们响应了联盟的号召，义无反顾地参与了联盟交给的任务，不辞辛劳地工作，他们有什么错？他们不像身边的特战队员那样身披护甲，他们在大太阳底下走了几个小时！他们又累，又渴，精疲力尽，然后呢？当恐龙出现，他们还必须像士兵一样拿起长矛和那些野兽战斗！天下哪有这样的道理？如果是这样的话，为什么还要特战队来保护他们？”

“试想一下！如果是你，如果是你在那种状态下，你真的能保证自己一定不逃吗？

那些特战队员当然可以这么说,他们并没有挑着沉重的石头走上几公里,他们身披坚固的装备,他们一直在接受最好的训练,享受最好的待遇,要是他们都跑了,那联盟还有什么希望?可张元康他们一样吗?他们这些可怜的人和你们一样,没有人会去养活他们,没有人会去养活他们的妻子儿女,去养活他们的父母!一切都必须靠自己!他们就是一个家庭的顶梁柱,也是一个家庭唯一的希望,他们如果倒下了,他们的家人怎么办?"

张元康的老婆适时地大哭了起来。

"扪心自问,在那种情况下,在已经被连续多天的辛苦劳动摧垮了所有的意志,已经被炎热和干渴摧垮了所有的意志,然后又遇上了这样的事,在无意识之下身体本能地做出了最糟糕的选择,这很奇怪,很不可思议吗?"他的声音越来越大,挥动着双臂,似乎是在鼓舞周边的人们,"张元康当然做错了,但是,这个错难道是他一个人的吗?为什么联盟没有考虑到这样的情况?为什么联盟信誓旦旦能够保证所有参与者的安全,最终却还是要他们拿起武器自己保卫自己?为什么联盟明明早就知道有那样的东西在丛林里出没,也明明有能力消灭它们,却偏偏要在这样的悲剧发生之后才去做?如果张元康有错,那做出这个安排,下达这个命令的人难道没有错?如果张元康要接受惩罚,那好吧,让我们看看,把他们投进这样的危险中,让他们孤立无援只能选择逃跑的那些人,他们又该接受什么样的惩罚!"

人们都不由自主地望向了张晓舟等人的方向,大多数并不清楚盐矿的工作计划是谁做出的,但总是他们当中的某个人吧?

"你不要混淆概念!"江晓华无力而又口不择言地说道,"你所说的是领导责任,这和当事人的直接责任是不同的。不管你怎么说,张元康首先逃跑,引发了队列崩溃的事实证据确凿,不容否认!"

让他没有想到的是,张元康突然向着那两个死者的家属所在的方向噗通一声跪了下去,一把鼻涕一把泪地号啕大哭了起来:"我不是人,我对不起他们,可那时候我们真的是没指望了啊!不逃,难道看着它们把我们全部杀光吗?我们要是死了,家里人该怎么办?该怎么办呀!"

台上台下几个人一起大哭了起来,这样的情况让很多不明真相的人对他们同情了起来,也开始对审判的公正性怀疑了起来。

“你这是在侮辱那些勇敢战斗的人!”钱伟忍不住站起来说道,“也是在侮辱我们所有人的智商! 只要接受过训练,就知道面对恐龙不能跑,越跑死得就越快! 你这是要误导大众,让他们在面对恐龙的时候都做出错误的选择,选择自杀吗? 懦弱就是懦弱,没有任何借口可以讲! 为什么在同样的情况下,其他人没有逃,张元康却第一个逃了? 你说的那些东西也许存在,但不管怎样都不能作为他背叛同伴,引发恐慌和这场灾难的理由!”

出乎人们意料的是,对方却没有做出辩解,而是转头对江晓华说道:“所以,裁决庭上不管什么人都可以参与辩论? 谁都可以想说话就说话,还是领导拥有特权? 联盟就是这样来审判自己的成员吗? 对不起,如果是这样的话,那领导说什么就是什么好了,我不会再进行辩护了,因为那根本就毫无意义!”

邱岳在台下摇着头笑了起来。

张晓舟终于明白,他们的目的根本就不是替张元康辩护。

不管最终裁决庭给出的结果是什么,他们的目的已经达到了。他们成功地把脏水泼到了联盟现在的领导层身上,给他们扣上了无能、跋扈的帽子。

盐矿的建立明明是一个巨大的成功,一次足以计入联盟史册的行动,但现在,它已经有了一个污点。而且很显然,因为这个案件的关注度很高,他们在辩护席上所做的这些似是而非的发言,将成为很多人的话题,误导他们,让他们把这些颠倒黑白的言论流传出去,造成更大的影响。

“我冤枉! 我冤枉啊!”张元康在台上继续一边哭一边叫着,但那名律师和邱岳却已经分别向两个截然不同的方向离开了。

“都怪我!”江晓华极度懊恼地说道。

如果不是他在裁决庭上没有及时发现那个人的真实意图,被他牵着鼻子走,也许事情不会搞成现在这个样子。

张元康的事情无形中变成了他们用来攻击联盟高层的工具,而他却在裁决庭上处置失当,让他们有机可乘。

“不。”张晓舟摇了摇头,“这不是你的责任。”

那些人都是积年的讼棍,而且这件事情他们肯定已经预谋了很久,凭借江晓华这样一个没有多少实际经验的新手,被他们用话术操弄简直是再正常不过的事情了。

就算是张晓舟自己在台上,在那样的压力和挤对下,表现也未必能比他好多少。

"现在怎么办?"钱伟阴沉着脸说道。

他在台下因为无法忍受那个人的话而发声,却被对方直接说成联盟高层干涉裁决庭审判结果,借坡下驴跑掉了,这让他就像是吃了苍蝇一样难受。

裁决庭在那样的情况下当然没有办法做出宣判,只能宣布择日公布裁决庭的审判结果。

现场在旁边看热闹的人们显然有很多想法,但事已至此,他们并没有更好的处置办法。

"现在这种情况,如果只处理张元康,他肯定要闹事,但如果连其他人一起处罚……"老常也摇了摇头。

裁决庭过于粗疏的现状让这件事情变得很棘手。

"不管结果是什么,不良的影响都已经造成了,那还有什么好顾虑的?"高辉却在一旁说道,他因为白天要处理"学园"的事情而没有到场,只是听了其他人的转述,这让他对于事情搞成现在这个样子觉得有点不可思议。

"既然他们宣称不再进行辩护,那就维持原判好了!"

"你胡说什么!"老常摇摇头说道。

"这是最好的办法。"高辉却说道,"难道你们没有听过一句话?造谣张张嘴,辟谣跑断腿。身为领导阶层,本来就没有办法完全避免下面的人嚼舌头,既然是这样,考虑那么多干什么?清者自清,浊者自浊,张元康不处理,以后有样学样的人更多,反正就是拼命找客观原因拼命泼脏水嘛,谁不会?这个头一开,以后任何只要遇上事情,就拼命把其他人拉进来好了!装可怜博同情有多难?那以后裁决庭是不是就看谁哭的声音更大?不用讲证据了,只要拼命抒情就可以了?"

话虽然说得不好听,而且多少有点不负责任,但道理却是没错的。

"其实我们一开始就不应该答应他们搞什么辩护。"高辉继续说道,"明明我们采取的就不是以前那个世界的做法,但有些东西又自然而然习惯性地就往那个方向走了,这不是给自己找罪受吗?他们一开始说要辩护的时候,直接告诉他联盟没这个规矩,让他靠边站不就好了?"

事情哪能这么简单，即便是张晓舟当时也没有这个意识，但这话让江晓华的神色又黯然了起来，毕竟，这个口子是他开的。

“我不是那个意思。”高辉很快意识到了自己的话不妥，急忙站起来道歉。

江晓华摇摇头，表示自己没什么，但他马上又说道：“但现在已经开了这个先例……”

“否决掉就行了，就说联盟不承认以前那个世界的律师资格。”高辉说道，“要不然，我们把裁决庭的审判流程修改一下，让他们没有机会再介入？”

“没那么简单。”张晓舟摇摇头说道。

高辉的办法听上去的确简单，也解气，但对于联盟来说却未必是什么好事，也有可能给联盟带来一个很坏的风气。现在是他们这些人在这个位置上，也许可以保证这样的权力不被滥用，但如果这样的风气和做法延续下去，未来会演变成什么样子？因为觉得不方便就利用手中的权力把口子堵上？

前世的法律诉讼程序经过上千年的演变到那一步，自然有它存在的道理，律师的存在固然有不好的一面，但他们对于证据的质疑，某种程度上也在逼迫检方不断完善自己的工作，避免粗暴执法和冤假错案的出现。

现在他们玩不过那些人，只是因为他们不熟悉那些东西，不擅长用话术去影响和操纵人心，如果因此就把这些经过证明的东西完全抛弃，搞一套凌驾于规则之上的玩法，会不会让联盟的法制就此走向一条不归路？

但放任这些讼棍继续利用这样的情况，利用规则上的缺陷和漏洞，通过话术和诡辩干扰裁决庭的工作，对于联盟的法制建设同样是巨大的破坏。

“你们啊。”高辉摇了摇头，其实他如果在现场的话，未必也就能比其他人好多少，但恰恰是因为他不在现场，反而没有其他人那么多想法和顾虑，“当领导的哪儿有不得罪人的？又想事情按照自己的想法办，又希望下面的人个个都支持，这怎么可能？不管什么事情，总有人满意，有人不满意，我觉得吧，只要让大多数人满意，或者是符合大多数人的利益，维护了公平正义，那就可以了。”

他的话让好几个人思考了起来。

“但程序正义也是法律很重要的一个要素。”江晓华说道。

“程序正义？”高辉摇了摇头，“你啊，有时候真的是误入歧途了。昨天我正好看到一篇相关的文章，程序正义是什么？不是不管合不合用走完整个流程，而是判决结果和判决过程都符合公正、正义的要求，得到人们的普遍认同。只要达到了这个目的，那就已经是程序正义了啊！”

“让他们利用不正当的话术手段，引导大众的思维，把法律的公正性玩弄在股掌之下，甚至让大家误入歧途，这样的程序有什么正义可言？”高辉理直气壮地说道，“维持这样的程序，那裁决庭才是没有什么正义可言了！”

他的话让张晓舟愣了一下，难道自己之前想的那些东西都错了？

“你看的是什么书？”他忍不住问道。

“也不是什么书了，只是偶然翻到的一篇文章。”高辉的表情突然有点不好意思起来。

“你现在就回去拿过来给我们看看。”张晓舟说道。

难怪他们从来都没有看到过高辉所说的这篇文章，它并非刊载在他们平时所看的法律条文、管理类教材当中，而是藏在一本几年前的影视画报里，针对一部以法庭辩论为主线的电影，做了一些关于大陆法系和海洋法系的科普。

应该是高辉拿去解闷时看的杂志，不过很显然，他也只是一眼带过，记住了其中的一些东西，但大部分都没有记全。

文章对这部电影的众多细节进行了嘲讽，而其中着墨最多的就是电影里那些明显的法律谬误，不知道从哪国冒出来的陪审团制度，为了获胜公然无视法律原则、不择手段的律师，对自己权力一无所知并在律师的违法行为面前毫无作为、节节败退的蠢笨检察官，还有根本不维护法庭尊严，只维护程序正义概念，纵容律师践踏法律尊严的法官。

文章把这部电影称为“披着年度律政大戏，号称要给民众普及法律知识实际上却通篇谬误的荒诞闹剧”，但在张晓舟看来，它说的完全就是他们白天刚刚经历的事情。

那里面的谬误，他们几乎一个不漏全都犯了。

文章指出，这部电影充分体现出了编剧和导演对于我国采用的大陆法系和欧美通行的海洋法系的无知，凭借自己的一知半解，把那些根本就风马牛不相及的东西硬拉在一起，拼凑出了一个狗屁不通的故事背景。

而他们，不也犯了这样的错误吗？

张晓舟他们最初在安澜大厦建立起裁决庭制度，某种意义上，其实概念就是来源于以往所看到的那些电影和电视剧作品，大多人并没有真正上过法庭，这样的东西反而更加符合他们的预期。

但现在结合这篇文章指出的谬误来看，错真是不止一点半点。

陪审团制度显然是海洋法系里普遍采用的东西，事实上，他们在联盟建立后采取的政策也和海洋法系的一些普遍做法很吻合。因为没有办法编制符合白垩纪现实的完善的法律条文，只能以安澜大厦当初的公约为基础，结合联盟的实际扩展出了一些内容，然后以此来开展裁决庭的工作。

但他们在此后却犯了经验主义的错误，裁决庭的主要负责人江晓华甚至都很多次说出"但我们没有相关的规定，不能因为某个人犯了错，临时制定一条法律来惩罚他"这样的话来，事实上，如果他们真的采用海洋法系的做法，那这样做根本就没有什么问题。

江晓华所说的那种没有法律条文就不能判有罪的做法其实是大陆法系通行的做法，法律明确规定和列举了什么事能做，什么事不能做。列举能做的，做了就没事，列举不能做的，就不要做，做了就犯法。没列举的，按照法无禁止则允许，一概不犯法。所以很多人就依照这一条原则而钻法律的漏洞，只要制度没有把这个漏洞修复，就可以一直做下去。

而海洋法系则不同，他们只把常见的犯罪，已经发生过的犯罪写进条文，使用民众随机陪审团。法律程序的维护由法官负责保证，罪犯是否有罪是由民众组成的随机陪审团决定。

举个例子就是，如果你在一个全新的领域"犯了罪"，这样的事情以前从来没有发生过，但大家都认为你有罪。那在两种法律体系下，结果会完全不同。

在大陆法系下，你这种行为是不是犯罪行为不能靠感觉，谁说了也不算，必须靠已有的法律条文去对号入座，有条款能对得上号，那你就被绳之以法；但如果怎么找都对不上号，那你就无罪，只能把你释放。

但在海洋法系下，结果就完全不同了。首先翻法律条文，没有，那没关系，还可以看以往有没有过同样的案例。如果有，那就能够按照之前的判决来处理；如果还是没有，那也没关系，因为法官还有第三条路，自由裁量权。陪审团只要认定你的这种做法犯罪了，法官就有权使用自由裁量权来决定判不判刑。如果法官认定如果这次不判刑，不惩罚你，就会对社会造成影响，导致同样的事情继续发生，那他就可以对你判刑。当然你可以上诉，但等到最后的结果出来，这个判决从此以后就构成了一个新的判例，以后在任何时间、任何地点发生了类似的事情，就都可以援引这个案例，作为法律的一部分执行下去。

这样的做法可以防止有人钻法律的空子，但另一方面，同时更重要的是，这大大节约了法律成本。人们不需要去绞尽脑汁地设想，去规定人们什么能做什么不能做，去想方设法地防止人们钻法律条文的空子，把同一句话做出各种不同的引申和解释。你只需要规定出最基本的原则就行了。

对于他们所处的这个世界和他们现在的具体现状来说，似乎可以采用海洋法系。

但这也有一个问题，那就是，立法权实际上掌握在了法官的手里，每一起新案件的判定都意味着一条新法律的诞生。每一次判罚都必须非常谨慎，因为这个结果不但涉及这个案子的当事人，也涉及了今后很长一段时间内的所有当事人。

这个做法对于法官个人道德和业务水平的要求非常高，给予法官的权力也非常大，如果任命了错误的人选，产生了腐败和黑幕，可以说，结果将非常严重，非常恶劣。

“所以，其实我们最大的问题是，没有一个法官，或者说，江晓华同时充当了法官、裁决庭成员和公诉人的角色，这让他无所适从，没有摆对自己的位置！”张晓舟很快就明白了问题出在什么地方。

在海洋法系的法庭上，如张元康这样的案子最少也有四方人员在场，原告或者是公诉人、检察官，被告及律师，陪审团，以及最为重要的法官。法官的存在能够保证法庭的秩序，保证检方和被告方能够在一个公平公开的环境下，遵循一定的规则和原则来对证据进行主张和质疑，阐述己方的观点，驳斥对方的谬误，也就是保证所谓的“程序正义”。

而在白天的那场裁决庭的辩论当中，江晓华却被迫站在诉方的立场上去和对方展开辩论，当双方被放在同一个平台上，以平等的身份辩论时，他也就自然失去了对辩论方向和尺度的控制。因为作为辩论的一方，他自然就没有了让对方闭嘴，让对方注意自己言论的权力。

而钱伟在台下忍不住发言，其实也正是因为这种失控。

如果有一个专业的法官以超然的态度，不代入任何一方的立场而仅仅是从程序的角度出发，那当那个律师开始故意把事态扩大化，开始漫无边际地假设和指责时，他就可以马上喝令他停止这样的行为，并且告诉陪审团，无需考虑他这些违反法庭规则的话语。

当张元康等人开始打亲情牌，开始用眼泪影响周围的人和裁决庭成员的判断时，他也可以马上指出他们这种行为破坏了法庭的秩序，请他们停止，甚至可以请他们离开。

这正是作为辩论一方的江晓华无法去做的事情。

他既要维护法庭的秩序和裁决庭的程序，又要思考怎么驳斥对方，被对方牵着鼻子走就是在所难免的事情了。

“我不适合来做这个事情。”江晓华考虑了一下之后说道，“我觉得自己更适合做公诉人和检察官的角色，我更愿意去调查事件当中的真相，然后把它们展示给大家看。让我做法官，年龄和资历上也不适合。”

张晓舟微微地点了点头。

那么，合适人选就很少了。

吴建伟或许是个不错的人选，他的为人值得信任，在联盟也有足够的认知度，应该能够得到大多数人的认可。考虑到他之前因为偷猎的那桩事情而主动申请辞职，但随后又马上在盐矿的建设过程中做出了足够的贡献，资历、功绩、人品和能力都足以让人信服，由他来做联盟第一任法官，应该不会有什么阻力。

第14章 新法规

对于联盟裁决庭的运作方式进行修改的提案很快就出现在了联盟各个区的宣传栏,请人们对此提出意见和建议。

张晓舟等人翻遍了联盟资料室里的那些东西,最终还是决定以海洋法系的普通做法为基础,完善联盟的法律体系。同时,他们也借这个机会把各区执委的监督权以条文的方式明确了下来。

这不是说大陆法系不好,而是,他们现在的状态决定了,根本就没有能力按照大陆法系去运作。裁决庭是联盟法律体系的常设机构而不是最高机构,如果人们觉得裁决庭的结果存在明显或者是严重的错判,可以把材料整理成文,交给任何一名执委,如果他看完证据之后认为确实存在问题,有权利在执委会上把这件事情拿出来进行讨论,表决是否把案件打回裁决庭重审。如果执委认为裁决庭无法秉公审理案件,甚至可以动议召开执委会扩大会议,甚至是召开全体成员大会来进行表决,判定当事人是否有罪。

这样的做法是为了防止司法被少数人把持和操纵,因为在以前那个世界还有更高一级的法院可以对下级法院的判决进行复核,而在联盟这里,暂时没有这样做的条件。

联盟执委会的权力来自联盟的所有成员,裁决庭的执法权也来自联盟的所有成员，那最终的裁判权交给他们就是最好的选择。

就像在安澜大厦时，张晓舟就已经明确把流放和判处死刑的权力交给了全体成员大会一样。

张晓舟专门去找吴建伟谈了一次，他虽然并不是很愿意担任法官这个职务，但在张晓舟把所有理由对他说了之后，他便同意了张晓舟的要求。

“虽然还不知道应该怎么做，但我会尽力去维护联盟法制的公平和公正。”

“谢谢！”张晓舟由衷地说道。

联盟最终收到了将近两百条修改意见，不过其中绝大多数更像是毫无理由的异想天开，大部分意见都犯了和张晓舟他们之前同样的错误，把电影和电视剧的东西当成了现实。有些人明显根本就没有看宣传栏上的那些对于为什么要修改裁决庭运作方式的说明，只是单纯地刷存在感。而大多数人则都只是习惯性地在一边当围观群众。

毕竟，大多数人对于法律的了解，也许还不如他们，甚至和之前的他们一样，多半来自电视和电影。

张晓舟和老常对于他们的建议一一进行了回复，说明了采用或者是不采用的理由，并请他们以后继续关注联盟各项政策的改革。

联盟执委会扩大会议在几天以后召开，会上以接近八成的投票通过了新的构架，并且以超过九成的高票表决同意选举吴建伟为联盟第一位法官，任期五年。

毕竟，新的规定下，所有执委的权力都获得了极大的扩张，虽然新规同样规定了当他们所在区域的联盟成员对执委不作为或者是乱作为不满，可以在收集区域内过半成员的签字认可后要求重选区域执委，但不管怎么说，新增的监督权对于任何一个执委来说都是难以拒绝的东西。

某种意义上来说，张晓舟已经把相当大的一部分权力交还给了他们。

“我卸任之后不知道能不能像吴工一样担任一届法官？”老常在会后忍不住说道。

这对于联盟高层来说是个卸任后的理想过渡，既不会让他们突然远离原有的圈子，造成巨大的心理落差，也可以让他们有机会监督新的领导班子。

当然，更重要的是，按照会上通过的对于联盟法官的选举要求，能够当选法官，也是对一个人能力和品格的认可，是一件足以让人感到慰藉的事情。

“你放心,一定可以的。”张晓舟说道。

在他内心深处,其实也有着相同的想法。不过他也知道自己有时候太过于理想化,也许反而不太适合去做这种需要良知和正义感,但同样也需要对涉案双方都不偏不倚的工作心态。如果他去做法官,也许会和检察官一起谴责被起诉者也说不定,那样的话,法律的公正也就荡然无存了。

张元康的案件随后按照新的法律体系进行了审理。

那几名律师这一次选择了退让。

也许张晓舟他们在这么快的时间里就发现并且承认自己的错误,并且马上做出修正,这样的做法也出乎他们的预料,让他们决定暂避锋芒。

但也有可能是,他们需要时间来研究新的构架下,他们应该怎么做,怎么才能钻到空子,不愿意在这个时候站出来替张元康这个注定失败的案子浪费时间。

当然也有可能是因为,他们的目的已经达到,所以也就不需要再站出来了。

不管他们偃旗息鼓的理由是什么,张晓舟心里很清楚,这些人和联盟的死磕才刚刚开始,既然联盟既没有选择退让,也没有干脆掀桌子,而是把这个舞台留给了他们,他们就一定会继续尝试着做同样的事情。

那好吧,看看大家谁更努力,谁更能获得联盟成员的支持吧!

如果能够让这些本来想要利用规则的人不得不在规则内去行事,让他们在规则内去挑联盟管理者们的错误,去维护当事人的利益,去逼迫和督促联盟的管理者们正视自己的错误,改善自己的做法,那他们的存在也未必不是一件好事。

但如果这些人还要继续利用操弄规则的漏洞,那张晓舟也不会客气。

“……根据联盟裁决庭的最终合议结果,我现在宣判,被告人张元康临阵脱逃并且造成严重后果,罪名成立,判劳役三年,同时剥夺其联盟成员身份三年,立即执行!”

这个结果让张元康马上不满地大喊大叫了起来。

“按照联盟新通过的规则,如果被告人张元康有新的证据可以证明自己无罪或刑罚过重,可以提起上诉,要求重审。联盟裁决庭将会认真审议上交的新证据。”吴建伟看着他们,微微地叹了一口气说道。其实他非常不喜欢面临这样的情况,非常不适应看到有人在自己面前哭闹,但既然已经接受了这个职位,也只能尽力去适应了。

他继续把对于其他人的判罚结果念了出来,裁决庭最终并没有接受法不责众的说法，而是对所有逃跑的人都进行了判罚。当时跟着张元康一起逃跑的那些人，按照最后离开阵列的距离和逃跑的先后，分别被判处了六个月到一个月不等的劳役。

人人有份，无一落空。

“我们都有过被那些畜生像猪狗一样追杀，躲在房子里宁愿饿死也不敢到外面去和它们拼死一搏的过去。有多少人的亲朋好友就这样悄无声息地死在了联盟建立前的那段黑暗的日子里。如果没有勇气，如果没有人踏出这一步，如果没有人站出来与它们战斗、抗争，那联盟将不会存在，我们这些人也活不到今天！”吴建伟说道，“勇气是我们来到这个世界之后重新获取的最宝贵的东西之一。勇于面对这个世界的危险，并且尽我们最大的努力，把我们所有人的力量和智慧汇聚在一起，去战胜和征服这个世界，给我们自己和我们的子孙后代创造更好的生活，这是我们所有人的使命！也是我们所有人义不容辞的责任！失去了勇气，我们将失去一切！希望所有人都能记住这一点！”

“退庭！”

“我要上诉！我要上诉！不公平！我冤枉！你们串通好了要整我！明明是你们的责任！你们让我来背黑锅，不公平！”张元康大声地叫道，临时充当法警的民兵们摇摇头走过来，把他拉了出去。

人们开始议论起来，张晓舟努力不让自己去听他们在说什么，就像高辉说的，不管他们怎么做，总会有人觉得好，有人觉得不好，过多理会这些风言风语并没有太大的实际意义。只要正义得到了伸张，错误的做法得到了惩罚，对其他人产生了教育和震撼，目的就已经达到了。

在新的框架下，他相信正义已经有了充分的保证。

但让所有人都没有想到的是，第二天一早，张元康的老婆就用不知道哪里找来的白布和红油漆写了一个横幅，带着儿子坐在了联盟总部的门外，一把鼻涕一把泪地对来来往往的人喊冤了。

“真是乱来！”老常气急败坏地说道。

这样的事情他以前经历过不少，每一次都让他相当头疼。

你说他们违法了，情节又够不上拘留，但他们的确造成了很糟糕的恶劣影响。

这些人都是滚刀肉，死猪不怕开水烫，其中当然有不少真正受了委屈的，但也有很大一部分是别有用心故意找事扩大影响,甚至是专门以此牟利的。

“不能让他们这么闹下去!”张晓舟知道了这个事情之后马上说道,“我们走!”

老常马上拦住了他。

“这种事情……你还是别出面了。”他隐晦地对张晓舟说道,“让我来处理吧。”

这样的事情不管怎么处理都不妥,甚至会被不明真相的大众戳脊梁骨,张晓舟的名声得来不易,上次他主动去协调那两口子的事情就已经很失策了,这种出力不讨好的事情,无论怎么看都不应该由他来经手。

“那你准备怎么处理?”张晓舟问道。

“反正先把她想办法劝走,再慢慢做工作吧。”老常说道。这也是他们之前处理类似事件的通用的办法。

“如果她就是不走,非要给张元康减刑呢?”

老常微微地叹了一口气,这就是让他感到头疼的地方了,张元康的事情刚刚判下来,给他减刑那肯定是不可能的,影响太坏了。但对方一个女人带着个小孩子,又能怎么办?总不能对他们动粗吧?

总归是给他们一些其他方面的补助之类的,想办法把他们安抚下来,让他们别闹事。

“这样不行!”张晓舟却说道。

他的话让老常愣住了,那要怎么办?

“在这种事情上,我们绝不能妥协!”张晓舟说道,“我们走!”

作为联盟总部的康华医院大楼外已经围了不少看热闹的人,大部分人即使是昨天没有旁观庭审过程,经过一个晚上的闲谈也已经知道了判决结果。

很多人本来觉得这个结果算是很公正的,毕竟之前那个纵容手下违反联盟禁令跑到丛林里去打猎造成四人死亡的生产队队长赵树林都判了四年,张元康这个事情,某种意义上来说,责任可比赵树林直接多了,判三年,有些人听说的时候还觉得太轻了。

扪心自问,绝大多数人都不愿意自己需要拿起长矛对抗恐龙或者是其他危险时,身边的人突然像张元康那样丢下自己跑了。

但看到张元康的老婆这个样子,很多人同情心作祟,忍不住开始怀疑起来。这个事情是不是真的有什么猫腻？不然他们怎么会坚持说自己是冤枉的？难道联盟真的是把他们拿出来当替罪羊了？

张晓舟和老常他们从联盟大楼里走出来，人们一下子安静了下来，都想看看他们要怎么处理这个事情。

“张家嫂子。”张晓舟说道。

女人哭得更加大声了。

“你的诉求是什么？”张晓舟说道，“你想让我们怎么做？”

“我老公是冤枉的！”女人大声地一边哭一边说道。

“裁决庭的判决已经出来了，所有证据都在联盟的档案馆保存，任何人都可以去申请借阅，看看情况是什么样的。我相信，大多数人都会认同裁决庭的判决。”张晓舟大声地说道，“昨天审判结果出来的时候就已经明确地告诉了你们申诉的办法，宣传栏里也贴出来给大家看了。如果你们有新的证据，或者是认为某个关键证据有问题，可以形成书面材料交给裁决庭审议。如果你们不相信裁决庭，觉得裁决庭的审判不公平，可以把证据给我们的任何一个执委看，请他帮助你们提请召开执委会讨论，甚至是召开执委会扩大会议，乃至全体大会讨论要求重审，只要大多数人认为张元康是无辜的，那把他当庭释放也没有问题！”

“联盟并没有搞一言堂！大家应该都看得到这一点！”他对周边的所有人说道，“任何人如果认为联盟的管理者们或者是工作人员有徇私枉法，有什么地方出了问题，可以直接到联盟办公室举报。如果你们怕遭到打击报复，广场那边就有举报箱，任何人都可以匿名把举报材料放到那里面去！我每天都会和常秘书长一起去看里面有没有检举信，也一定会认真进行核实和调查。我们是大家选出来为大家服务的，乐于接受大家的监督，也欢迎大家都来监督我们的工作！如果你们信不过我们，可以委托你们所在那个区的执委来行使你们的监督权！这没有任何问题！我想任何一名由你们自己选出来的执委都不会拒绝这样的要求，如果他们拒绝履行自己最根本的职责，你们大可以要求罢免他们！重新选举愿意替你们服务的执委！”

“但我们绝不接受胁迫！”他对所有人说道，“也许有人认为这样的办法来到这个世界也同样管用。但对不起，联盟绝不接受这种以闹事的方法表达诉求的做法！我们欢迎所有联盟成员按照正规的途径来表达自己的意见，但我们绝不接受这样非正常途径的手段！在联盟，会闹敢闹的人不会从我们这里获得任何好处！相反，我们将会给那些乐意遵守规则的人更多的尊重和便利！”

“张家嫂子，”他转头对那个女人说道，“我可以理解你的想法，但我绝不赞同你这种做法！你觉得有冤屈，应该通过正常渠道解决问题，在这里堵路不会有任何正面的作用，只会让事情恶化。如果你只是想要抱怨或者是发泄不满，没问题，你有这个权利，但请你不要干扰联盟的正常办公秩序，不要在主干道上制造交通阻塞。那边广场上有足够的地方可以让你发表你想说的话，我们绝不会阻止。但如果你继续在这里干扰联盟的正常工作秩序，那我们就只能采取行动了。”

他的声音很大，而且语速不快，每个人都听清楚了他的话，一些人忍不住喝彩了起来。

毕竟，大多数人都崇尚规则和秩序，也都乐于维护规则和秩序，希望自己能够生活在一个做事公平、阳光透明的环境当中。

希望能够通过闹事来解决问题和获取利益的人，只是极少数。

女人慌张了起来，她在人群里寻找着那些鼓动她来闹事的人，但他们却不知道在什么时候已经悄悄地离开了。

“嫂子。”张晓舟对她说道，“你要到裁决庭去申诉，还是要去找你们那个区的执委？这我都可以帮你联系。如果你想继续哭，我们也可以帮你把东西移到广场那边去。但如果你还要在这里继续堵路，那我们就只能不好意思了。”

接到通知后，夏末禅已经带着几名女性工作人员赶了过来，听到张晓舟的话之后，她们都走了上来。

张元康的老婆看了看她们，心虚地摇了摇头，慌张地抱着儿子站了起来。

“肯定有人指使她！”钱伟有些愤怒地说道。

虽然这边也有武装部的办公室，但他平时多半还是在新洲酒店那边居多，等他接到消息匆匆赶过来的时候，张元康的老婆已经收拾东西走了。

“那是肯定的。”梁宇说道，“不说别的，就那个横幅上的大字就明显不是她能写得出来的。”

“多半是那几个律师。”江晓华说道，“要调查一下他们吗？我相信他们的劣迹一定不会少。”

吴建伟被任命为联盟大法官之后，江晓华的职责就分离了出来，变得纯粹了很多，这让他感觉像是被释放了一样，有更多的精力去做其他事情。

那些人之前把他搞了个措手不及，甚至可以说是出了一个大丑，他虽然不能说是怀恨在心，但心里总是很不舒服。

“暂时没有这个必要。”张晓舟说道。

以他们所掌握的权力，真的不要脸起来，按照那些人平时好吃懒做、好逸恶劳的生活习惯，总能找到整治他们的理由。就算不能把他们弄去挖盐矿，让他们隔三差五去接受几天思想教育，时不时吃上点苦头毫无问题。

但张晓舟不愿意开这样的先例。

如果他们现在可以用这样的办法去对付不喜欢的人，那未来，其他人也可以用这样的办法对付他们，对付他们的子孙后代。他们做的也许只是把人送去接受教育，那些人就有可能发展为直接入狱，甚至直接毁灭。

这样的事情一定不能从他们手上开始，而且必须想方设法地防止掌权者有这样的权力。

“我们已经对辩护人的身份进行了明确规定，不承认以前的律师资格，也不做限制，任何人都可以在当事人的委托下成为他的辩护人，全凭自愿，不得以此收取任何费用。他们如果是想要以此直接牟利已经不太可能了，如果他们愿意免费为人们服务，那这样的行为我们理应支持。”

“但他们的目的肯定不仅仅如此。”钱伟说道，“这一次已经很明显了，张元康只是个幌子，他们的根本目的是攻击和诋毁联盟的政策！”

这样的行为大家都不陌生。在他们来的那个世界，很多所谓的死磕派律师做的就是这样的事情。

他们熟知法律条文和程序，却更相信江湖上的那一套，信奉“大闹大解决，小闹小解决，不闹不解决，一闹就解决”的信条，为操纵案件审理结果什么招都用，知法犯法，把一个个案件搞成轰动性的舆论事件，调动各种资源向政府和法院施压，一次次地进行自我炒作，吸引眼球。

在法庭上，他们往往不像是在辩论，而更像是在表演，利用各式各样的噱头吸引人们的注意,死磕司法程序和法律条文,为难法官,博取同情,误导群众的判断,把自己塑造为正义的化身,而让人们认为政府和公检法在构陷无辜,甚至通过在法庭外组织堵路、抗议等手段,来增加自己获胜的筹码。

"看看这条。"他拿起自己刚刚找到的一本杂志上关于死磕派律师的内容,"即使在当事人认罪的情况下,也不能做有罪辩护,无罪辩护那是肯定的。什么鉴定报告啊,口供啊,人证,物证,统统不认。理由就是证据来源不合法,具体哪里不合法不用说,反正辩说不合法就对了。而自己提供的某个鸡毛蒜皮的证据,例如被告人在家是个大孝子、对儿子是个好爸爸、对老婆是个好老公等等的证明材料,就马上号称发现了足以改变案件定性、证明被告人无罪的关键证据。到了法庭辩论时间,有多煽情就说多煽情,例如'杀人者父亲生活困苦'之类和案件八竿子打不着的话尽管说,要是法官制止发言就是非法剥夺了我的辩护权利。判决下来了,靠,有罪!马上攻击公检法蛇鼠一窝,司法黑暗,自己关键证据不予采信,一切往体制上引,制造舆论。无罪,则向全世界宣告,这是本律师死磕的成果,是本律师与强权司法抗争取得的胜利。"

这样的做法,和联盟刚刚发生的情况何其相像?

"要是这些披着律师皮的流氓继续这样干下去,那怎么办?"钱伟问道,"就让他们这么抹黑我们?"

"我已经和吴工谈过,下一次开庭前专门就这种情况对他们进行警告,制止他们这么干。我们的新法规赋予了法官很大的权力,可以直接制止他们发言,甚至把他们从法庭上驱赶出去。"张晓舟说道,"律师的存在并不是没有意义的,我们不能因噎废食,因为害怕他们捣乱就把律师的存在彻底否定。但如果他们真的要乱来,那我们也不用客气。"

他接过钱伟手中的那本杂志,把它放在桌上,右手握起拳头重重地砸了下去:"对讲规矩的人,我们一定要和他们讲规矩。但如果他们自己先不讲规矩,那我们也不用对他们讲规矩了。"

"下一步怎么走?"

此时此刻,那几个江晓华很熟悉的"法律界人士"正聚在一幢空房子里商量着。

联盟高层在他们眼里不过是一群对于法律毫无认识的傻帽,这样的一群人,竟然试图把他们这些专业人员排除在外,重新建立起一套在联盟运行的法律规则,这不是搞笑吗?

这就像是一群幼儿园的小孩聚在一起准备盖一幢摩天大楼,却把工程师赶到一边,拖着鼻涕说:你们要价太高,不就是个摩天大楼吗?我们自己来!

简直滑稽!难道一群什么都不懂的傻子还能用积木搭出帝国大厦?

他们弄出的那些东西,在他们眼里就像是筛子一样,全是窟窿。不,说筛子都不合适,应该说,就像是一张网眼很大的网,能捞到什么,全凭运气。

他们随随便便就能找出无数可以利用的漏洞,在联盟那个可笑的规则下,合理合法地给联盟难看。

但他们一开始并不准备这么做,而是等待着这个体系自己出问题垮掉,让那个江晓华哭着重新来找他们,求他们去帮忙。

谁知道,联盟却竟然没有这么做。

而那个可笑的裁决庭竟然也这么摇摇欲坠地运行了下去!

真是滑稽!滑天下之大稽!

邱岳在这时悄悄地和他们进行了接触,双方一拍即合,甚至颇有相见恨晚的感觉。

他们都是务实而又洞察人心的人,不像那些此刻在联盟舞台上沐猴而冠的人,他们完全懂得这个世界真正运行的规则。

联盟现在看上去似乎没有什么问题,但他们都深深知道,现在的联盟不过是建立在某些人虚妄理想上的空中楼阁,当一切勉强按照他们的梦想维持时,它看上去还不错。但只要遇上真正的问题,或者只要时间一长,它必然会彻底毁灭,顷刻坍塌。

这个世界的运行从来都不是靠理想甚至是梦想来维系的,在这个世界上,只有利益才是最真实而又最稳固的支撑。人的天性就是逐利,一个好的社会制度,不过就是一个大家都能够接受的利益分配方案。

联盟那些人不懂这些,硬要逼迫人们违背天性去做那些看起来理所当然,实际上却狗屁不通的东西,他们将注定失败。

这个世界,这个联盟,只有在他们这些精英的掌控下,才能走向成功和辉煌。

而他们所要求的那些东西,不过是他们付出了这么多的东西之后,合情合理的回报。

顺理成章，理所当然。

“他们比我们想象中还要奸诈。”一个戴眼镜的男子说道，“下一步我看要更加慎重一点。”

他叫段利国，以前是远山经济开发区一家律师事务所的成员，当然，他并不算成功的那种大律师，也不是事务所的骨干，否则他也不会图方便把家安在远山经济开发区，更不会被带到这个鬼地方。

事实上，此刻在房间里的其他人情况也都差不多。真正成功的那些知名律师们往往居住在远山的高档社区，不会像他们一样在经济开发区这样的地方打混。

相较而言，段利国是五个人里面资历最老的，民事和刑事的案子他都接过，最近几年他一直在打经济纠纷的官司，也算是顺应潮流。在刚刚出道的时候，他还搞过一段时间的法律援助，帮助那些没钱请律师的穷鬼打官司，讨要欠薪，索要赔偿金、抚恤金之类的。

长达十八年的律师生涯让段利国看清楚了很多事情，他认为自己算是很有良知的那种律师了，但也正是因为如此，他的事业并不算成功，在圈里并不怎么出名，这或许还和他在法律界认识的知名人士并不多有关。

但不管怎么说，来到这个世界并且度过了最初那段恐惧不安、食不果腹的日子之后，他自然而然地认为，联盟这个地方的法律应该由他来负责了。除了他之外，还有谁有资格？

一想到他的名字将要记录在联盟的史册上，成为这个时空一切法律的奠基者、首位大法官，他就忘却了一切苦难。也正是因为如此，当江晓华那个什么都不懂的愣头青竟然让他们靠边站时，最为愤怒的也是他。

“束手束脚的能成什么事？”另外一个人却说道，“要是你们害怕，还是我来打头阵！看他们怎么应对！你们在后面及时跟上就行！”

这个人叫陶永波，之前替张元康做辩护的就是他，他的资历比段利国要浅得多，成为正式律师不过五年。但他却有点看不上段利国，觉得他十八年来就只有这么个水平，实在是一种耻辱，亏他还有脸拿着这当成资本一直说。

陶永波一直渴望能够成为一名所谓的死磕派律师，名利双收，但遗憾的是，一直空有其心而未入其门,不过,来到这个世界之后,他已经找到了成功的机会。

对手实在是太弱了。

仅仅是一些简单的话术就把那个江晓华搞得找不着北,而那个高高在上掌握了联盟武装部大权的钱伟则被他讥讽得七窍生烟,却拿他毫无办法,这让他感到极为满足。

就凭联盟现有的这些人,即使是加上了一个同样对法律一无所知的所谓大法官,他也同样有十足的信心把他们打败!

既然你们不愿意把这份荣耀交出来,那我就用别的办法来获取!

“他们会不会翻脸动用暴力手段对付我们?”又有一个人说道,“张晓舟今天的做法和他平时完全不一样,太强硬了,这可不是什么好事。”

张元康的老婆当然是他们怂恿去堵联盟大门的,按照他们的判断,联盟那些人对于这样的事情应该束手无策,按照他们之前那个世界的经验,这样的事情无论联盟怎么处理,最终的结果都落不了好。

满足她的要求,那新的规章制度就成了一个笑话;给予补偿或者是采取其他方式平息这件事情,联盟的虚弱无能将被所有人看在眼里,也可以从侧面证明联盟在这件事上是心虚的。只要开了这个头,未来他们就有信心继续采用这样的方法去达到目的。这对于他们来说是很不错的结果,也是他们最熟悉的节奏。

当然,还有更加理想的一种结果,那就是联盟对她的诉求不予理睬,甚至是用粗暴的办法解决,那样的话,联盟就失去了一贯的正义和公正,他们这些早有准备的人就可以马上站出来,站在道德的制高点上抨击联盟的做法,谴责领导层的麻木不仁和黑暗,揭穿他们的丑恶嘴脸。

如果联盟因此而对他们这些人进行打压,甚至是把他们抓起来,那就更好了。

对于死磕派来说,这就是最好的光环和勋章,足够他们吃上很久的红利。他们将前赴后继地站出来揭露联盟管理层的黑幕,讲述自己为了大众利益与他们殊死斗争的壮举!

联盟的管理层将成为独裁和暴政的代表,而他们将成为反抗暴政、替所有平民百姓争取利益的英雄!

但出乎他们意料的是,原本以为一定会躲在幕后的张晓舟却亲自出现,并且三言两语就解决了问题。

这当然和张元康的老婆豁不出去关系很大，如果她能像他们之前教导的那样，不管他们说什么都死赖着不走，那张晓舟绝不可能这么容易得逞。

但因为她的软弱，张晓舟用这样的办法轻易地解决了这个事情，立场如此强硬，还顺便宣传了联盟的新规定，这还是让他们非常意外，原先准备用来发动攻击的那些后手也暂时用不上了。

这当然不是什么大事，但对于他们来说，敢于这么做下去的最大依仗就是张晓舟这个理想主义者不会撕破脸去干那些下流的勾当，但今天他偶然表现出来的强势，却露出了一些非常不好的苗头。

“现在毕竟和以前不完全一样，说不好听一点，要怎么做，完全就是他们那些人说了算，真把他们逼急了，会不会出问题？”

“难道他们还敢把我们杀了？”陶永波不屑地说道。

“张晓舟也许不会，但其他人呢？现在犯事的人都是送到盐矿去干活，离城那么远，谁知道他们会不会下黑手？路上都是丛林，盐矿肯定也不是什么好地方。现在这种医疗条件，随便受个伤就有可能死人……就算是不直接下手，只要半天不给你喝水，让你中暑就能让你死……”那个人越说心越虚，以他们这些人的智慧和经历，在现在这个世界要想出能够悄无声息合理合法把一个人弄死的办法，简直太容易了。

以前那个世界之所以有死磕派出现，恰恰是因为他们知道他们所攻击的政府和他们说的并不一样，不会把他们这些人怎么样。死磕派出现了这么多年，利用网络和媒体制造了那么多事端，煽动民意，最后也只有几个人因为接受境外资金援助而被抓进去，大多数人都没事。

可以说，在以前的那个世界，当一个死磕派既可以获得民权斗士的桂冠，成为正义的化身，又能获得广泛的关注，提升自己的知名度，在获取大量的实际利益的同时并没有多少真正的危险。

尤其是对于那些在法律界没有多少人脉可以用，很难获得成功，但却渴望着一夜成名的草根律师来说，当一个死磕派简直就是一步登天博取名望的捷径。

如果一切真的和他们所宣扬的那样，权力部门能够动不动就把他们这些人抓起来，安个名义关起来，甚至是让他们“失踪”，谁还会去死磕？真当他们这些在社会混了半辈子的老油条都是满怀理想、勇于替他人献身的中二青年?

“不会的!”陶永波说道,但却没有之前那么坚决了。

名望当然重要,但如果没命去享受,那这样的名望又有什么用?他们可不是来这个世界做烈士的!

为了理想而牺牲,这可不是他们这些精英应该做的事情。

“等有更好的机会吧。”段利国说道,“我们不能打没有把握的仗,只要有耐心,他们总会露出破绽的。”

第15章

塔　楼

联盟再一次风平浪静下来，张元康的事情很快就成为过去，而最新的新闻，则是盐矿招募志愿者的事情。

按照现有工艺流程和联盟、学校两家对产能的要求，盐矿所需要的劳动力是两百五十人，特战队不计入内。

联盟按照双方约定的比例承担一百五十人，除去不久前刚刚被判决去那里服劳役的人之外，还要招募一百四十二人。其中，炊事、医疗等后勤十二人，民兵三十人，伐木工七十人，矿工三十人。

因为现在的条件还比较艰苦，暂时不接受家属随同，只招募四十五岁以下的男性成员，但有利条件则是，除了日常的伙食全部由盐矿包干之外，还有大量吃肉的机会。如果是拥有土地的正式成员，联盟还会组织人员在其离开的时候帮忙整地播种，免费提供种子。如果是来自生产队的那些暂时还没有获得土地的联盟成员，则在离开盐矿时可以按照在盐矿服务的时间，获取一定量的盐和肉干作为补贴。

这样的条件不算非常优渥，但也算是比较有吸引力了，联盟把存在的困难和可能遇到的危险都罗列了出来，这让很多人既心动又有些犹豫，即便如此，一百四十二人的名额还是在一天之内就招满了。

“符合条件的人当中，有四十五个是生产一队的成员，而且是骨干。”梁宇摇摇头对张晓舟和老常说道，“看不出来，严烨的号召力这么强？可以让这些人宁愿暂时不要土地？”

“这不是什么坏事。”张晓舟却说道，“他们本来对于盐矿那边要做的工作就比较熟悉，有他们这些人当骨干，工作应该能比较快地推进起来。”

“但这么一来，生产一队基本上就算是废了。”梁宇说道，“而且，严烨的话语权会不会太大了？”

张晓舟花了几秒钟才弄懂了梁宇的意思：“你是说，严烨会和王永军对着干？”

“三分之一的人听他的话，而且过去肯定都是骨干。”梁宇点点头，他已经习惯了和张晓舟这样的人直来直去了。你说得委婉复杂一点，他根本就听不出你话里的意思。好在，不管你怎么说，只要没私心，他也不会往心里去。

“不会的。”张晓舟摇了摇头，“王永军应该能把严烨管住，与其担心这个，我反而更担心王永军能不能管住自己。”

他苦笑了一下，对梁宇说道：“从其他生产队调剂一些人到一队去充实他们的力量吧，另外，在七个区也可以做一个征募，看有没有人愿意加入生产队。如果愿意加入的，可以帮助他们协调调换土地。”

“说到底，还是缺人啊！”老常在旁边叹了一口气说道。

随着第二次税收的结束，联盟的经济状况得到了一定的缓解，欠地质学院的粮食还了一部分，另外一部分则准备以物资的形式偿还。毕竟如果一次性把那些粮食全还回去，那梁宇又得上吊了。

但随之而来的，却是劳动力的紧缺问题进一步严重了起来。

东木城开发的面积已经达到了将近一千亩，因为联盟有意识地要求他们在砍伐树木的时候往通往吼龙岭和远山盐矿的那个方向进行，力争尽量缩短联盟控制区域之间的距离，整个东木城外现在已经形成了一个向东南方向延伸的狭长的多边形空地。

而北木城开发的面积也已经达到了将近八百亩，以北木城为圆心，近似于一个半圆。

这让生产队的人们渴望获得土地的呼声越来越大，因为如果按照联盟的规定，每人半亩，这些土地其实已经足够分给他们了。即便是丛林中依然面临着未知的危险，但他们还是希望能够尽快开始在这些土地上开垦属于自己的田地。毕竟，即使他们在开发丛林的过程中也能获得一些粮食，甚至能够经常获得虫子肉，但和收获属于自己的粮食相比，那种感觉完全不同。

采集和种植，任何人都知道哪一种更加稳定。

在这样的呼声下，张晓舟、老常和刚刚上任的王牧林一起到四个队去进行了普遍的走访调研，收集了许多意见，最后确定了一个方案：决定在北木城和东木城外围建设一系列的木制塔楼，以这些塔楼为基点构建预警和安全体系，对周边的土地进行开垦。第一步首先满足生产队每个成员半亩的需求，收获后按照之前百分之十的税率上缴实物税。第二步，在联盟所有正式成员都按照联盟的约定获得土地之后，继续开发的土地作为公有农场，交给生产队负责，收获的百分之三十上缴联盟，其他由生产队内部进行分配。

这个方案得到了大多数人的支持。

半亩地其实真的很小，即使是一年种植三次，收获也仅仅是满足基本的生活需要，很多人都渴望着能够获取更多的土地。但周围的环境却决定了，人们不可能像之前那个世界的拓荒者那样自行去开发丛林。没有联盟的支持和组织，开发丛林就是一个可望而不可即的奢望。

百分之三十在有些人看来有点多了，但联盟向所有人承诺，这只是在当前这个困难时期采取的特殊做法。当周围的环境渐渐安定下来，当联盟内外部的压力减小，联盟将会考虑以农庄的形式把土地分配给乐于以耕种土地为职业的联盟成员耕作，并且把上缴降低到正常水平。

人们开始纷纷贡献上自己的设计方案，按照联盟给出的标准，这些塔楼唯一的要求是坚固，不需要太大，足够摆放工具和武器，储存少量的粮食和水，并且让二十来人在里面休息和躲避危险就行，但一定要能够抵挡至少一条暴龙短时间的攻击。

最终获选的设计方案是这样的：主体建筑两层，一层大约二十平米，二层大约十六平米，上面建一个大约十米高可以容纳一个人的观察哨，并设置了挂信号旗和警钟的位置，以木梯上下。建筑物全部用木制，外面留出削尖的木刺结构，并在围墙外围放置一排尖锐的鹿角，防止恐龙以身体撞击围墙。二层顶上留出一个十二平米左右的平台，可以在上面用弓弩向周围射击，二层的窗户也可以打开作为射击孔，而一层则留出一排小孔，必要的时候可以用长矛从这些小孔中往外捅刺。

平时安排一个人在观察哨负责瞭望，一个人在二楼平台上警戒，人们则在塔楼附近工作。遇到危险后，哨兵马上敲击警钟警告周围的人们，让他们逃进塔楼，并以信号旗向周围的塔楼发出警告，提醒他们注意，或者是发出求助信号。

按照情况，躲进塔楼的人们可以选择自行击溃袭击者，或者是向其他塔楼求援，而接到报警信号之后，附近职位最高的民兵负责人则必须根据信号及时作出判断，组织民兵增援或者是采取其他援救措施。

每个塔楼大概可以覆盖方圆五十米以内的安全，外围的塔楼相互之间的距离近，而内部的塔楼则相对较远。超过这个范围，警钟的声音就很难被听到，人们也很难有机会逃到塔楼内避难，设置塔楼的意义就不大了。

按照这个方案，在对四个生产队已经开辟出来的土地进行开发前，他们至少要在整个区域的外围修建四十个塔楼，并且逐渐把塔楼的数量增加到八十个，对所有耕地进行覆盖。

即便是设计上已经考虑最简方案，工程量相对于他们现有的人手来说依然可以说是空前浩大。要把这些土地开发出来，他们还得把土地上那些巨大的树根也一一挖出来，对于某些巨树留下的根，把它们挖出来所需要消耗的力气甚至比砍倒它们还要多得多。

“也许我们应该考虑解决何家营的问题了？”钱伟忍不住问道，“之前你们不是说过，等下一次收获吗？现在收获已经结束了啊！”

这个话题让所有人又沉默了下来。

这已经不是钱伟第一次提起这个话题了，自从知道了何家营那些人所做的事情之后，钱伟就对这件事情耿耿于怀，始终不忘。一方面是解决联盟急需的大量人口的问题，另一方面则是要把那些人从不幸中解救出来。

张晓舟也一直都有这样的想法，但随着他担任联盟执委会主席越久，这个想法就变得越复杂，越让他难以抉择。

在经历了漫长的过渡期之后，再加上板桥劳工的暴动，何家营的人口已经下降了很多，不过，即使是按照最保守的情况去估计，何家营也应该还有一万四千人，占据了这个白垩纪世界五分之三的人口。其中大部分应该是青壮年，老弱在这么长的时间里，早已经被淘汰得差不多了。

但阻碍城北联盟去解决何家营问题的最大障碍,一直不是他们有多强大,而是联盟有多大的承受能力。

粮食只是其中的一个方面,能够在何家营存活到现在的人,应该不会没有劳动能力,只要他们愿意去工作,去付出努力,无尽的丛林应该可以给予他们足以糊口的粮食。真正对联盟提出考验的其实是这一万多人的融合问题。

很难想象联盟能够凭借六千多的人口去同化一万多的新人,他们在何家营所经历的那些事情也许会让他们有强烈的对幸福生活的渴望,但也有可能带来许许多多的问题。联盟以四千多人来同化一千多板桥劳工,勉强算是成功了,但其中却付出了大量的努力,消耗了联盟之前积攒的大量资源。

这样的事情再来一次,而且需要融入的人翻了十倍,其中的难度绝不仅仅是把之前接纳板桥劳工的难度乘以十这么简单,更何况,当中的很多人与何家营的上层有很多纠葛,甚至是随同他们一起作恶,就像是之前跟随何春华等人作恶而被暴动者们杀死的那些人一样。

把整个何家营的人员纳入,其中所要面临的问题简直无法想象。

另一方面则是联盟成员们对于这件事情的支持程度。

张晓舟他们不可能把那些人变成比正常成员低一等的劣等人,那样做的话,他们就和何家营的那些人没有什么区别了。即使是有可能让他们有一个长短不一的融入期、过渡期,在这个时期过后,他们肯定将要获得与普通成员同等的身份和权利。

而这样做显然会造成联盟普通成员权利和生活水准的急剧下降,他们会同意这样的变化发生吗?

以前的张晓舟或许会乐观地看待这个问题,而现在的他,已经不会认为正确的事情就一定会得到人们的认同。

人们或许会为了某种对包括自己在内所有人都有益的事情而去付出努力,承受短时间额外的付出和辛劳,就像是建设盐矿这样的事情。但他们绝不会愿意为了别人过得更好而让自己和家人去承受长时间额外的苦难,哪怕从长远来说,这也是为了他们的未来能够更加幸福。

所以他的想法是先融合地质学院,以联盟六千多人去同化学校的四千多人,然后再以融合后的将近一万人和更多的物资、更好的条件去融合何家营的那一万多人。

这样分两步走，会简单得多，波折也会小得多。

但这样做，所需要的时间却会很长。

他们与地质学院已经合作了好几个月的时间，双方之间的沟通和交流可以说已经很多，但事实上，地质学院对联盟却还是一直保持着一种若即若离的态度。他们也许对联盟并不抱有敌意，但却因为自身较好的生存条件而依然保持着一种自我感觉良好的态度：也许我作战上不如你，发展上暂时也不如你，但我的潜力必定比你大，与你合并，我就吃亏了。

这样的态度没有人挑明，但联盟一方却能够很清楚地感受到。

彬彬有礼，虚心学习，但却和你保持距离，并且带着一种“未来终将属于我们”的淡淡的优越感，抗拒一切劳苦的工作，让联盟的成员们有些难以忍受。

这也是钱伟宁愿去考虑如何解决何家营，也不考虑如何更好地去拉近与地质学院关系的根本原因。

“我们能够攻破他们经营了那么久的堡垒吗？”梁宇说道，“板桥几乎已经空了，没有什么价值，打下瓦庄也没有多大的难度，但何家营那个地方，你准备动用多少人，花多长时间，死多少人去占领它？”

他完全不赞同在这个时候解决何家营的问题，原因很简单，物资不足。

站在新洲酒店上可以清楚地看到何家营已经变成了一个什么样的地方，如果非要让他们去形容，那只能用“畸形”二字。

一个依托了之前何家营的那些建筑物，然后加上各种各样的建材，胡乱拼搭起来的怪胎。外围已经成为一个浑然一体的堡垒，而内部则不断地向上延伸，尽力地争取着更多的空间。

上层到处可见绿色植物，几乎占满了整个村落的高层平面，可以猜测，那下面肯定已经成了一个终年不见阳光的地方。

按照高辉的说法，那就是一个白垩纪时代的九龙城寨。

以他们现有的武器和攻击手段，要攻破那个地方虽然并不是完全不可能，但必定要付出惨痛的代价。尤其是在对方已经掌握了让燃烧瓶威力倍增的秘密的情况下，在那样的狭窄空间中，被燃烧瓶攻击从而造成巨大伤亡的可能性非常大。

联盟无法承受这样的伤亡，白垩纪的人类也无法承受这样的伤亡。

“但他们总不能不出来！”钱伟说道，“我们在野战时肯定具有绝对的优势，为什么要去和他们硬拼？他们现在大力开发的农田都在何家营外面，想要开发丛林也在何家营的堡垒外面，经过这么长时间，他们的存粮肯定已经不多了，我们只要占据那个地方，就可以逼着他们出来跟我们打！我们可以一次次地打败和俘虏他们的人，一点点削弱他们，逼迫他们投降！”

这样的说法让好几个人都心动了。

“如果他们就是不出来呢？”梁宇反问道，“你看得到这个结果，他们难道看不到？如果他们就是不派人出来和我们打，拿那些人口作为人质来逼迫我们停止攻击行为呢？”

“以他们自己的人作为人质威胁我们？”钱伟哑然失笑。

“你觉得他们做不出吗？”梁宇摇摇头说道，“我们去打他们，总不可能是看中他们那个乌龟壳吧？他们那里有而我们没有的，除了人口还有什么？我觉得他们只要稍稍思考一下就能明白我们的目的。如果我是他们那些人，我就宁愿杀掉、饿死也不给你们。”

“你觉得他们会有这样的决心？即便他们有，难道那些人就那么傻傻地等着他们杀？老老实实地等着饿死？如果他们敢那么做，他们自己内部就首先要暴乱了！”

“的确有可能，但那样的话，你觉得又会死多少人呢？如果何家营发生严重的暴乱，在那样的环境下，你觉得会死多少人？一千？两千？”梁宇问道，“我觉得也许会更多。我们打着去拯救他们的旗号，结果却是让他们付出更大的牺牲吗？”

“他们不可能有这样做的决心！”钱伟摇摇头说道。

“我不知道，但板桥暴动的时候死了那么多何家营的村民，你觉得他们不会担心同样的事情再一次发生？为了保命，那些人真的不会做这样的事情？”

“那我们就看着那些人在那个地方死去？我们什么都不做？”钱伟的声音不由自主地大了起来。

“这样的话现在说还有什么意义？那么长的时间过去，老弱、承受不了那种生活的人早都已经死了。现在他们已经开始种植农作物，开始大规模地开发丛林，死亡率也许依然会很高，但总比之前要好得多。”梁宇看了看其他人，尤其是看了张晓舟，微微地叹了一口气，“有一点别弄错了，我们并不是所有远山人的领导者，而是城北联盟的领导者。我们也许对所有远山的幸存者有责任，但我们首先要负责的，是城北联盟的这些人。我们一切行为的出发点首先必须是保障他们的利益，然后才是更大的范围。如果我们不这么做，那我们就没有资格继续在这个位置上去领导他们。”

大家明显被他最后的这句话给说服了，这让钱伟感到很挫败。

“但是……”

“我们首先争取通过和平手段来解决问题吧。”张晓舟说道，“他们应该没有盐了，即使有，也不可能再坚持很长时间。让我们和他们接触一下，看能不能从他们手里交换一些人口吧。”

这样的提法当初何春华与他们接触的时候就已经提过，后来那个何春林代替何春华与他们接触的时候，为了请求他们帮忙杀死那两条暴龙时也提过，这或许说明，人口在他们看来并非完全不可以交易。

时过境迁，他们那边的想法不知道会有什么样的变化，但联盟一方费了这么多波折，付出了这么多的努力才找到了相对可靠的盐的来源，他们那边绝不可能解决得了这个问题。

张晓舟觉得他们同意的可能性很大，这样的交易也许持续不了多久，但能通过交易救一部分人，总比什么都不做要好。

他们拿来交易的人口，当然很有可能是没有多少潜力的老人、小孩，甚至有可能是病人，以此来变相地解决人口压力。但盐的唯一来源掌握在联盟的手上，联盟也有压价的权利。

小孩是未来的希望，重要性毋庸置疑。而能够在何家营那个地方生存到现在的老人，即便是干不了重活，也一定能做一些繁琐而没有很高体力要求的工作，甚至应该可以照料农作物，从而把劳动力解放出来一部分。

病人则要看具体情况，联盟当然不可能消耗宝贵的药物在他们身上，毕竟就算是联盟的正式成员也没有随便用药的资格。但如果是可以自愈或者是通过一些他们现有的中草药能够治疗的病，未尝不能接收过来。

可以把他们隔离，给予他们足够的照顾，看他们自己有没有挣扎过来的运气。

对于张晓舟来说，这也是在不损害联盟大多数成员利益的前提下，能够做的一点微不足道的人道主义的事情了。

第16章 人口贸易

“他们想要用盐和我们交换人口?”何春成沉吟着,伸手把自己面前的那个袋子打开,轻轻抓起一小撮,放在手心里捻了捻,又闻了闻。

“的确是这么说的。”在何春华受伤之后就一直作为何家与城北唯一联络人的何春林答道。

“你觉得他们想干什么?”

“这不好说。”何春林看着何春成的脸色,小心翼翼地说道,“按照他们的说法,是人手不够用了,需要一些人到盐矿去干活。”

“人不够用? 刚刚从我这里抢了一千多人,人不够用? 人要是真的不够用,那就把人调走啊! 天天弄几百人在新洲酒店这里示威给谁看!”何春华愤愤地把手中的东西砸在了地上,旁边专门负责照顾他的女孩急忙蹲下去收拾。

板桥的事情现在已经不是什么秘密了,虽然何家在城北没有耳目,但一千多人不可能凭空消失,他们也曾经下到板桥旁边的丛林里去追查那些暴动者的踪迹,结果很明显,一切都指向联盟。

但因为没有证据,现在没有办法拿这件事去指责城北联盟,双方甚至还不得不继续保持良好的关系,至少是表面上维持着良好的关系。

一方面是因为赎金还没有拿完,另一方面,双方的队伍所表现出来的战斗力也让何家没有办法去兴师问罪。上门闹事然后把对方的领头人抓住勒索赎金这样的事情，在地质学院身上或许能成功，但对于城北联盟，他们不会有这样的奢望。

城北联盟依然保持着每天两个民兵中队在新洲酒店门前的空地上进行军事训练的做法，一方面是提高联盟成员的身体素质，增强纪律性和服从性，提高生存和战斗能力的需要；另一方面，则是为了对何家营和地质学院保持足够的威慑力。

即使是在联盟人力最缺乏、物资最紧缺的时候，这项工作都从来没有停止过。有这两三百人的常备力量，加上新洲酒店楼顶的瞭望员，足以应付一般的情况了。

何家也没有办法去指摘他们什么，因为他们并没有在城南的地盘上搞这些，但每天在瓦庄都能够听到那边的口令和军歌，这对于何家私兵的士气真的是严重的打击。

不管是之前何春华一手带出来的士兵，还是后来何春成接手后新招募的士兵，对于城北联盟都有一种自然而然的恐惧，这一方面是来源于之前在地质学院被一击即溃的亲身体会，也来自种种对于城北联盟的传闻。

有些人曾经见过城北的人跑到东南区去猎杀那些恐龙，四五个人的队伍就敢和恐龙对干，即使是恐龙数量很多，他们也不会溃逃，而是会迅速退到周围的建筑物里，或者是背靠墙壁继续与恐龙对抗。

这样的战斗力对比让城南的人们明显自愧不如。

他们现在也许已经没有以前那么怕恐龙了，而且已经开始驱赶着人们到村外去干活，甚至是到丛林里去干活，但不管在什么时候，聚集在一起的士兵的数量都不会少于二三十人，通常也都是以虚张声势恐吓的方式赶走恐龙。

以四五个人就去对抗恐龙这种事情，他们想都不敢想。

“他们肯定别有用心。”何春成轻轻地拍了拍何春华的肩膀，让他少安毋躁，“现在这个世道，粮食就是一切，可说到底，要粮食还是为了养更多的人。他们现在粮食多了，就开始得陇望蜀了。想的倒好，他们人越来越多，越来越强，我们人越来越少……长时间这样下去，我们还有什么指望？”

“但盐确实是个大问题。”何春林小心翼翼地说道。

联盟过来的人给了他两小袋样品，大的一袋说明了是给何春成的，小的一袋则是给他个人的礼物。

何家营这边其实一个多月前就开始断盐了，上层还有盐吃，下层几乎都是淡食，人人都知道长期没有盐吃肯定要出问题,即便是没什么知识的老年人也知道白毛女的故事,但谁也想不出解决的办法,只能暂时这样。

这一小袋盐在现在何家营的这种情况下绝对是抢手货,可如果何春成不同意交易,那他也不敢拿出去换,太惹眼了。

“长期不吃盐的话,身体都要垮的吧? 要不然,我们弄点老弱病残去和他们换?”

“现在哪里还有老弱病残!”何春华说道,“早他妈都死光了!”

“有是有。”何春成说道,“但谁知道他们还有没有其他目的? 会不会是要用这种办法来探我们这边的底细?”

“这个应该不存在吧?”何春林说道,“板桥那么多人跑到他们那边去,该知道的他们早知道了,要是一般人不知道的,老弱病残也接触不到,告诉不了他们什么新东西。我觉得吧,这对我们何家来说也是个机会。只要控制了盐的来源,一切还不是我们说了算? 老弱病残给他们几个,对他们来说也起不到根本性的作用,只是徒增负担,我们反倒轻松了。”

何春成眯着眼睛看了他一眼,这让他有些心虚。

“春林,你说得也有道理。”何春成笑了起来,“你再去摸摸他们的底,看看一个人他们能给多少。对了,让霍斯跟着你去长长见识,等过几年,咱们享福的时候,就该他来挑大梁了。”

何春林知道他这是不放心自己,有意敲打一下,急忙点头答应。

等他走了出去,何春华不满地说道:“这小子这么帮着那边说话,肯定是拿好处了!”

“这有什么办法? 换个人难道就不会拿吗? 好歹是自家兄弟,就算是拿,起码也不会害我们。”何春成摇摇头说道。自从何春华挟持施远之后,三方的外务都不再由最高负责人来亲自出面,某种意义上来说,这也算是搬石头砸了自己的脚。可联盟能够做出派人埋伏暗杀何春华的事情,何春成也不敢以身犯险。

“所以啊,你还是要好好休养,尽快好起来! 这个世界上,除了咱们哥俩,其他人谁都不能信。”

何春华身后的那个女孩听到这样的话,脸都白了,不知道应该回避还是应该怎么办,但何家兄弟根本都没有理她,就好像她只是一个物品一样。

何春成继续研究着那些盐,何春华向他伸出手,他便递了过去。

白花花的盐,看上去没有什么问题。

“他们不会下毒吧?”何春华突然说道。

何春成吃了一惊,这样的可能性的确存在,如果何家营找不到盐的来源,那这东西就肯定是紧俏货,一般人很难弄到,即使弄到也只会有很少一点儿,大部分肯定都要被上层和依附在他们周围的那些人获得。

从这个角度出发,城北联盟通过这种手段,往盐里下慢性毒药毒害他们的可能性确实存在。

他们打的是这个主意? 这让他又犹豫不决起来。

“要看我们产盐的过程?”老常愣了一下,随即愤怒起来,“你觉得这可能吗?”

“你们放心,这我们肯定学不会的……”何春林赔笑说道,“只是他们有点不放心,想亲眼看着这些盐产出来。”

真是以小人之心度君子之腹!

老常摇了摇头,这倒是他们没有想到的情况,但问题应该不大。

煮盐的科技含量本来就很低,真正难的地方是怎么找到盐矿,这完全是碰运气的事情,凭何家营的那些人,他不相信他们有深入丛林追踪恐龙的能力,更不相信他们有这样的勇气。

“那交换的比率呢?”他问道。

“这个……你们能不能再考虑一下,毕竟都是活生生的人,价值总不能低得连猪都不如吧?”

这样的话让老常完全没有办法接,他再一次摇摇头道:“那就再加百分之五,要是不行,那就算了吧!”

何春林看了看站在自己身边的霍斯,两人低声地商量了一下,最终点了点头。

年轻女子的价值最高,其次是年轻男人、中年男人、中年妇女、青少年、有劳动能力的老人、小孩,病人和伤员价值最低,几乎相当于白送,而且要看情况,如果是新受伤的、重病人甚至是有传染性的病人,那联盟不会接收,甚至要扣除部分用于检查这些人的费用。

这样的交易条款肯定不人道，但如果不这样规定，谁知道何家的人会不会丧心病狂到故意把人砍伤、故意让交易的人染病来消耗联盟的医疗资源。

另一方面，这也是为了防止有人通过故意自残来获取到城北的机会。如果不从一开始就把这个口子堵住，一旦有人这样做而成功地到了城北，很有可能出现许多自残或者是故意让自己染病而争取到城北的人，那样的话，无论是对于他们自己，还是对于城北联盟和何家营来说都是一种极大的负担。

不过其实大家心里都清楚，何家营绝不会拿前面那四种人来交易，至少在后面几种人交易完以前，联盟从这个交易当中绝不可能获得真正有劳动能力的人口。

第一次交易很快就开始了。

对于何家营来说，已经到了求盐若渴的地步，何春成很快就把村里那些残疾、有病的人搜掠一空，集中到了瓦庄。其他家有点没搞清楚他要干什么，一时没有采取相应的措施。

霍斯和另外两个何家的年轻一代作为交易的一方，首先由特战队带着从东木城前往盐矿，为了避免他们搞清楚盐矿的位置，给盐矿带来不必要的危险，在进入东木城之前就蒙上了他们的眼睛，然后一直等到走出去一公里多，已经完全看不到身后的木城和远山城之后，才让他们解开了蒙眼布，以他们的能力，不可能在什么工具都没有的情况下在丛林中辨明方向。

人们一路向前，霍斯等人走得提心吊胆。他们当然不是没有进入过丛林，但从来没有走过这么远，身边这些背着装满补给物资的背包的人，却好像是习以为常，根本就不在乎一样。

一个巨大的恐龙头颅突然出现在前方，让他们再一次吓了一跳，走近之后才看到，它早已经被砍下来，放在路边的树桩上，开始腐烂了。

王永军在旁边冷笑了起来：“这样的恐龙林子多得是，你们可别乱跑，不然被吃掉我们可不管。”

霍斯知道他这是在恐吓，但看着那狰狞的头颅，他也说不出什么嘴硬的话来。

霍斯等人很快就疲惫不堪，一次次地要求停下休息，喝水补充体力。他们虽然也进行一些体能训练，但很少走这么长时间的路，双腿很快就又酸又痛，就连呼吸都困难了。

特战队员们都在摇头，让他有些恼羞成怒，却什么狠话也不敢说。

平日里顶多三个小时的路足足走了四个半小时才到，等他们走到盐矿，天色都已经开始暗了。

人们早就接到了他们要来的消息，来自板桥的那些人稍稍避开了一下，虽然不怕，但也没有必要把证据送到对方鼻子面前。

“你们是要休息，还是就开始看你们的那批盐？”王永军和严烨等留守的人打了招呼，便对霍斯等人问道。

“休息，休息一会儿吧。”霍斯等人急忙说道。

这一休息就休息到了第二天早上，如果不是王永军不想让他们在自己的地盘上老是待着，一早就催他们，他们估计要睡到中午才会起来。

也没有人愿意多和他们说什么，负责熬盐的学生简单地告诉了他们生产的流程，然后就开始在几口空着的大锅里注上已经过滤了的盐水，开始了熬盐的过程。

霍斯等人一开始还有模有样地在旁边瞪大了眼睛看着，但这个过程其实很无聊，很乏味，就是一直不停地烧火，加柴，然后用木头做成的铲子不断地搅拌，他们看了一会儿就觉得困了，再加上周围的人都不搭理他们，越发让他们觉得枯燥起来。

霍斯干脆让另外两个人盯着，自己在周围溜达起来。

一群人正在用铁钎在山壁上挖洞，山壁外面的土层已经被挖掉，并且用粗大的原木搭起了坚实的支撑。在没有机械和炸药可以使用的情况下，这个工作非常艰苦，进度也非常缓慢。

霍斯在旁边看了一下，便觉得无聊，到取水的地方去了。

水池已经再一次扩大、加深，并且装上了脚踏式的水车，把水提到水池上方的一个大塑料水箱里，然后沿着用原木加工出来的管道直接流到熬盐的地方。这个装置极大地降低了人们挑水的劳动量，算是整个盐矿里技术含量最高的东西了。

不过霍斯却没看出什么门道来，类似的水车当初他们占据板桥的时候也用过，主要是用来抽地下通道里的水，但现在暴龙被杀死之后，已经没有人愿意沿着又窄又湿的地下通道走，两条当时好不容易挖通的地下通道现在又积起了水，变得污浊不堪。

他看了看远处的两道木墙，山谷里几乎没有任何高大的植物，晒得要命，那些石头上散发着明显的热气，让他根本就生不出走过去看看情况的念头，只是远远地观察了一下木墙和木墙外面的那些巨大的鹿角。

严烨等从何家营过来的人此时却也在远远地观察着他。

作为何春华最重要的副手之一，好几个从板桥过来的人都认识他。

“靠，这小子是来当间谍的吧？”

“上面说不用管他，他这么走马观花的，什么都学不到。”严烨说道。

他杀死高鸿昌的事情已经过了那么久，板桥来的人都多半不知道这个事情，他也不担心霍斯他们还记得，何况，他在板桥弄死了不少何家的人，也不在乎杀掉高鸿昌的那点事情了。

不过出于对双方人员安全的考虑，更多的也是为了避免不必要的麻烦，王永军还是让他到这边来稍稍避一下。

“真想给他点颜色看看。”另外一个人说道，“严队长，要不你想个办法吧？”

当初霍斯这些人没少折磨他们，这让他依然怀恨在心。

“现在别惹事。”严烨说道，“要整他也不用急在这个时候，现在这个事情刚刚开始，大家都盯着，弄出什么来不好。要整他，等以后再说，他们总不可能只来这一次，有的是机会。”

“好！你可别忘了这个事情！”

“放心吧。”严烨说道。

第三天霍斯等人才从盐矿出来，不是因为制盐的效率低，而是因为他们的行动速度太慢，有他们在队伍中间，加上要背负用于交易的盐，不知道要几个小时才能走回远山，只能等到第三天一早再出来。

何春成早已经等得不耐烦了。

第一批用于交易的人口将近四十人，全都是老人和孩子，中间还有四个一只手手腕骨折后，因为没有及时治疗而一直没有痊愈，已经形成了陈旧性伤害的人。

这让张晓舟等人松了一口气。老实说，他们还真怕何家营送来一大群伤病号，那对他们来说绝对是一种道德上的拷问。

段宏替那几个人检查了一下手腕，因为拖的时间太长，几乎没有了痊愈的希望，好在也不是完全不能用，只是那只手再也不能用力了。

双方很快就完成了交易。

张晓舟等人把这些人安置在高速公路旁的一个工厂里，准备进行一段时间的隔离，给他们做一些力所能及的工作过渡一下，并且派人来告诉他们联盟的各项规定。

这对于联盟来说是一项全新的工作，为了解除他们对于陌生环境和陌生人的防备与疏离，还专门从板桥劳工当中征集了志愿者来帮助他们这些人。

这群人里有一个志愿者们认识的人，当志愿者们叫出这个人的名字时，他惊讶得像是见了鬼一样。

“他们说你们都死了！”他抓住认识自己的人，惊讶而又疑惑地说道。

“何家的那些人不把我们当人看，我们发起暴动然后逃到这边来了。”

“你们这是？”这个人这时候才意识到，他们的穿着虽然不算新，但起码干干净净，脸色也红润而又有光泽，不像是受苦的人。

“你们还不知道？”志愿者们惊讶地说道，“这边可比何家营好多了！至少好一万倍！”

这样的话当然有点过于夸大了，但这些人自己本身就是最有说服力的证据，在他们简单地讲述了来到这里之后的事情以后，这群本来沉默不语、神色阴郁的人一下子抱头痛哭起来。

不是因为悲伤，而是因为太过于惊喜了。

“你说的是真的吗？”他们不停地问道，唯恐自己面前的这些人是在欺骗自己。

这和他们的心理预期差距太大了，在他们来之前，何家那些人告诉他们，他们将被送到盐矿去做苦工，他们已经做好了像牛马一样劳累而死的准备。

但现在？

“你们在这里休息一个月，等到确认身体没问题，就能自由活动了。”人们安慰着他们，“等到那个时候你们自然就明白了。”

“还要一个月？”这些人有些失望，“我们没病啊！”

“舒舒服服地休息一个月，只需要干点轻松的活，调养一下身体，这有什么不好？”志愿者们安慰道，“别心急，很快你们就能过上舒心的日子了。”

一些孩子放声大哭起来，他们几乎是被从父母身边强行带走的，之前是因为过于害怕而强行压抑了内心的恐惧和悲伤，而现在，他们终于再也无法遏制内心的脆弱。

张晓舟搞清楚了他们哭泣的理由之后，心里微微有些难过，如果不是联盟的提议，他们也许就不会遭遇这样的生离，但对于他们来说，来到联盟未必不是一件好事。他们将在联盟的学校里成长为联盟的新一代，学习征服这个世界的知识，而不是在何家营某个阴暗角落的烂泥里挣扎，寻找用以果腹的食物。

来到联盟，他们不得不与父母分开，但他们应该能够活下来，而不是半途夭折。

他尽力地去安慰他们，高辉带着几个学校的女老师也尽量地安抚，终于让他们安静了下来。

“这是联盟的主席?”那些老人们在一边几乎不敢相信自己的眼睛。

“对!”志愿者们第一次这样骄傲，“这是我们的主席!”

……

对于这些人来说，即便是隔离的日子也像是天堂。

在来到这个世界之后，他们第一次吃上了饱饭，第一次洗了热水澡，第一次安稳地睡在只有四个人的房间，而且是睡在属于自己的床上，有着干净整洁的床单和枕头。他们第一次没有被梦魇和悲戚的哭声在半夜惊醒，第一次不用担心明天拿什么果腹，第一次不用担心自己会因为找不到事做而没有吃的，倒毙在路边。

这样的生活甚至让他们不安起来，他们主动去找到隔离营的负责人，希望能够有点事情做。

“这样啊?”这个人有些为难地说道，“本来是要让你们休息三天的。这样吧，你们先把其他房间打扫出来，过一段时间也许还会有人来，可以先做准备。我去找领导申请，看能给你们安排点什么活。”

最终给他们安排的活计是负责隔离营的卫生，洗给他们这些人穿的衣服和要用的被单枕头，缝缝补补，自己劈柴、烧火、做饭，自己维持隔离营的秩序。唯一额外的工作，是收集雨水把那些已经破得不能用的布块、布条和破衣服清洗干净，裁成细条，然后编织成未来将要用于农田的遮阳网。

北木城和东木城预计将要开辟出上千亩地，用于种植玉米和番薯，为了防止幼苗被烈日晒死或者是被大雨淋死，这样的网需求量很大，供不应求。

这样的活计对于这些人来说简直就是一种恩赐，他们只要一有时间就聚在一起编织，甚至让负责提供材料的梁宇都有点跟不上了。

“应该让联盟的那些刺头来和他们待几天，让他们感受一下这种氛围。”老常对张晓舟说道,“别没过几天好日子就把以前受的苦全忘了。”

张晓舟笑着摇了摇头。

那些人要是这么容易就会反思,那他们也就不会成为刺头了。

但他始终相信,只要有一个良好的规章制度和氛围,这些人即使存在,也不会对联盟造成什么根本性的损害,甚至有可能被慢慢地转变过来。

关键还是在联盟的领导层和代表了联盟的那些工作人员身上,只要他们能始终以身作则,就没有改不好的风气。

第17章

杀人案

太阳高照，严淇背着包，沿着“学园”背面的那道楼梯向下走去。

包很沉，里面都是李雨欢借给她看的书，有初中和高中的生物教材，也有科学期刊，甚至还有几本大学用的动物学和植物学的教材。很多东西严淇都看不懂，只能先记下来，然后再去问李雨欢，但很多时候李雨欢自己也不懂，于是两人又一起去问张晓舟。

每次遇到这样的结果，总是会让严淇感到很丧气，感觉自己好像上了贼船一样。

但她又确实对那些各种各样的虫子和其他动物很感兴趣，所以虽然已经开始明白李雨欢这个老师相当不靠谱，但她还是这么半自学地坚持了下来。

下午照例是社团活动时间，几乎所有学生都在兴冲冲地跑出教室往自己社团所在的楼层跑，对于高辉所进行的改革，虽然绝大多数学生都对军训意见很大，但对于他的其他政策却非常支持，毕竟，没有人愿意在死板枯燥的教室里待一整天，有这样名正言顺玩的机会，谁会不愿意？

但问题同样很大。

人最多的社团是未来冒险家协会，这应该归功于高辉自己的宣传和两个冒险小队之前因为香烟而暴发的事迹，这样又有意思，又有前途和钱途，“学园长”还大力支持的社团，肯定有最高的关注度和参与度。其次是篮球社、美食社、武术社、学生会、艺术团、文学社、弓箭社之类的社团，而像科学社、数学学会、工程协会、机械学会这样的社团，就连成立社团的五个人都收集不齐，最终只能全部并入科学社。

严淇一开始参与的生物协会还算好，毕竟他们所处的环境决定了要接触很多与生物相关的东西，对此感兴趣的人不算少，但严淇却觉得他们研究的那些东西太过于低端，简直就像是小孩子过家家，一点儿意思都没有。

于是她在意识到这一点之后，拉了四个小弟成立了一个“异形研究会”，又央求李雨欢和实验室的另外那个女孩答应来做辅导老师，跑去高辉那里申请成立。

出乎意料的是，高辉看到这个名字和她胡编乱造出来的社团宗旨、社团制度后非常高兴，连声感叹终于有会玩的人来了，马上大笔一挥就批准了，给她划拨了社团活动室，甚至自告奋勇地要做她的辅导老师，她好不容易才把他不知道从哪里冒出来的热情给浇灭了。

社团成立之后，她便放那四个小弟自己玩去了，一个人落得轻松自在。

本来邱骏那个碍眼的家伙也想加入，但齐涛听说后专门从武术社跑来找他好好“谈”了一次，于是他就老老实实地去搞他的学生会和科学社了。

这些男生，真是没意思透了。

理论上来说，她也是武术社的一员，不过她加入武术社的唯一理由只是高辉规定了每个人都必须加入至少两个社团，因为齐涛是社长，她可以名正言顺地不参与武术社的活动，想干什么就干什么。

就像今天，她就可以把社团的大门一关，直奔李雨欢那儿去看老鼠下崽。

但李雨欢一直埋怨她做事太张扬，于是她只能选择从背面没什么人的楼梯下楼，免得又有人说她不守规矩。

“你给我老实点……妈的！怎么就这么点？”

她突然听到一个声音在楼下说道，脚步也不知不觉地慢了下来。

“我真的没有了。”一个男孩的声音可怜巴巴地说道。

之前那个声音凶狠地说道：“你不是有两个爹吗？去找他们要啊！”

“你……！”那个男孩悲愤地叫道。

“怎么？瞪着我干什么？你再瞪？找死是吧？”啪的一声脆响，像是有人挨了一个耳光，那个凶狠的声音说道，“你这个死野种，我告诉你，要是你明天再交不够数，我就把你妈偷人的事情告诉全世界！哈哈，看你……”

严淇于是加快了脚步，快速走到了楼梯转角，两个高年级的男生正把一个矮个子的男生逼在墙角，看样子又要抽他耳光。

她重重地踏了两步，这个声音让他们的动作下意识地停住了。

“靠！臭三八，识相点滚回去！”其中一个男生压低了声音说道，这个声音明显就是之前耍狠的那个。

这话让严淇的脸彻底垮了下来，她把手里的包扔在一边，从里面把属于自己的那个风纪委员的红色袖章拿了出来，一边慢慢地套在手臂上，一边向他们走去。

“靠，是严淇！”另外一个人这时候看到了她的脸，微微有些惊慌地低声说道。

他们都是学校的问题人物，以前经常进政教主任办公室的，彼此之间都认识。严淇不知道他们的名字，但知道他们俩已经很多次敲诈勒索被警告了。

“严淇，这件事和你无关！”之前那个男生有些色厉内荏地说道，“别碍事！”

“要是我没记错的话，你们俩已经被警告过好几次了吧？”严淇说道，她一直都不喜欢高辉强加给她的这个责任，不过此时此刻，她倒是有点感谢他了，“上次高辉是怎么说的？再犯就让你们去挖矿？”

“关你屁事！”那个耍狠的男生提高了声音，“我警告你，放明白点！你的事我们不管，我们的事情你也不要管！大家各走各的！”

“你眼睛瞎了是吧？”严淇把自己的袖章拉了过来，把“风纪委员”四个字给他们看，“我现在严重怀疑你们在学校里敲诈勒索，你们要么立马滚蛋，以后都不要再骚扰他！要么就等着民兵来抓你们！我哥现在就管着盐矿，他一定会替我好好照顾你们。”

“死三八！关你屁事！你以为自己很了不起，非要挑事是不是？”那个男生恼羞成怒地冲了过来，伸手指着她。

严淇却突然抓住他的手指，用力往反方向一扭一掰，同时重重地往他的腿上一扫，他在疼痛之下身体完全失去了平衡，猝不及防之下，重重地摔在地上，眼前一黑，差点就疼得晕了过去。

“我的手！我的手！”他惨叫了起来。

“你再骂一句试试？”严淇一脚踢在他胸口，让他一口气喘不过来，连连咳嗽了起来。

另外那个男生完全吓呆了，站在原地动也不敢动一下。

“就这点本事，还学人出来敲诈勒索？”严淇鄙夷地说道，“再让我看见你们干这个，我就让你变成残废！还有，别让我知道你们在外面乱说什么，不然你们俩就等着去挖矿吧！”

那个人死咬着牙不说话，她重重地踢了他一脚：“滚！”

另外那个男生终于鼓起勇气过来，把他扶了起来，他的手指已经肿了起来，如果不是严淇及时放开，肯定已经脱臼甚至是骨折了。

“你等着！”他终于有勇气说出这句话。

严淇眼睛一瞪，他们急忙从后门逃走了。

那个被欺负的男孩却靠着墙壁滑到地上坐着，用双手捂着头，无声地抽泣着。

“你真没用！”严淇毫不留情地说道，“打不过他们，你不会学吗？要是学不会，不会拉帮结伙找人帮忙吗？再不济，不会告诉老师吗？就只会哭！真是活该被欺负！”

“你根本不懂！”男孩悲愤地说道。

“我是不懂，那你继续哭吧。”严淇走回楼梯，提起自己的包，把袖章塞了回去，“连自己都保护不了，你以后还能干什么？真是废物！”

那个男孩还想说什么，她却已经干净利索地推开门，直接走了出去，让他愣在那里，连眼泪都停住了。

这件事严淇没有告诉李雨欢，晚上回去的时候也没有告诉自己的嫂子邓佳佳，事实上，她根本就没有把这件事情放在心上。

那两个是什么货色她很清楚，那种色厉内荏的人，好好和他们说话根本没用，他们唯一怕的就是比他们更狠，更有背景，拳头更硬的人。别看他们嘴上说得厉害，但他们绝不敢乱说话，应该也不敢再去勒索那个男孩了。

但让她没有想到的是，两天以后，她却听到了一个非常让她惊讶的消息。

杀人了。

杀人者就是那个男孩的父亲，杜志强。

而被杀的，则是曾经在不知道他还活着的情况下，和他老婆办过婚宴，算是结了婚的男人，普云翔。

……

张晓舟的头一阵阵地疼，而坐在会议室里的其他人也是如此。

“他对自己的行为供认不讳，也是主动投案的。”江晓华正在介绍案情，“他早就听说自己的老婆和这个人藕断丝连，但一直都没有证据。今天早上他故意对老婆说自己要到盐矿去送东西，然后悄悄换了衣服回到自家附近，跟踪着老婆到了那个普云翔家，等了几分钟之后，他破门而入……我们去的时候，他老婆的衣服已经穿起来了，但死者还全身赤裸，只是盖了一层被单。”

“那个女人怎么说？”老常问道。

“通奸的事情她承认了。”江晓华也深深地叹了一口气说道，“她一直在说自己害了两个男人……那个普云翔在上次的事情解决之后，一直都不甘心，在杜志强不在家的时候就来纠缠她。之前杜志强被困在城南的那几个月，两人也确实有了感情，她一时糊涂就……唉！”

这样的案子，让人怎么判？

杀人偿命，但这种情况下……该算什么？激情杀人？有投案自首情节？

但杜志强故意误导自己的老婆，一路尾随，甚至给了他们充足的时间……这又像是预谋杀人。

“让裁决庭去判吧。”张晓舟无奈地说道，“但这样的事情……提前多做一点准备，要不然，把裁决庭的人数增加一些，尽量让更多的人参与吧。”

“那些人一定会揪着这个事情不放。”老常皱着眉头说道。

这件事情最糟糕的一点就是，当初处理他们之间纠纷的不是别人，恰恰是张晓舟。

梁宇也深深地叹了一口气，当初他就对张晓舟说过这个事情，但张晓舟的个性偏偏是那种遇到事情不知道避开，非要自己站出去的那种人，现在变成这个样子，又能怎么办？

“但是张晓舟当初的处理并没有什么问题啊！”钱伟说道，“要怪只能怪那个女人吧！既然当初已经说好了跟杜志强过，那为什么还要和这个普云翔纠缠？如果她喜欢这个普云翔，当初就不要再回头跟杜志强啊！”

“问题是，现在恰恰是这个女人什么事都没有。”江晓华有些愤愤不平地说道。古代对于通奸者的惩罚是非常严重的，但现代的婚姻法里对于通奸者却并没有什么直接的惩罚，最多不过是在离婚的时候对受害方稍稍有些倾斜。

他现在突然觉得，联盟是不是应该考虑重新恢复对通奸者的惩罚了？

毕竟他们这个社会不像以前那个世界，相对来说非常闭塞，没有对外的交流，这样的事情很快就会众人皆知，通奸所造成的后果比现代社会里的要严重得多。

“不管当初的处理有没有问题，现在出了这个事情，那就一定是有问题了。”梁宇摇摇头说道，“这个世界上的很多事情是不讲道理，只看结果的。你当初处理得再好，只要结果错了，那你做的一切都就错了。所以我当时才跟张晓舟说，这样的家务事只能让他们自己去解决。”

“事情已经发生了，说这些也没用了。”反倒是张晓舟首先平静了下来，“还是那句话，让裁决庭去审判吧。这样的案件，按照新的规定组建十五人的大裁决庭，慎重决定吧。”

“我派人去盯着那几个人。”老常说道。

张晓舟迟疑了一下，他本来想要说不必了，可他始终还是一个凡人，没有办法做到泰山崩于前而色不变，更没有办法对此一点儿顾虑都没有，于是他沉默了一会儿，微微地点了点头。

但让他们没有料到的是，那几个律师，包括邱岳在内，在开庭前什么都没做，似乎并不准备借着这次的事情闹出什么幺蛾子来。

这样的反常情况反倒让老常有些紧张。

“一定要准备充分！”他反复地对江晓华说道，“谁知道他们会不会突然发作搞出什么事情来！”

“你放心！”江晓华说道，“我现在已经明白他们会怎么胡搅蛮缠转移话题和大众的注意力了，只要他们敢来，我就一定会让他们铩羽而逃！”

然而，一直等到开庭，那些律师却依然没有站出来，只是作为吃瓜群众，全程旁观了庭审。

江晓华颇有一种一拳挥空的失落感。

按照新的规定，裁决庭进行了三次开庭审理此案。

第一次由公诉人江晓华宣读起诉文件，确认被告人杜志强的身份，并且把组成裁决庭的人选向他告知，询问他的意见，有没有人需要回避。

第二次是展示证据，但因为没有人替杜志强辩护，质证的程序几乎没有执行，他对江晓华展示的证据也没有什么异议。

最终是裁决庭的宣判。

这个案子引发的关注度，甚至超过了以往的任何一次，大家都期盼着能够看到检方和辩方的唇枪舌剑，期望能够知道更多的内情，毕竟凶杀和情色这些东西，不管在什么时候都是人们最为热衷的东西。

但他们却失望了。

经过三天的慎重讨论，也参考了之前那个世界对于类似案件的处理方式，因为死者本身也存在违背社会公德的重大过失，导致杜志强激情杀人，最终十五人大裁决庭判决杜志强故意杀人罪成立，判处强制劳役十二年，剥夺联盟成员身份五年，不得减刑。

让所有人都没有想到的是，三天以后，陶永波代表被害人普云翔的父亲向裁决庭提起上诉，认为裁决庭对杜志强故意杀人案存在严重的疏漏，存在重大过失，有故意包庇、替他脱罪的嫌疑。他们不认可之前裁决庭对于被害人普云翔违背社会公德的判法，要求裁决庭收回这一明显误判，并对受害人及受害人家属公开道歉，给予精神补偿。同时向被告人杜志强提出民事赔偿要求，并将杜志强的妻子张可一并列为被告，要求其承担法律责任和民事赔偿责任。

众皆哗然！

“他们肯定是早有预谋。”江晓华在房间里走来走去，从在安澜大厦参与裁决庭的工作以来，这是他第一次感到完全掌控不了节奏。

就像是以为自己已经通过了考试，但突然有人过来残忍地告诉他：你进错了考场，拿错了考卷，成绩作废。

“这是肯定的。”老常说道，他的黑眼圈很深，不知道是不是被这件事搞得一晚上没睡好。

“他们肯定是早就做好了两手准备。”高辉说道，“要是觉得我们判重了，他们就去帮杜志强上诉。要是觉得我们判轻了，他们就像现在这样去帮普云翔的家人上诉。

反正唯一的目的就是要打击裁决庭的权威性，打击联盟的权威性！”

“我们判轻了？”钱伟摇摇头，“之前严烨防卫过当杀死两个人都只判了五年，还可以减刑！杜志强这个判十二年而且不能减刑，这还轻了？”

“他们的关注点会不会在民事赔偿上？”梁宇说道。

其实裁决庭之前也考虑过这个问题，但现在的实际情况是，绝大多数人都没有什么财产，赔偿责任和赔偿标准难以界定。

“王牧林，你怎么看？”张晓舟问道。

王牧林有些尴尬，杜志强算是丛林开发部管辖下的一员，出了这样的事情，他也感到颜面无光而且非常头疼。但他同样也清楚，这件事后面肯定有邱岳的策划，那几个律师不过是出头鸟。

就像高辉说的，案件是否公平对于他们来说根本就不重要，重要的是，他们可以把案件作为突破口，向人们证明联盟无能、不公，甚至是黑幕重重。对于那几个律师来说，或许更重要的还有证明由张晓舟他们这些外行建立起来的法制体系千疮百孔，既不公正也不公平，必须交回给他们这些专业人员来才行。

现在的结果其实已经算是不错了，从挑刺的角度出发，如果裁决庭判罚过重，加上杜志强曾经从联盟投入何家营的身份，他们完全可以进行更加深入的抹黑和攻击。

但这样的话他却不想说。

一方面，张晓舟虽然让他坐在了丛林开发部主任的重任上，但明显是希望他做一个纯粹的事务官员，并没有让他像之前吴建伟那样进入核心圈的意思，这次他有机会参会也仅仅是因为杀人者在他的管辖范围内。另一方面，他很清楚张晓舟他们搞了一个所谓的政策研究协会和一些外围的学习小组，但到目前为止，还没有人来邀请他加入，这让他感到很失望。

如果张晓舟仅仅是想把他当作一个工具来使用，那丛林开发部主任这个位置就远远比不上已经明显增强了职权的执委的位置了。他现在还兼任安澜片区的执委，如果让他选，他现在的倾向已经和之前不同了。

“我的看法，他们的目的应该是已经写在他们上交的材料里了。”微微沉吟之后，他决定还是继续保持自己睿智的形象，“第一点肯定是要求加重判罚力度，第二是挽回名誉，第三是物质补偿，第四是追加被告。要搞清楚他们下一步的行动，只要从这四个方面去考虑就行了。”

“事情这么清楚，他们还有什么可说的？”钱伟有些不解。

“他们肯定掌握了一些我们没有掌握的东西。”王牧林说道，“一些被忽略了的东西。”

所有人都看着江晓华，调查是由他来完成的，所有的证据都在他那里。

人们的目光让他有些不自信起来，于是他再一次打开案卷，快速地翻阅起来。

……

问题出在本案的中心人物，也就是那个夹在两个男人之间的女人张可身上。

江晓华进行调查的时候，也许是出于对自己的保护，也许是习惯性的惧怕，也许是出于某种微妙的心理，她并没有说出全部真相。

普云翔在张晓舟出面解决他们之间的问题后来找过她不假，但并不是来纠缠她，而是想看看她的近况。毕竟他们曾经有过几个月的夫妻之实，虽然已经分开，但感情却还在。

她违心地告诉他一切都好，但却不小心让普云翔看到了她手上的伤痕。

事实证明，男人很难容忍自己的妻子曾经与他人生活过一段时间这样的事情，对于杜志强这样的人来说尤其如此。虽然在张晓舟面前保证过自己不会因为这件事情而怪责妻子，但不久以后，在一次与人口角的时候被拿这件事情来攻击之后，他的心理就彻底失衡了。

他开始一次次地拷问妻子，一次次地折磨她，一开始是言语暴力，很快就升级到了拳脚相向。

但他很小心，除了第一次把张可打得眼角发青之外，后来一直都小心地控制着虐打的地方，让人们看不出她曾经被粗暴地对待过。

虽然人们都觉得有些奇怪，为什么张可一天到晚都穿着长袖衣服，把自己的身体遮盖得严严实实，邻居也偶然听到过她哭泣求饶的声音，但一直没有人站出来说话。

一些不知道事情全部真相的人甚至有些同情杜志强，谁遇到这样的事情能当成没发生过？尤其是还要给奸夫赔偿，忍不下这口气，偶尔发发火，在邻居们看来并没有什么。

但这却成了她和普云翔重新在一起的契机，一边是记恨在心，一有不顺就对自己拳打脚踢的丈夫，一边是曾经救过自己，和自己一起生活了几个月，对自己温柔呵护的男人，她很快就沦陷在了这样的不伦关系当中。

普云翔也曾经向她提过让她离婚，由自己来照顾她和她的儿子，但她仅仅是流露了一些口风，就再一次遭到杜志强的毒打和虐待，他甚至直接告诉她，如果她敢离开，他就先杀了她，再杀了儿子，然后自杀。

“想离开我！行啊！大家同归于尽吧！”他一边用脚狠狠地踢她一边说道。

……

“我怕他，我真的怕他！”在法庭上面对陶永波喋喋不休的追问，她终于完全崩溃，把一切都说了出来，“但我能怎么办？普云翔已经死了，可他还活着！我能怎么办？”

她号啕大哭着，把自己的衣服拉起来给所有人看，看着她身上那些大块大块的淤青，大多数人心里的天平都向她那一方倾斜了。

“臭婆娘！你乱说！”杜志强却愤怒地叫了起来，“我是打过她几次，但根本就没有她说的那么严重！法官！各位！你们不要被她骗了！我冤枉！我冤枉啊！这些都是那天我抓奸的时候才打的！之前我根本就没有像她说的那样经常打她！你们可以去问邻居！可以去问我儿子！我根本就没有说过什么同归于尽的话！我怎么可能说这种话！臭婆娘！你疯了吗？”

“带她去医院验伤。”吴建伟在法官席上说道。

“她这是想把所有责任都推到我身上！吴主任，我冤枉！我冤枉啊！”杜志强却口不择言地叫道，“你是知道我这个人的！我怎么可能做这样的事情?!”

吴建伟的表情一下子僵住了，而陶永波则毫不掩饰地笑了起来。

“鉴于法官和被告人曾经是上下级关系，明显熟识，我要求法官回避此案！”他大声地说道，“这和法官的人格无关，只是为了保证案件的公正和公平！希望联盟和裁决庭能够给出一个合理的回应！”

“休庭！”吴建伟只能说道。

会议室里的气氛比上一次更凝重。

这样的情况没有调查出来，不能不说是江晓华的极大失误，但那些伤几乎都在躯干上，张可不说，没什么相关经验的他又怎么会想到这一点？

而杜志强的辩解也不能说是没有道理，他们所说的事情都发生在相对封闭的环境当中，除了他们几个当事人，谁也不知道事情的真相。

真相很有可能像张可说的那样，她因为无法忍受杜志强的长期暴力虐待而出轨，如果事实是那样，那她在这个案子中就不再是背负所有指责的一方，而是同样的受害者，而被害者普云翔也不再是单纯的奸夫。虽然依然无法改变他们出轨的事实，但给人的感觉已经完全不同，道德上的压力明显就转移到了杀人者杜志强这一边，各方所要承担的责任也将完全不同。

但如果杜志强所说的才是真相呢？

打了几次和经常虐打，完全是不同的概念。前者只能说是家庭矛盾，不能拿来作为出轨的理由，而后者，显然将获得所有人的同情甚至是支持。

“段医生只能确认这些伤是几天以前的，不是新伤，但他没有办法确认到底是多久以前，更没有办法确定她以前是不是受过虐待。”江晓华无奈地说道。

段宏毕竟只是一个二流医院的医生，能够做到现在这一步来说已经是超水平发挥，再让他去承担法医这样一个前所未有的领域的责任，实在是太强人所难了。

“邻居怎么说？”

“现在没人敢随便下结论。”江晓华摇摇头说道，“有些人回忆说的确听过他们家有哭闹声，但他们都一直以为是吵架，张可也没有对任何人说过自己被虐待的事情。她说因为被虐待，长期穿长衣长裤，这一点也得到了证实，但因为我们这里日照强，有少数妇女平时也这样穿，所以虽然有人觉得奇怪，但也没有人深究，现在无法证实。”

“也就是说，这一点也无法证明她曾经遭受过虐待了？”高辉问道。

江晓华点了点头：“我还走访了杜志强一个队的同伴，大家都觉得他这个人虽然有时候比较急躁，但做事情很热心，不像是会虐待老婆和孩子的。”

“他儿子呢？”张晓舟对高辉问道。

高辉用手抓了抓鼻子，有点为难地说道：“他儿子经常被几个高年级的学生欺负——先说明，这是我接手以前就发生的事情了，不是在我手上才弄出来的！我已经警告过那几个家伙好几次了！——所以他身上经常有伤，你要问我，我也不知道他身上的伤到底是那几个人打的，还是被他爹动手打的。”

“为什么不问他本人？”钱伟问道，“他们家的事情，现在他父母各执一词，具体情况怎么样不是就只有他最清楚了吗?”

“他只有九岁。”江晓华说道,“法律上把这么大的孩子叫作无民事行为能力人,加上他和被告的关系,他的证词效力很低,我们没有办法判断他所说的到底是不是真实完整的。而且从事情发生到现在,他一句话也没有回答过我们。”

“但他的证词已经是最关键,而且是唯一的了,对吧?”钱伟问道。

这件事情肯定已经对孩子造成了严重的伤害,也许终生都难以愈合。如果他证实自己母亲的话是真实的,那他的亲生父亲就有因为虐待和故意杀人两种罪名而面对更长时间的刑罚的可能。而他如果证实自己母亲的话是假的,那他母亲除了做伪证将要受到惩罚之外,还将再一次遭受严重的道德审判,并且将直接作用在他自己身上。

他除了变成杀人犯的儿子之外,还将变成淫妇的儿子。

这样的后果和随之带来的压力,即使是成年人也很有可能崩溃,更何况只是一个九岁的孩子?

为了查明真相,让他到法庭上去亲自证明自己的父母当中有一个人在说谎。

太残忍了。

“他现在在什么地方?”张晓舟沉默了一会儿之后问道。

“学校。”高辉答道,“我让薛蕊专门在照顾他,你们放心,她一定会让他平静下来的。”

张晓舟点点头。

虽然这样说有些残忍,但薛蕊曾经从那样不堪的生活中走出来,也许她也能让这个孩子从当前的不幸中走出来?

“我们现在还要考虑另外一个问题。”王牧林说道,“吴工到底要不要回避,如果要回避,那谁来担任这个案子的法官?”

……

“不行的话,让我来做法官吧?”老常在会后单独找到张晓舟说道,“不怕你笑话,很早以前,我小时候的梦想就是当法官。”

“你来当法官当然没问题,可谁来接手你的事情?”张晓舟微微叹了一口气后说道。

“梁宇，或者是钱伟？”

“钱伟不行，他要盯着武装部那块的事情。”张晓舟摇了摇头，“梁宇……你真觉得他适合？”

联盟秘书长理论上来说更像是个万金油的角色，张晓舟其实无意中侵占了其中很大一部分工作，于是对于老常来说，工作更多的是与张晓舟互补，去做那些被张晓舟忽视，或者是不适合张晓舟出面做的事情。

很多时候，他做的都是协调、说服，以及对外交涉这样和人打交道的工作，而这些都是梁宇的弱项。

也许他其实并不是不能做这些工作，但在他担任联盟事实上的大管家的角色后，对所有人都一直是冷冰冰公事公办的姿态，这让他不太可能去做老常现在做的这些事情。

当然也许每个人来做联盟秘书长都会有不一样的做事方法和为人处世的风格，但梁宇在他的位置上因为铁面无私而得罪了很多人，这让他也许永远也只能留在那个位置上了。

老常摇摇头。

如果邱岳不是过早地表露出了让他们戒备的野心和举动，其实邱岳这样的人是最适合担任这个角色的。

但换个角度去想，幸亏他过早地暴露出了这一点，否则他们辛辛苦苦开创的事业最终交到邱岳这样的人手上，那真的是死不瞑目。

“你再帮帮我吧，老常，我现在也只能靠你了。”张晓舟说道，“也许几年以后我们能找到合适的人选，但现在，真的是没办法。”

“那你准备提名谁来做第二个大法官？”老常问道。

“我想来想去，除你之外，最合适的人选好像只有一个了。”张晓舟说道。

第18章

证　词

张晓舟推荐的人选是杨鸿英，作为联盟武装部教导队的队长，大部分人都认识他，也接受过他的指点。老人虽然年纪已经不轻，但因为年轻时一直练武，精神甚至比老常还要好一些，中气十足。

他的脾气很直，经常忍不住会骂人，某种意义上来，王永军被他收为徒弟也不是没有原因的，两人的脾气出奇相似，也正是因为如此，虽然两人出了名的暴躁，却没有多少人对他们有意见。

杨鸿英本人对于张晓舟的这个请求非常高兴，教导队实际上一直都是由龙云鸿和王兴在负责，他只是坐镇，当联盟大法官在他看来是对他人格的一种肯定，让他欣然接受。

这个推荐很快就通过了联盟执委会扩大会议的表决，于是不久之后，杜志强的杀人案又重新回到了正轨上。

新的裁决庭成立了起来，其中还因为陶永波和杜志强两方的要求而更换了几次人选。

而在这个过程中，人们也在努力想要从杜志强的儿子那里得到关键的答案，但他一直把自己关在宿舍里，什么话也没有说。

“这件事情没法再拖了。”江晓华有些焦急地说道。

陶永波已经开始攻击联盟在故意拖延时间，消除证据（指张可身上的伤痕）给杜志强洗白，全然无视这个九岁男孩的状态，要求联盟把他叫到法庭上去说出真相。

有时候，江晓华真想在他那张脸上狠狠地来上几下。

他们同时也对案情做出了更进一步的推翻。

按照他们的看法，杜志强早已经知道其妻子出轨的事情，但他却隐忍下来，故意给她假消息，让她有机会去和普云翔见面。他甚至给了他们足够上床的时间，然后才破门而入，以随身携带的匕首杀死普云翔。

这一系列的谋划证明，他并不符合之前裁决庭所做出的激情杀人的判定，而是有预谋有计划冷酷残忍地执行了谋杀，因此，他们认为裁决庭的判决不公，要求判处杜志强死刑，以慰死者的在天之灵。同时要求裁决庭没收杜志强的一切财产作为对死者父母的赔偿，并要求联盟将他名下的土地拨给普云翔的父母，同时保留普云翔的那块土地，给两位老人作为补偿。

而张可在案件刚刚发生的时候帮助杜志强隐瞒真相，不管她出于什么样的理由，都对普云翔的名誉造成了严重的破坏，所以他们也要求张可为做伪证的事情承担责任，向他们道歉，并且在未来向他们赔偿至少一年的口粮作为补偿。

这样的要求终于让整个联盟都争论了起来。

杀人偿命，天经地义。

但这件事情却没有那么简单。

不管怎么说，普云翔偷了杜志强的老婆是确实存在的事实。

首先旗帜鲜明站出来支持杜志强的是那些有家有室的男人。这样的事情让他们都感到极度不安，现在联盟已经男多女少，未来如果这样的事情发生在他们自己身上呢？难道他们要眼睁睁地看着自己戴绿帽子却什么都不能做？

好吧，杀掉对方也许有点过分，但谁能保证自己在气头上不会一时冲动做出同样的事情？

现在这种环境下，联盟的成年男子几乎人人都随身带刀，一旦发生这样的冲突，谁还能控制得住自己？

联盟现在是以案例为规则的一部分，如果杜志强被重判，谁能保证自己以后不会遭受同样的命运？

而更有少数男人愿意相信杜志强的话，认为张可的话并不可信，至少是没有任何旁证可以证明她的话。如果她真的遭到过虐待，不可能在这么长的时间里一点儿也没有被其他人发现，这种事情完全不合情理。

如果她的话被裁决庭支持并且成为案例，那以后那些女人不是要翻天了？以后一和老婆吵架，她们给自己脸上身上弄点伤就可以到联盟裁决庭去告发说自己遭到了虐待，那日子还能过吗？

但几乎所有女性却都旗帜鲜明地谴责杜志强，认为他这样的暴力狂虐待狂应该遭受最严厉的惩罚。她们当然不会站出来明确地支持普云翔，但这样的男人在她们看来罪不至死。尤其是他还曾经在那个女人最困难的时候帮助过她，对她不离不弃，甚至在她已经离开他回到自己的家庭之后，还一直等着她，在她受伤后安慰她，简直就是故事中才有的人物。

虽然不会承认，但有谁会不期望自己的人生中有一个甚至几个这样爱着自己、始终不离不弃的男人？

于是在她们的干扰下，一些已婚男人也只能违心地转变了自己的态度。

而单身的男人们却心情复杂。

一方面，他们当然希望老婆对自己忠贞不贰，谁能忍受那样的事情？但另一方面，他们却又不得不正视自己很有可能打一辈子光棍的事实。联盟现在没有结婚的单身女性几乎已经不存在了，即便是少数的几个，也早已经是名花有主，或是同时有好几个人在追求，他们根本就指望不上。

在这样的情况下，这个杜志强还毒打自己的老婆？真是暴殄天物！

要知道，他老婆其实真的长得不错，虽然年纪稍稍大了一点，还带了一个九岁的男孩，但只要她愿意，这些单身汉绝对会毫不犹豫地去接盘。

如果不是这样，那个死去的普云翔也不会心甘情愿地等着她，甚至为她而死。

这让他们支持对杜志强严惩，最好是勒令他和老婆离婚，这样的话，以后只要有什么男人对老婆不好，他们就有机会了。即便是这样会造成女性的地位上升，但……为了传宗接代的事情，能忍就忍吧，总比一辈子光棍强吧？

但他们也希望能够对出轨者进行惩罚……当然，考虑到自己也有成为挖墙脚者的可能，这样的惩罚最好是有一个限度。

这样的议论成了联盟的话题中心,就连地质学院的人也开始讨论这个事情了。

陶永波成了人们谈论的中心人物,而对他的观感,也从一开始时几乎一边倒的反感,变成了有人支持有人反对。

而在这种状况下,那个九岁男孩的证词就越发重要,而且越发受人关注了。

面对张晓舟焦急而又殷切的目光,高辉无奈地摇了摇头:“还是老样子。”

张晓舟微微地叹了一口气:“不急,别逼他。”

其实是很急的,但这样的压力他宁愿由他们这些人来承担,也不愿意扔到这个孩子身上。

好在现在案情的胶着点已经转移到了杜志强究竟是激情杀人还是谋杀上,虽然依然和这个孩子的证词有关系,他的证词决定了裁决庭是否能够采用他母亲的证言,但焦点毕竟已经不完全在他的身上。

从现有的证据,很难判定杜志强是蓄意谋杀还是激情杀人。

陶永波死死地咬住他故意制造自己将要离开两天的假象给张可与普云翔约会的机会,然后冷静地尾随张可到了普云翔的房子,甚至给他们足够的时间之后,才破门而入。

“这符合常理吗?”他在法庭上质问道,“各位可以想想,如果是你们去抓奸,在那两个人之前曾经在一起生活过几个月的前提下,见到他们在一个房间里幽会,难道还不能说明问题?难道还非要等到他们脱光了衣服?如果他真的是为了证实这件事情,是为了抓奸,那我只能说,他太过于镇定,太过于隐忍了,和之后‘激情杀人’的状态明显不吻合。而且,大家可以想想,如果是要抓奸,正常人难道不会是叫上几个亲朋好友一起去吗?正常的逻辑难道不是证实这一点之后,大家一起把奸夫抓起来痛打一顿然后交到相关部门去处罚吗?为什么杜志强的选择是直接拔刀相向?难道这不是因为他心里早就已经想好了解决的办法?那就是——残忍地杀死被害人普云翔!”

普云翔的父母大哭了起来,让所有人都深感同情。

“根本就不是这样的!你在偷换概念!”杜志强焦急地叫道。因为没有人替他辩护,他只能自己替自己辩护,这让他的话语逻辑性不强而且缺乏说服力,很难打动在周围旁观的人,而越是如此,他就越急,话语中的语病和逻辑漏洞也就越多了。

“我根本就没有等多久！而是直接就冲进去了！我冲进去的时候，他们已经光着身子了！”

“这和你之前自首时的口供可不一样。”陶永波说道，“你的口供是：‘我在外面等了一会儿，然后冲了进去。’你现在又要推翻自己的口供吗？”

“等了一会儿就是一两分钟啊！”

“呵呵。”陶永波笑了起来，“如果是这样的话，你的描述应该是‘没一会儿’，或者是‘没过多久’，而不会是‘等了一会儿’。”

“你……你这王八蛋！那种时候谁还会像你这样搞文字游戏！”杜志强愤怒地叫道。

“法官阁下！我对被告再次提请抗议，抗议他对我进行恶劣的人身攻击。”陶永波说道。

“杜志强。”杨鸿英无奈地说道，“注意你的情绪和态度！”

坐在这个位置上才知道并不像想象中那么简单，维持不偏不倚的态度永远都不是一件简单的事情，而要从双方的辩词和证据中剥茧抽丝找到真相，更加是一件困难重重的事情。

从审理这个案件开始，杨鸿英自己的想法已经从偏向杜志强，到偏向普云翔，再到偏向杜志强，来回变化了好几次。

但他此刻倾向杜志强，并不是因为他的辩词有多少说服力，他的证据有多充分，恰恰是因为他就像是被绑住了双手，让对方一大群人按在地上一边倒地痛打，让人感觉完全就不公平。

“我……”杜志强明显是想骂脏话，但话到嘴边终于忍住了。但他终于想到了反驳的理由：“如果我真的是像你说的那样故意杀人，那我肯定早已经想好了要怎么说，怎么可能会这么说？”

“那是因为这毕竟是杀人。”陶永波却不慌不忙地说道，“即便是你早有预谋，但杀人之后也不可能一点儿心理负担都没有，自首时无意间把真实的情况说出来，这也不奇怪。”

杜志强被他的话弄得又愤怒了起来，但他不知道应该怎么去反驳。

“控方律师，注意你的言辞！”杨鸿英说道，“法庭上要讲的证据，不要过多地进行自己的个人判断！不能对你有利的你就认为是真话，对你不利的你就认为是假话！”

“法官阁下，我不认同你这样的话，任何人说的话肯定都有真有假，我们要做的，就是剥茧抽丝地从他的一堆假话当中，通过科学合理的分析把真相找出来，难道不是吗？”

杨鸿英的牛脾气一下子上来了，脸涨得通红，准备和他好好地辩辩是非，幸亏江晓华意识到了这一点，急忙站出来建议休庭。

“一边倒了。”梁宇说道。

平台的另外一侧，那几个律师正在笑着，不知道是不是已经在预先庆祝胜利了。

“张主席，这事太难了，我干不了。”杨鸿英摇摇头说道，他现在当然已经明白了自己之前的失态，作为法官，他无论在什么时候都不能有明显的立场和倾向，更不能自己上场辩论，但他真的是忍不了，“那个狗日的根本就是在挑刺，在卖弄自己！哦，他说的那些就是科学合理的分析，别人说的就是狡辩？哪儿有这样的道理！”

张晓舟摇了摇头，低声地劝着他。

事情已经进行到了这一步，难道还能临时又换一个法官？

“这样下去不行。”江晓华说道，“即使杜志强有罪，但现在这种情况，完全是那个陶永波想怎么说就怎么说，根本就不是在揭露事实真相而是在创造他所塑造的真相！”

“那还能怎么办？”梁宇摇摇头说道。

“我来替杜志强辩护！”江晓华咬咬牙说道。

“你？”梁宇惊讶地说道，“这不行！你是联盟的检察官，如果你站出来替杜志强辩护，那在大家眼里就代表了联盟的态度和立场，如果你输了，就代表联盟输了，这怎么行？”

他用力地摇了摇头：“你可以代表联盟起诉犯罪嫌疑人，那即使输了也没问题。但你不能去为犯罪嫌疑人辩护，绝对不能！”

“但这样下去，联盟的法律就成了儿戏！”江晓华说道，“也许杜志强有罪，但他应该是在联盟的法律规定下，通过公平的审判而宣判有罪！不能是像现在这样，被一群讼棍操弄着宣判有罪！如果这一次他们得逞了，那下一次呢？即使是输了，也要有人站出来让大家看清楚他们的真正嘴脸！要让人们明白，我们讲的是证据，而不是谁的辩论手段更高明!”

“那也不能是你去做!”梁宇坚持着自己的观点,“不管怎么样,你都不能上场,任何联盟中高层一级的官员都不能上场!”

“那怎么办? 现在到什么地方去找人替杜志强辩护?”钱伟焦虑地说道。他对这个事情倒是没有明显的立场,但他也看不惯那几个律师的做派,尤其看不惯他们引导和转移话题后,得意洋洋的样子。

人们看着那几个律师,心情极度烦闷。

“薛蕊姐。”

在这个地方看到严淇让薛蕊感到有些惊讶,但更多的却是尴尬。

从那件事情之后,她就离开了生产队,到学校做了一个后勤人员,不久以后,通过考核成了低年级的一名老师,虽然也曾经在学校的食堂远远地碰过面,但毕竟没有在这么近的地方接触,更没有说过话。

看到她,很自然地就会想到严烨,这让薛蕊有些不自然。

“你怎么在这儿?”但她很快就把自己的失态掩藏了起来,“今天你没社团活动吗?”

“都去看庭审了,还有什么社团活动。”严淇有些不满地说道。和那些男孩不同,她对这样的案子一点儿也不感兴趣,也无法理解那些看热闹的人的心态。看到别人的不幸,就能让他们感到幸福吗?

更何况,在某种程度上说,她也和这个案子稍稍有一些关系。

虽然通过李雨欢和高辉的途径知道了一些案件的细节,知道杜志强并不是通过那两个敲诈勒索的男生知道了自己老婆出轨的事情,而是从别的途径听人说了这件事情。但严淇还是没有办法不去想,如果那天她把这个事情当成一个问题告诉李雨欢或者是高辉,事情会不会变得不一样?

他们会不会把这件事情报告给张晓舟,张晓舟会不会在悲剧发生前就介入这件事情?

以她对张晓舟的了解,别人也许会对这种事情当不知道,但以张晓舟的个性,他真的有可能去解决这个事情,那悲剧也许就不会发生了?

“嘘!”薛蕊急忙说道,同时把门虚掩了起来,“你找我?”

虽然这个男孩肯定知道今天要庭审，但现在这个关头，还是别去刺激他为好。

严淇却摇了摇头："我能进去看看他吗？"

她从李雨欢那里知道这个男孩的证词现在是重要的证据，但他一直不开口，所有人都拿他没办法。

看到薛蕊一脸的为难，她急忙补充道："我认识他，我们俩是朋友！"

朋友？也许吧？至少她救过他一次，应该算朋友吧？

薛蕊有些为难，这不是她能做主的事情，能做主的人现在都在广场那边参加庭审。

"让我和他说说话，也许他的心结就打开了。"严淇说道，"你们大人做不到的事情，不代表我们不能做啊！"

薛蕊迟疑了一下，就在这时，严淇伸手推开了门，快速地闪了进去，还把门从里面给关上了。

"严淇！严淇！"薛蕊焦急地敲了一下门，但严淇却没有理她，没有开门。

房间里拉着窗帘，光线很暗，严淇在门口站了一会儿，等薛蕊无奈地停止了敲门，才慢慢地走了进去。

那个男孩坐在床上，背靠着墙，双手抱着头，看上去和那天几乎一样，只是没有哭。

但他也没有抬起头来。

严淇本来是想要来安慰他一下，看看有没有什么能帮他的，但不知道为什么，看到他这个样子，心里却突然就一阵无名火起。

"你到底要在这里赖多久！"她脱口而出道。

没有回应。

"你觉得你躲在这里，事情就会变好了？"严淇继续说道。她其实很清楚，他在这件事情里是个彻头彻尾的受害者，不应该指责他什么，但不知道为什么，看到他这个样子，她就无法容忍。

依然没有回应，但她可以感觉到，他又开始哭了。

"哭哭哭，你就只知道哭！"这让她难受了起来，"你躲在这里哭上一天，事情就会变好了？你爸就不会杀人，你妈就不会出轨了？"

他终于哭出了声。

严淇的心里非常不舒服,她感觉自己就像是一个电视剧里的恶霸,正在折磨一个无辜的人。

但她不知道应该怎么帮他。

“你真没用!”她脱口而出道,“你真没用!!”

“严淇！快点开门!”薛蕊又开始敲门了,应该是听到里面的情况不对劲。

“不准哭!”严淇突然伸手在男孩头上重重地拍了一下,“不准哭了！你是男人！哭什么哭！早知道那天就不管你,让你被他们打死好了!”

“你根本就不懂!”男孩终于哭着说道。

“我当然不懂!”严淇说道,“可我至少不会像你一样！你知道那些人为什么不找其他人,就只找你吗？因为他们知道,你是个懦夫！即便是被打了也不敢说,更不敢反抗！欺负你一点儿风险都没有！你连一年级的那些小豆丁都不如！他们被欺负了至少还会告老师,你连告老师都不敢！你还能干什么？没用鬼!”

男孩不说话,只是无声地哭着。严淇烦躁地抓住他的衣服,把他从床上拖了起来。

“你想干什么?”他一边哭一边惊慌地问道。

“严淇,严淇你干什么？快点开门!”薛蕊已经开始撞门了,但她一个女生,怎么可能撞开一扇门?

“我真看不起你!”严淇说道,“你这辈子就想这样下去了吗？那你活着干什么？跳楼去啊！现在粮食这么紧张,你死了,至少能养活一个有用的人!”

“窗户在那儿！你现在就去跳楼啊!”

她用力地把男孩往窗口拖,他惊慌地挣扎了起来:“放开我！放开我!”

“你还知道害怕?”严淇终于把手放开,男孩惊恐地看着她,让她忍不住重重地推了他一下,“那你怎么不想想,以后怎么办？你以为你能在这个房间里躲一辈子？你以为你躲在这里,外面那些事情就和你没有关系了？我告诉你,你在这里躲得越久,事情就越糟糕,你以后的日子就越难过!”

“但我能怎么办?”男孩泪流满面地说道,“一个是我妈,一个是我爸！我能怎么办?”

"至少他们还活着!"严淇的心里突然酸痛了起来,这让她忍不住又狠狠地给了他一巴掌,"他们还活着！这就比多少人都好了！你还想怎么样?"

"我能怎么办?"男孩一边哭一边拼命地摇着头,"我能怎么办?"

"不准哭!"她强忍着内心的酸楚,用力地拉扯着男孩的衣服,让他站起来。

"已经发生的事情,你当然没办法了！可你为什么不想想将来?难道你就这样一辈子躲起来?难道你就一辈子都不和人见面,不和人说话?抬起头来！好好地看着我!"她粗暴地扯了他一下,他终于惊惶不安地看着她。

"难道你永远不和你父母见面了?你躲在这里,什么也不说,他们就会好了?我告诉你,根本就不会！他们当中有一个人会因为你不愿意出来说出真相而被冤枉,而另外一个也会一直被怀疑！你以为你不说可以保护所有人?你错了！你这样做,只会让你们三个都永远被这样折磨下去!

"如果你没有办法选,那就不要选！也没有必要选！把你所知道的真相全部说出来！这是唯一能够解决问题的办法！这样做,谁也没有办法责怪你！把你所知道的真相说出来！就这样!"

休庭时间马上就要结束,陶永波整了整衣服,准备到台上去,给出最后一击,也是致命一击。

这个可笑的裁决庭将会被他彻底摧垮,而他将站在裁决庭的废墟上,成为民众眼中的英雄。

李思南匆匆忙忙地从学校那边跑来,对着张晓舟等人说了几句话,他们突然露出了惊喜的表情。

这让陶永波稍稍皱起了眉头。

发生了什么事?张晓舟在对杨鸿英说着什么,他一直在点头。究竟怎么了?

陶永波突然有种不好的预感。

杨鸿英走到主席台上,用力敲了一下法槌:"现在案情有新的进展,出现了关键证据。但因为涉及未成年人,为了对他进行保护,决定不公开对他进行质询,而是由裁决庭的成员单独听他作证。"

"我抗议!"陶永波马上说道,"如果证据不能公之于众,那就不能认定它的真实和有效性！”

“你还有人性吗！”杨鸿英愤怒地又敲了一下法槌，“你要让一个孩子在大庭广众之下公开指证自己的父亲或者是母亲说谎？说得出这种话，你还算是人吗？”

旁观的人们纷纷议论起来，陶永波微微有些气馁，但他马上转移话题道：“我要求旁观！”

“可以！但你不能开口问话！”杨鸿英说道，“孩子的证词由裁决庭来判断是否真实有效，不允许你使用话术引导或者进行误导。”

“我抗议！”陶永波马上说道。

但杨鸿英并没有理会他，而是对所有人说道：“取证结束后，裁决庭将根据情况决定是否将证词公诸大众，请大家放心，我们考虑的只会是保护孩子和第三方的隐私，只要不涉及这两个方面，我们一定不会有任何隐瞒。”

人们只能看着新的大裁决庭成员和杨鸿英、陶永波向学校的方向走去，因为要保证法律的公正，张晓舟等人也没有资格去参与取证，唯一有资格参与的只是身为“学园长”的高辉。

但他同样没有资格入场，只能在外面等，按照那个孩子的要求，他的父母都没有到场，现场除大裁决庭和法官、律师之外的，只有鼓励他站出来的严淇，他坚持希望严淇能够在他旁边支持他把真相说完。

“她是怎么做到的？”高辉疑惑地对薛蕊问道。

薛蕊无奈地摇摇头，表示自己完全不知情。她只是被关在门外，然后听里面有人大声地说话，有人哭泣，等到门终于打开的时候，那个男孩便开口告诉她，自己愿意在特定的条件下说出真相。

“不知道他的父母会怎么想？”高辉叹了一口气说道。

两个人当中必定有一个人说谎，如果是杜志强，那他就犯了虐待妇女和谋杀两重罪；而如果说谎的是张可，那她也犯了做伪证的罪。不管结果如何，这个孩子的未来都已经受到了严重的影响。

接下来，要多关注他。他对自己说道。

薛蕊一脸的不安，在这个男孩身上，她似乎看到了曾经的自己，她很希望他能够从这样的阴霾中走出来，高辉在旁边看着她的侧脸，犹豫了一下，轻轻地抓住了她的手。她微微地挣扎了一下,没有挣开,也就没有继续挣扎下去。

大约半小时之后,房门打开,杨鸿英首先走了出来。

“杨叔?”高辉急忙拉着薛蕊迎了上去。

杨鸿英点点头,但也没说什么,十五名裁决庭的成员陆续走了出来,而陶永波却明显有些失魂落魄。

究竟发生了什么?

高辉有些疑惑,这时候,薛蕊终于把手从他的爪子里抽了出去,快步走进了房间。

广场那边,人已经散去了不少。

毕竟没有人知道取证要多长时间,有些没有耐心的人便先走了,但还是有不少人在旁边等着,看到他们从学校那边过来,他们忍不住轻轻叫了起来:“来了!来了!”

但杨鸿英他们来了之后,却依然没有开庭,而是把张可单独叫到旁边的一个房间里,不知道说了什么,出来的时候,她的脸色也非常差。

一些人已经猜到发生了什么。

毕竟,如果杜志强真的存在虐待老婆的事情,那他的儿子应该不会感到很纠结,他也许会感到难过,但应该会很快就说出真相证实自己母亲的话。毕竟,他应该会自然地偏向母亲,也不应该对作为加害者的父亲有多少偏向。

但他偏偏没有,这就很不合情理了。

另一方面,任何人都不可能长时间地掩藏自己的暴行,张可说的那些话当然很让人同情,但真正冷静下来想一想,真的会有人在这么长的时间里被人虐待,却对除了情夫外什么人都没有说吗?尤其是在联盟明显善待妇女的风气下,她怎么可能因为杜志强的威胁就真的死死地守着这个秘密,没有让任何人知道?

更加不合理的是,张可作为受害人不敢说,但作为情夫的普云翔难道也不敢?如果杜志强真的存在长期虐待妻子和儿子的行为,那为了从杜志强手中把这个女人夺回来,他肯定早就去揭发杜志强的罪行了!

其实之前杜志强替自己辩护的时候也提出过这个问题,但却被陶永波用熟练的技术把话题引开,并且成功地激怒了他,让他忘记了这个话题。

“张可,你有什么话要说吗?”杨鸿英问道。

所有人都等待着她的回答。

“我……”她的眼泪又流了出来，“我错了，我对不起……”

人们一片哗然，尤其是那些特意放下手里的事情赶来支持她的女人们，她们完全无法相信自己的耳朵。

假的？有人甚至痛骂了起来。

“原告方委托辩护人，你还有什么话要说？”杨鸿英问道。

“这是污蔑！真是太可笑了！”陶永波脸色难看地说道，“这是赤裸裸的污蔑！”

“我问的是现在这个案子，不是之后你自己的案子。”杨鸿英说道。

人们再一次哗然起来。

但陶永波显然心已经完全乱了，根本无心做陈词，只是磕磕巴巴地说了几句和案情几乎没什么关系的撑场面的话。

杨鸿英也没有管他，在与十五人大裁决庭离席讨论之后，重新回到法庭，做出了终审判决。

维持原判，但支持原告方的民事诉讼要求，在杜志强服刑期间，其名下的土地交给普云翔的父母耕种，该土地上的所有收益由他们获取并承担相应的税赋。也可由联盟按照过去两次收获期的平均收获水平提前将十二年的收益扣除税赋后预支给他们，这块土地由联盟收回处置。

很显然，这是考虑到普云翔父母的年龄，在现在这样的环境下，又面临丧子之痛，未必能够活到十二年之后了。

“本庭将会在三天后开庭审理张可伪证案。”杨鸿英说道，“请法警把两名犯罪嫌疑人暂时收押。”

临时充当法警的民兵们早已经接到了指示，向张可和陶永波走去。

“这是陷害！这是对我的迫害！这是对法律精神的残害！”陶永波一直在说着，“你们不可能一手遮天！总有一天我会沉冤得雪的！”

“请你注意自己的言辞！”杨鸿英说道，“案件还没有开审，你也还没有定罪，我们还要收集更多的证据，不要这么急着宣判自己有罪。”

旁边的人们笑了起来。段利国等人脸色阴沉，看着陶永波被带走。

“怎么回事？”李雨欢在台下对张晓舟说道，“一切都是谎言？并没有虐待的事情发生?”

“也许吧?”张晓舟摇了摇头。

但现在没有,不代表未来也不会有。对于妇女和儿童的保护,应该要借着这个案子尽快确立起来。

“为什么她要说谎?”李雨欢还是无法理解。

“杜志强被判了十二年,而且不能减刑,在我们现在这样的世界里,张可这样的女人带着一个九岁的男孩要怎么才能活下去?”

“她可以靠自己啊!”李雨欢说道。

张晓舟摇了摇头,没有辩驳。

很多女性的坚韧令人钦佩,但也有很多女性,没有人依靠就像是无根的浮萍,根本生存不下来。尤其是在这样的世界里,她们本能地就想寻找一个可以依靠的人,有时候甚至可能不止一个。

“如果是按照裁决庭第一次审判的结果,她的名声就彻底毁了。即使是有男人愿意要她,因为她曾经出过这样的事情,那个男人也绝对不会对她多好,甚至有可能随时盯着她,防着她,她的生活也许会变得很悲惨。陶永波这时候找上了她,告诉她有办法改变这一切。”

“但这样不是害了杜志强吗?”李雨欢说道,“他们要求判的是死刑啊!”

“这只是他们的手段而已。”张晓舟微微地摇了摇头,“他们要求判死刑,但裁决庭肯定不会同意,毕竟,人死不能复生,在这个世界,每个人都是宝贵的。十二年、十五年或者二十年,对于张可来说并没有什么区别,反正他们俩已经不可能复合了,杜志强也不可能再对她好了。陶永波告诉她,杜志强能够杀了普云翔,就也能杀了她,即使是不会杀她,但因为她偷情这件事情而坐了十二年牢,回来之后也绝对会残酷地报复。既然是这样,为什么不干脆让他再多坐几年牢?反正在盐矿干活和在城边干活都是一样的,很多联盟的人也要在那边生活,无非是没有办法离开,生活条件上并没有多大的不同。区别仅仅是杜志强一辈子都没有办法回来,那样的话,她就永远也不用面对他,不用提心吊胆了。这对于大家都是好事。”

“她就这样被说服了?”李雨欢依然无法理解。

“当然不是。”张晓舟觉得自己在成为联盟主席之后已经明白了很多关于人心的道理，但经过这件事，他觉得自己也许永远也不可能真正明白人们在想什么。

“她很害怕被揭穿，但陶永波告诉她，杜志强本来就打过她，而且不止一次，他们这样做无非是夸大了事实，也不算说谎。杜志强既然已经杀了人，那他暴虐的形象就已经建立了起来，这样的事情人们肯定会一边倒地同情她这个受害者，而不会去听杜志强的话，更不会相信他。她不需要很高的演技，只要一边说，一边哭，完全可以借擦眼泪把脸遮起来，这样就不会有人发现她在说谎。而杜志强反驳的时候，她只需要一边哭一边做出害怕的样子，其他交给陶永波处理就行了。她甚至不用说得很详细，很具体，只要有一个细节，人们自然会想象出更多的细节。而到了那个时候，虽然出轨的本质依然没有改变，但人们必定会因此而同情她，可怜她，认为她情有可原，甚至会有很多男人愿意去爱她，照顾她，保护她。”

张晓舟自己当时又何尝不是如此，对于他这样的人，这样的伎俩甚至更加有用，更能让他相信他们编织出来的谎言而无视真相。

事实上，他们几乎已经成功了，张可已经获得了许多人的支持，如果不是真相在最后被揭露，也许不久之后，她就能请求联盟或者是裁决庭帮助她解除和杜志强的婚姻关系，在众多的同情者里挑选一个组建新的家庭，从此带着孩子重新开始新的，或许更好的生活。

也许她也是这样去说服自己的孩子的。

杜志强肯定会一直上诉，但这件事情本来就没有其他人可以作证，在他们两个当事人之间，人们肯定只会相信楚楚可怜的妻子而不是粗暴无理的丈夫。

“而且陶永波告诉她，这件事情就算是被揭穿了，她也没有什么损失。反正她的名声已经是那个样子了，再加上一个做伪证也不会有什么改变。做伪证的代价也不过是批评教育，拘留几天，然后罚款。”

“这么轻?”

“当然不是。”张晓舟摇了摇头，“陶永波翻给她看的条款是这样写的，但他没有告诉她，那些条款针对的只是没有构成犯罪的伪证行为。情节严重的伪证同样是要坐牢的，像她这样的情节，如果被法庭采信，导致杜志强因为她的证词而被重判，即使是按照以前的法律她也要坐三年到七年的牢。”

“这个陶永波真坏!”李雨欢说道。

“是啊!”张晓舟点点头,“现在证据确凿,他肯定要付出代价的!”

李雨欢摇摇头,没有再说话,但等到晚上睡觉的时候,她忽然说道:“张可她那样做,有没有想为死去的人报仇的原因呢?毕竟,她和普云翔之间应该是有爱情的吧?”

张晓舟愣了一下。

“也许吧。也许什么原因都有一点吧?”他低声地说道。

但那就不是他应该考虑的问题了。

……

这两个案子在很长一段时间里都一直是人们议论的焦点,毕竟,很多人都曾经参与过那中间的争论,也都曾经被那个谎言欺骗。

对于联盟来说,它们都可以说是影响深远。

第二个案子就不用说了,张可因为做伪证但认罪态度良好;且未造成严重后果而被判服刑三个月;因通奸且严重破坏社会公德,造成严重后果被判服刑九个月,合并执行劳役一年。考虑到她与杜志强的关系,同时考虑到盐矿没有女犯服刑的条件,决定让她在北木城服刑。

陶永波一直坚称自己是清白无辜的,撒谎是张可的个人行为,与他完全无关,而且他之前也毫不知情,甚至也是受害者。他声称自己从头到尾就没有与张可有过任何法庭之外的接触,他是被张可冤枉的,是遭到了恶意的报复。

他甚至在法庭上大声地对旁观的群众说,是联盟诱导张可把一切归罪到他头上,以此对他进行报复和迫害。

但那个孩子之前的供词中就有涉及他的内容,事实上,因为怀疑自己的母亲与陶永波有不正当关系,他悄悄地跟踪了他们,并且偷听到了他们的谈话。也正是因为如此,他之前一直因为这件事情而感到极度痛苦,不愿意把真相说出来。

最终裁决庭采纳了孩子和张可的证词,判定陶永波教唆他人犯罪,造谣生事,情节恶劣且拒不认罪,无悔改表现,判处其服刑三年,立即执行,不得减刑。